蘇祐集

上

[明]蘇祐 著
王義印 點校

圖書在版編目(CIP)數據

蘇祐集 /(明)蘇祐著;王義印點校. —上海:上海古籍出版社,2023.5
ISBN 978-7-5732-0695-4

Ⅰ.①蘇… Ⅱ.①蘇… ②王… Ⅲ.①中國文學—古典文學—作品綜合集—明代 Ⅳ.①I214.82

中國國家版本館 CIP 數據核字(2023)第 079886 號

蘇祐集

(全二册)

(明)蘇祐 著

王義印 點校

上海古籍出版社出版發行

(上海市閔行區號景路 159 弄 1-5 號 A 座 5F 郵政編碼 201101)

(1) 網址:www.guji.com.cn

(2) E-mail:guji1@guji.com.cn

(3) 易文網網址:www.ewen.co

山東韻傑文化科技有限公司印刷

開本 850×1168 1/32 印張 27.625 插頁 4 字數 491,000

2023 年 5 月第 1 版 2023 年 5 月第 1 次印刷

ISBN 978-7-5732-0695-4

I·3720 定價:138.00 元

如有質量問題,請與承印公司聯繫

總目

上册

下册

前言

蘇祐集，明蘇祐撰，由穀原文草四卷、穀原詩集八卷、穀原奏議四卷和逌旃璅言二卷四部分組成，原各自成書，今編爲一帙，總名蘇祐集。

蘇祐（一四九二—一五七一），字允吉，號舜澤，晚年更號穀原，濮州（治所原在今山東省鄄城縣，明代宗景泰三年因水患遷於今河南省范縣濮城鎮）人。明世宗嘉靖五年（一五二六）進士，授吴縣知縣，再知束鹿，徵授監察御史，出爲江西提學副使，遷山西參政，陞大理少卿，以僉都御史撫保定，以副都御史撫山西，入爲刑部侍郎，尋以兵部左侍郎總督宣大，進都察院右都御史、兵部尚書仍舊總督。因事削籍，後復官。

蘇祐一生著述頗豐，見於著録者有舜澤江西山西詩、穀原詩集、舜澤緒言、法家哀集（以上晁氏寶文堂書目）、雲中事紀一卷、三關紀要三卷、法家哀集一卷、舜澤翁歲歷一卷、逌旃瑣言二卷、孫子吴子集解、穀原詩集八卷、穀原文集十卷、三巡集一卷、穀原奏議十二卷（以上千頃堂書目，其中雲中事紀、三關紀要著録於明史藝文志）。梳理以上著録，今可見到的蘇祐著述爲穀原文草四卷、穀原詩集八卷、穀原奏議四卷和逌旃璅言二卷，共四種。晁氏寶文堂書目所録舜澤江西山西詩、舜澤緒言今未見到；而所謂法家哀集者，據蘇祐所作法家哀集題辭（見本書穀原文草卷四），乃「内臺司籍潘智手録」，祐爲題辭而已，非祐所著。千頃堂書目所載十種，除法家哀集與晁氏寶文堂書目重複外，其他九種：雲中事紀一卷已收入今所見穀原文草卷二；穀原詩集八卷及逌旃瑣言二卷皆與今所見版本卷數同；穀原文集十卷應該就是存世的穀原文草四卷，作「十卷」者，恐是誤記；穀原奏議十二卷則與今所見版本卷數不同，估計是别刻本；三巡集一卷今國家圖書館有藏本；三關紀要，據蘇祐所作三關紀要序（見本書穀原文草卷一），是經蘇祐授意，由栗仁甫（即栗應麟）執筆，應是栗氏的作品。舜澤翁歲歷一卷、孫子吴子集解今皆未見。三巡集一卷，是蘇祐任監察御史巡按各地期間的詩作；晁氏寶文堂書目所載舜澤江西山西詩，應是蘇祐在江西任提學副使以及在山西任參政這一段時間内的詩歌結集。這兩個集子的詩歌作品，均被晚出的龔秉德刻本穀原詩集八卷收録，不會構成遺憾。下面就本書所收録的穀原文草四卷、穀原詩集八卷、穀原奏議四卷以及筆記體小品集逌旃璅言二卷，簡單談談蘇祐的創作。

（一）散文創作

蘇祐的散文作品不多，集中收在穀原文草四卷中，體裁包括序、記、傳、墓志銘等。在風格方面，蘇祐散文明顯受「前七子」影響頗深，講究「文必秦漢」的復古主張。清代四庫館臣稱蘇祐之文「詞多駢麗，規仿文選」，「在『七子派』中又爲旁枝矣」，可謂中肯之論。具體説來，蘇祐散文在遵從「七子」的同時，又具有獨特的風格，那就是平實而不失典雅，廓放而兼具細膩，可以曾氏二忠祠記、宋孝子傳爲例。閒適之文不多，偶有所作，也能做到情景交融，可以宴敘園記、羨魚軒記爲代表。最能代表蘇祐散文創作成就的是其議論文。長於議論是蘇祐散文最明顯的特點。即使閒適篇什，也處處夾雜説理。這或許是明代科舉時文在蘇祐身上留下的深刻烙印。仍如四庫館臣所言，蘇祐之文「規仿文選而真氣不足以充之」，明顯指出了其散文創作中的不足。

（二）詩歌創作

詩歌是蘇祐文學創作的主要方面，詩歌創作是蘇祐畢生不衰的興趣所在，他一生創作各種體裁的詩歌近千首。早在其爲諸生時，已有詩歌創作，並有作品流傳（濮陽太守張母挽詩）。而其詩歌創作的高峰期是他四十二歲到四十七歲作爲監察御史巡按宣大、南直隸、山西時期，這短短六年中的詩歌創作，在其巡按山西即將結束時結爲三巡集，約佔蘇祐詩歌總數的三分之一。其後隨着職位的逐步提升，即使在任重務繁的晚年宣大總督任上，仍堅持詩歌的創作。

蘇祐的詩歌，早在其生前或去世後不久，即被世人所重視，並給予了很高的評價。據與蘇祐同時的明代「前七子」領軍人謝榛所記：「陳一庵太守因徽藩誣奏謫戍瓊州，寓丘文莊別墅，日耽詩酒，每聞縉紳間盛稱蘇舜澤總制雪詩『初隨鳴雨喧相續，轉入飄風静不聞』，寫景入微，非老手不能也。」（謝榛四溟詩話卷三）可見蘇祐詩歌，在其尚在世時已流布極廣，並在文人士大夫中已有很大影響。時人魯王朱觀熰（字中立）編輯海岳靈秀集，稱蘇祐詩「格不高而氣逸，調不古而情真」。稍晚於蘇祐的大詩人于慎行稱蘇祐：「博覽群籍，游心千古，爲文辭歌詩遒麗典雅，海内以爲名家。」（于慎行所撰蘇祐行狀，見本書附録一）詩文家穆文熙（字敬甫）稱蘇祐詩「意興甚高，得句不苦，自是盛唐遺韻」（朱彝尊明詩綜卷四十引）。明代俞憲説蘇祐「平生喜爲詩篇，蓋自釋褐時，已有浩瀚不群之氣矣」（盛明百家詩蘇督撫集序）。明末李雯、陳子龍、宋徵輿合編皇明詩選，收録蘇祐五言古詩二首、五言律詩八首、七言律詩二首、七言絶句一首。陳氏評曰：「司馬詩沉雄雅練。邊塞之篇，不愧橫槊。」（皇明詩選卷三）又説：「舜澤七言律格律精嚴，聲調清亮，咄咄軼群而上。」（同上卷十一）李雯評曰：「舜澤如嫖姚度漠，深入敢戰，雖四大家不避。」（同上卷三）宋氏則謂：「司馬古詩蒼老有調。」（同上卷三）明末清初錢謙益頗不以陳子龍之言爲然：「侍郎詩麄豪伉浪，奔放自喜，今人不復詳其風格，徒以其聲調叫號近於雄渾，遂謂『關塞之篇，不愧橫槊』。何相者之舉肥也！」（列朝詩集丁集第二）直至清末陳田編輯明詩紀事，謂「舜澤詩是李、何成派」（明詩紀事戊籤卷十六）。儘管見解不同，持論各有側重，但對蘇祐詩歌的評價，基本上都是肯定和讚揚的。在其身後，蘇祐詩歌還被收入各種選本，粗略統計如盛明百家詩、皇明詩選、列朝詩集、明詩綜、御選明詩、明詩紀事等，也從一個方面證明了其詩歌的成就和影響。

蘇祐的詩歌創作，受到其所處時代風尚和其自身生活經歷的影響。蘇祐生活於弘治至隆慶年間，而其詩文的創作期主要集中在嘉靖間。其時正是以李夢陽、何景明爲代表的復古派如日中天的時期，蘇祐不可避免地會受到他們的影響。四庫館臣説蘇祐詩歌「大旨宗李攀龍之説，不肯作唐以後格，而亦不能變唐以前格」，其實是有失考察、不準確的。蘇祐生於明孝宗弘治五年（一四九二），李攀龍生於明武宗正德九年（一五一四），二人年齡相差二十二歲，李氏於蘇氏實爲晚輩，哪有後人影響前人之理？再以蘇祐的詩歌創作軌迹看，嘉靖十七年（一五三八），蘇祐詩集三巡集稿出版問世，其詩歌創作已進入高峰期，而此時李攀龍尚未進士登第。在詩歌創作上，真正影響蘇祐的是「前七子」。具體説來，蘇祐早年受其同鄉、「前七子」之一邊貢的影響較大。蘇祐早年對邊貢也是景仰有加。就在蘇氏任監察御史巡按山西的嘉靖十七年四月，蘇氏具體操持，爲邊貢出版了最早的詩文集華泉集，而後在同年八月，才出版了自己的三巡集稿。蘇祐在爲華泉集寫的序中，對李夢陽、何景明和邊貢的詩文創作作了高度讚揚，稱其有「振藻揚聲」、「功收返正」之功，並説：「非二三君子，吾誰與歸？」（華泉集序，見本書附録二）蘇祐與李夢陽雖未見有直接交際，從其對李氏的稱讚中可以看出，蘇祐受李氏的影響也是很深的。還有一層關係，也可以説明蘇、李二人之間有着千絲萬縷的聯繫，那就是吴縣黄省曾。黄省曾，字勉之，别號五嶽山人，長蘇祐兩歲，但科舉仕途不如蘇祐順暢。黄省曾在嘉靖十年（一五三一）考中舉人後，會試累試不第，最後便放棄了仕進之路，轉攻詩文，並取得了很高的成就，在當時的文壇上享有盛譽。從黄省曾長安贈蘇允吉詩看，早在蘇祐爲諸生時，蘇、黄二人即有交情。蘇祐於嘉靖五年（一五二六）考中進士，授吴縣知縣，這應該是蘇、黄二人交往的繼續和深入。以後兩人保持着密切聯繫，並有詩歌唱和（見本書穀原詩集卷四上贈送五嶽山人黄勉之；黄氏有長安贈蘇允吉一首、吴令蘇允吉過訪草堂有贈一首、和吴令蘇允吉九日一首，見本書附録三）。黄氏爲諸生時從李夢陽學詩並執弟子之禮；在李夢陽死後，又爲之刊印空同先生集六十三卷。蘇祐在與黄氏來往期間，也定會間接受到李夢陽熏染。

蘇祐的詩歌創作大抵可分爲前後兩個時期，以嘉靖二十六年（一五四七）巡撫山西前後爲分水嶺。前期多模擬「前七子」，後期長年鎮守邊塞，故多邊塞之詠，格調蒼老沉雄。從藝術成就上看，後期優於前期。所以明、清兩代的明詩選本所選，多爲蘇祐後期作品。

蘇祐在明代雖算不上諸如「前後七子」之類的明星作家，但是其詩歌作品衆多，間亦不乏佳作，所以在明代文學史上，應有他的一席之地。

穀原奏議大約刊刻於明世宗嘉靖三十七年至三十八年（一五五八—一五五九）之間，由蘇祐門生李汝寬任清豐縣知縣時刻於清豐。全書共收録蘇祐奏議四十篇，包括他任巡按御史時奏議四篇，任保定巡撫時奏議五篇，任山西巡撫時奏議七篇，任宣大總督時奏議二十四篇，另書前有時任户部左侍郎兼僉都御史總督漕運兼提督軍務巡撫鳳陽等處地方王廷的穀原先生奏議序和書末附録爲辯明節討兵糧部臣揹吝不發乞賜查明以保全孤忠生命事各一篇。

從内容上分，蘇祐奏議大致可分以下幾個方面：

一是任巡按御史時的四篇「巡按疏草」，内容較爲集中，反映嘉靖十二年（一五三三）十月發生在大同鎮的兵變。大同兵變是明代歷史上很重要的一次歷史事件。兵變發生後，蘇祐以巡按御史被命爲監軍，與宣大總督張瓚兵不血刃，從容果斷地平息了叛亂，顯示了蘇祐高超的軍事謀略。四篇「巡按疏草」，詳細記載了大同兵變的發生、發展直至平息的經過，是這一歷史事件的第一手資料。

二是任保定巡撫時的奏議五篇，内容涉及預擬防秋、清查屯田、修築邊墻（長城）等項。

三是任山西巡撫時的奏議七篇，主要内容有修築邊墻、宗室困苦、解鹽産銷、田賦錢糧等方面。

四是任宣大總督時的奏議二十四篇，也是本書的重點部分，内容豐富，價值極高，大致包括邊防布置、敵情哨探、戰鬬記録、戰果統計、修築邊墻、邊關貿易（開馬市）、軍需糧餉籌措、容留將領等，其中某些篇章詳細記録了這一時期重要的歷史人物如蒙古俺答、小王子，以及咸寧侯仇鸞等的活動和言行，還有這一時期的一些重要事件如開閉馬市、永安堡大捷、長城修築等，都是珍貴的歷史資料。

總之，蘇祐奏議内容廣泛，涉及明代嘉靖中後期的政治、經濟、軍事、外交等方面，其資料價值顯而易見。

逌旃璅言是蘇祐寫的一部筆記體小品集，内容涉及明代中後期社會各個方面。雖然四庫館臣説逌旃璅言「多鄙猥之談，不足采録」，不無以偏概全之嫌。其實逌旃璅言很多記載爲其同時代人所未記，且多有作者身經目覩之事，上至士夫雅談，下及市井俚俗，清新可喜，對研究明代社會生活的諸多方面，是很好的第一手文獻，自有其存在的價值。

最後談談蘇祐集四個組成部分各自的底本和點校方面的問題。

轂原文草，以蘇祐後人傳藏明刻本爲底本。又，四庫全書存目叢書收有北京圖書館（今國家圖書館）分館所藏明刻本，與蘇氏後人傳藏本爲同一版本，但從版面缺損情況看，蘇氏後人傳藏本刷印要早於國圖本。該本每半葉十行，行二十字，白口，上下單邊，左右雙邊，單黑魚尾下刻「卷之幾」字樣，下標葉碼，版心無書名字樣。這也是轂原文草唯一存世之版本，並無其他版本可以對校。

穀原詩集，第一至四卷，以蘇祐後人傳藏明刻本爲底本，該本缺第五至八卷。第五至八卷，以四庫全書存目叢書所收北京師範大學圖書館藏明嘉靖三十七年（一五五八）龔秉德刻本爲底本。按：以上兩本實爲同一版本，其中北京師範大學圖書館藏本於部分卷首題下及卷末有「輔仁大學圖書館藏」印。傳藏本卷首有清道光五年（一八二五）三月蘇氏後人補刻之龔秉德穀原詩集序、崔銑穀原詩集序（實爲蘇氏詩序）各一篇，並有補刻附記。從版面字迹清晰度及缺損情況看，蘇氏後人傳藏本刷印要早於館藏本。該版本半葉九行，行二十字，白口，四邊雙欄，單黑魚尾下刻「卷之幾」字樣，下部刻葉碼，版心無書名。據悉，這個版本也是穀原詩集唯一存世的版本。

穀原奏議，以全國圖書館文獻縮微複製中心影印的中國文獻珍本叢書本穀原奏議爲底本。該本卷首有王廷穀原先生奏議序一篇，篇題下鈐「中國科學院武漢分院圖書館藏」印一方，卷一卷題下鈐「湖北省圖書館藏書」印一方，卷二至卷四每卷首尾皆鈐「中國科學院武漢分院圖書館藏」印。據序所記，該本爲明嘉靖李汝寬任清豐縣知縣期間刻於清豐之本，每半葉十行，每行頂格排滿二十一字，白口，上下單邊，左右雙邊，象鼻處刻「穀原奏議」四字，單魚尾下刻「卷之幾」字樣，下部標葉碼。

逌旃璅言，以四庫全書存目叢書所收上海圖書館藏明嘉靖刻本爲底本。該本半葉十行，行二十字，白口，上下單邊，左右雙邊，單魚尾下刻「逌旃璅言」四字書名，下部標葉碼。

本書除以上四部分之外，還做了五個附録：附録一收録蘇祐行狀、傳記、敕誥、諭祭葬文等，目的是讓讀者對蘇祐生平有更深入的瞭解；附録二全文收録蘇祐早年詩集三巡集稿，目的是使讀者瞭解收入穀原詩集之前這部分詩歌的原貌，以及收入詩集時作者對早期詩作的加工修改情況；附録三爲蘇祐詩文輯遺，從地方志書、家譜、時人文集中蒐集蘇祐詩文集未收的詩文若干篇；附録四爲寄贈唱和，收録時人與蘇祐來往書信、寄贈唱和詩若干篇；附録五收録他人爲蘇祐詩文集所作序跋、提要。

本書在資料蒐集方面得到了蘇祐十七世孫蘇銀奎先生、十九世孫蘇斌先生的幫助；出版方面，得到上海古籍出版社副社長吴長青先生、編輯室主任顧莉丹女史的悉心指導和大力幫助，謹在此一併致謝！

因整理者學力所限，經驗不足，本書疏誤在所難免，博雅君子尚有以教正之。

王義印二〇二二年二月十六日於濮陽

凡例

一、底本所用異體字、俗别字酌情改用規範字。

二、底本刓缺、漫漶不辨之字，以缺字符□代替。如遇改字，被改之字以圓括號（）括之，正字以方括號［］括之。奪字酌情予以補出，補字置於方括號［］内。因底本缺葉造成内容缺失，在正文中説明，説明文字置於圓括弧（）内。

三、本書由穀原文草、穀原詩集、穀原奏議、逌旃璅言四個各自獨立之部分組成，各部分底本皆無目録（其中穀原詩集只有略目，無詳目，且略目所列篇數與正文實際篇數間或有出入）。爲便於檢索，本書特製「蘇祐集總目」以統之；每個部分復擬詳細目録（詳至各篇），以「蘇祐集詳目」名之。

四、穀原詩集所收蘇祐早年詩集三巡集稿的詩歌，以三巡集稿對校，原則上只以三巡集稿填補穀原詩集之缺字、錯字，至於二者之異文，一般不出校語，讀者可據附録二三巡集稿對比之。

五、逌旃璅言各條原無序號，今於各條之前加編序號，以便檢索。

詳目

上册

穀原文草

穀原文草卷之一　序

穀原文草卷之二　記 …… 三八

穀原文草卷之三　墓誌銘表 …… 七七

穀原文草卷之四　雜著……一二三

穀原詩集

穀原詩集卷之一　樂府

穀原詩集卷之三下　五言律詩……二四一

穀原詩集卷之四上　七言律詩……二八五

穀原文草

穀原文草卷之一〔一〕

序

刻桃花洞集序

夫闡微開先，發靈啓祥，神之能也；顯幽稽隱，示遠詔來，文之徵也。是故肖形商求，應卜周載，匪兆匪夢，其吉何知？匪人攸能，其惟神乎？若乃傅巖已蕪，遠播方今；磻谿益高，上輝往古。不有信史二三篇策，日往月邁，遺迹奈何？是則文之不可已也。抑予于桃花洞集有感焉。

嗟夫！洞有桃花，異代之人不能逆見；洞湮花謝，殊境之人并名不聞。一旦吉協郡守，夢報羽衣；秋闈捷至，果符少年。桃源名彰，實惟其止；無思無爲，孰主張是？故曰

〔一〕卷題下底本有「濮陽蘇祐著」五字，今略去。以下各卷仿此，不復出校語。

存乎其神。

今也李子，年未三十，早登郎署，進擢史館，聲達實應，其吉已著。則其履台握斗，接踵傅吕，又將何疑哉！然而鴻儒鉅筆，短什長篇；搆思摛藻，鳴金戛玉；增光泉石，取信來遠；天下後世，緣辭晰義，覽眺之思，匪文胡興？故曰存乎其文。是集也，傳記、辭賦、歌行、五七言、古詩、絶句、律詩通若干首，余按部北來，李子寄我上谷。

竊嘗聞之，因雲灑潤，則芳澤易流；乘風載響，則音徽自遠。洞之□□，其□□，是□□□乎。是故校訂刻之，則存乎其感也已。

二佚老圖序

佚老者何？無位而有齒者也。二謂誰？余先□□□□先君子李翁也。圖之又誰？大中丞劉公也。何圖？□□思，故圖之。既鄉同，思又何也？時公守台三考，不時見，故思。思也者，存乎其仰者也。何仰？公，達者也，而佚老之懷，吾不敢盡吾私。若李公者，是必有隱德者矣，故曰仰也。自余之有識也，聞有此圖。又數年，始獲拜觀。□□氏□□□□□□□□□□說，可恨也。仰見□□□髮□□□□□□□□□□□□□□□

□□□麻而耽□□者□□□□成化間，直盛世之□民也。既見李氏，問□□□之□□□氏猶足□矣。余既舉進士，拜命宰吴，□□□□□父行□□□友，扶杖過送，既而曰：「蘇、李世家舊矣！前圖余家□□失之。望吾子復圖如中丞劉台州，□唯幸念前人。」余亟諾焉。至吴，則命工圖如吾家□□焉。及□自□□公仍扶杖，見且謝，復戚然曰：「余老矣！仍望序諸□□以遺吾後人，永存世好，不唯幸念前人。」余復亟諾焉。□二載矣，未有以復也。竊自訟曰：「甚矣！不前人□□□□仰而□者！」千里遺之圖，無問顯晦，期達情敬，則中丞公也，將非古君子乎？今余也，勉遺其圖，顧稽其文，又誰曰前人之如世變，果江河非邪？則其昵怨仇好者，又何望焉？李公老達世故，願指其然，庶吾二氏之子若孫，有以世守也。是爲序。

蘇氏族譜自序

予嘗讀易至同人，曰「類族」，又嘗讀書至堯典，曰「睦族」，未嘗不廢書而嘆也。曰：嗟乎！族之不睦與弗類者，非教之罪也？俗弊而風靡，流遠而本分，始塗人視族人矣。夫自子孫視之，有親疏也；自祖宗視之，皆子孫也。嗚呼，皆子孫也，則皆一身也。皆一身也，則皆可愛也。合異而同，遡流而源，情通理一，天下可也，又矧吾宗？乃取焉而譜其族。

次序既定，或曰：「迨子之身之世，不前人勝乎？」

予曰：「君子無易言也。何也？務其外而不知違乎中，絢其文而不知失其質。失質則與禮日離，違中則與真日鑿，方竊懼焉。故譜之欲返離以合、祛僞以真而未能也，烏乎勝乎而吾子易言之邪？自予之有識也，見父子翼翼如也，今弗率教矣；見兄弟怡怡如也，今相忌嫉矣；見叔姪煦煦如也，今相凌駕矣；見群從于于如也，今相訕詎矣。不止不塞，不知末流之紀極矣！夫予安得而不懼乎？是故知弗率教，不知以不子教也；知弗惇睦，不知以不弟教也；知戕奪其兄弟之子，不知以不孫教也；知訕詎其伯叔之長，不知以不族教也。由一身而兄弟，而伯叔，而族人，一再傳而已矣，而若此，夫予安得而不懼乎？」

或曰：「今也譜之，則分以秩定，可以觀矣，派以情通，可以興矣。可觀則序嚴，可興則愛生。愛生斯仁，序嚴斯義。既仁且義，弗前人之勝，將弗前人似乎？又何懼焉？」

予謝曰：「信如吾子，則予斯懼也庶乎免矣。」

唯族人其共圖之。

宣大武舉録序

嘉靖甲午，天下復當武試之期，玆合宣大之士而三試之。事竣，稍仿文試，登成以録，用示風勵之意。乃竊嘆焉，曰：「美哉渢渢乎！可以觀矣。」

諸執事者蒸蒸焉亦咸有得也，因進曰：「何觀也？是地也，左連樂浪、玄菟，右控榆林、葱嶺，[一]紫荆、鴈門障其南，龍沙、瀚海接其北，帶以桑乾，經以嬀川，綴以燕山，鎮以恒嶽，風環水聚，山靈川應，固宜有瓌奇瑰偉者出也。觀是在乎。」

曰：「未也。可以辨方察土矣。」

廼又進曰：「黄虞既降，夷狄戎貊猶雜處中王，是故淮夷近魯，萊夷逼齊，犬戎臨雍，陸渾在洛。周伐玁狁，僅及太原；秦及燕趙，控禦爲勞。今也藩屏是重，轉輪是勤；防備漸密，器用日精；賞罰明信，察問罔瞀。人之手弓矢而口合變者，天下莫先也。固宜觀是在乎。」

曰：「未也。可以飭法考世矣。」

「雖然，職舉其司矣。若夫不疾而速，不行而至，颸颸乎入物，物莫知也，洋洋乎動物，物莫禦也，其始也幾微，其究也廣大，莫窮其際，莫究其變，神莫有神焉者，莫風若也。且

[一] 右控榆林葱嶺：「右」，底本作「古」。按：本句與上句「左連樂浪、玄菟」爲對偶句式，以「右」對「左」，方成工對。又，「是地」（指宣大）位於榆林、蔥嶺之東，於方位正可言「右控榆林、蔥嶺」。若作「古控榆林、蔥嶺」，則今之不控乎？是於文意亦未妥。「古」「右」二字形近易致訛。今依文意改之。

夫鄒魯，弗文學之貴而質雅之難；燕趙，弗慷慨之多而深沉之鮮。今宣大之士，燕趙之産也，是故屢試之也。彎轂而馳也，赳赳焉；比耦而進也，秩秩焉；鉛槧而談也，不激不浮焉。猗歟盛哉！固天下之風，聖王之化也。於戲！微風也，吾奚觀哉！」

曰：「是統言之也。若辨焉，則亢而思，抑困而懷，其雲中乎。嗇而勤，勞而不怨，抑上谷也。易曰：『先王以省方觀民設教。』其在斯與！其在斯與！」

廼進多士而告之曰：「敷言考業，固知嚮風以士進矣。其毋違言改業，弗以士終爾焉，則余也亦幸獲所司矣。」

是役也，就試之士二百六十，得其雋六之一云。

山西丁酉同年叙齒録序

嘉靖丁酉，三晉之士既登名試録矣，兹復叙之齒焉。録成，以告。余曰：「齒叙何也？」對曰：「齒以昭序，序以存禮，禮以合義，義以守信，而仁之道寓焉，是故不敢後也。且鄉黨莫如齒，言有序也。世子齒于學，國人觀之以知長幼之節，况其下乎？非禮之著邪？禮則無不和，而義可合矣。義則無不孚，而信可守矣。守信合義，存禮于友道也，不亦盡乎？傳曰：『以友輔仁，仁奚遠哉？』同年也，有友道也，齒何敢後也？所以勵今而要之後焉者也。唯先生教之。」

舜澤子喟然曰：「吾其免矣。何也？孔子曰：『始吾於人也，聽其言而信其行。今吾於人也，聽其言而觀其行。』蓋言行殊也。且吾於諸士也，見其文汪洋浩瀚也，沉博偉麗也，温醇典則也，雄深雅健也，而取之。聽言信行，非歟？是尚未釋于懷者也。歌鹿鳴，往階仕進，惟行伊始。乃今毋名之矜，而曰必以齒焉，毋文之祟，而曰必以齒焉，可謂敦行禮讓矣。由是進焉，朝著之上，卿士濟濟相讓，無擠排陵犯之失，有和衷協恭之美。下觀而化，讓路讓畔可幾也。則讓匪言之飾，而同匪迹之泥，義信與仁將胥此焉出，顧不信哉！若曰面是背非，無裨切嗟之義，速化旁行以干時議，階崇返下之陵，秩尊則卑之遺，不爲衆所齒者，何有也？是故行者，言之符也，進者，履之初也。執辭以符，稽終以初，故曰可以免矣。詩曰：『其儀不忒，正是四國。』此之謂也。又曰：『神之聽之，終和且平。』敢要質之。」

三巡集稿自序

余初按宣大，繼淮揚，繼三晉，有所作輒謾録之，爲三巡集云。

余非知詩者也。顧一出按部，恒閱四時，達四境。務則繁焉，體則嚴焉。談晤寡諧，而情思多鬱者矣。唯閱四時則多所懷，達四境則多所見，繁則神苦過勞，嚴則矜忌太甚，寡諧則寂，多鬱則病。是故懷見有時，景象羅會，則劑量以應務，怡曠以適體。游情翰墨，則罔寡和而感通；托興吟咏，則罔靡暢而養節，孰非取適者邪？孔子曰：「興於詩。」又曰：「游於藝。」弗可已矣。是三巡集者，取適多而通方鮮者也，工拙計哉？故曰：余非知詩者也。審音者以情求之，其庶幾諒余矣乎。嘉靖戊戌秋八月丁未日，濮陽蘇祐識。〔一〕

九邊圖論序

夫易，顯象示書，備論辭。川流山峙，三畫已函；則壤品賦，九州攸別。是故圖肇羲文而制存禹貢，尚矣。嗣是聚米畫笏，表見才略，豈多得哉？

余嘗同靈寶許子廷議氏舉進士，觀大司馬之政，繼朝夕見，飫聞談説，心竊嚮服。再會京師，問以職方時所著九邊圖論出示：延袤萬里，如指諸掌；關城堡戍，聯絡擁衛；重岡深林，掩映包阻；旗鼓戈矛，精明森列；將領伍卒，防禦應援；羽書牙帳，徵遣調發；海壖河套，向背周環，固咸在目中矣，而龍沙菟塞，青海河源，亦儼然可望。真使人有封狼

〔一〕嘉靖戊戌秋八月丁未日濮陽蘇祐識：此十五字，據三巡集稿補。

居胥之意，思頸繫氊裘君長致之闕下也。韙乎壯哉！且所論各備區畫，總歸樞要，亹亹非泛，鑿鑿可行，蓋兵達合變，匪徒讀父書好謀能成，而有裨邦政者也。既付太原張守懋德氏刻之，因爲之序曰：

辯疆域，審於勢者也；研方略，詳於理者也；備沿革，稽之故者也；合時宜，達之變者也。達變不窮，稽故不妄，詳理不謬，審勢不躓。不躓，適於政矣；不謬，由於性矣；不妄，乎於義矣；不窮，應於智矣。於戲！圖論於斯備矣。

賀楊母何太夫人六十壽序

胥江楊君僉江西憲事，奉太夫人以行。六月四日，太夫人初度。貞以迪志，静以衍祉；甲子一週，家慶爰集。胥江跪而稱觴焉。乃太夫人則色康體和，玉珮珠翟，瑳如蹌如，受此榮養。子婦在下，諸孫繞膝。碧桃獻實，青鳥和音。融融怡怡，樂哉永日。太夫人既暢然以喜曰：「宗大嗣昌，有子實良矣。」乃復泫然以悲曰：「育孤振弱，苦心悴力，豈意有今日也！其益自勵，以對純嘏之集。」胥江亦喜以悲焉，曰：「敢忘母氏之德之教！」

是時臬之諸公聞之，咸願致祝頌之詞以惇寮寀之義，而授簡于蘇子。蘇子曰：「嘻！余嘗役于吴，實知夫人，祝莫余先也。」

竊聞之也，貞、靜、康、和者壽。有一足徵，夫人咸備焉。余何祝矣？□□□□□□□□□之□□□。胥江揚節佩符，□□□□□□□政□亡□□用懷服。頌聲以□，母□孔□。心氣暢舒，茲非□邪？抑孰不思養？有得不得焉；孰不迎養？有便不便焉。茲□食克承，魚軒周旋。夢思無勞，上風俱適。而康而色，以朝以夕。世稱善養，又何加諸？乃若坤道翕□，地德真寧；靜順維常，博厚是基。矧□□□□見性□□□悠遠，奚言金石？則靜其正也，永斯應也，況夫□□三載，育子六月。傷哉諫議，琴斷□□。逢□履□，□天矢日。天地鬼神，實鑒相之。松柏□□，□筠美節。察彼物理，尚對歲寒。懿茲貞淑，自介景福。故曰貞者，著之節者也；靜者，涵之性者也；康者，存之養者也；和者，應之政者也。一足徵壽，夫人備焉，余何祝矣。

諸公曰：「集衆美於殊途，懋貞履於獨造。衍太宗於既微，風世教於不替。大哉節乎，匪貞弗能。是故天地貞觀，日月貞明。夫人之貞，君子維行。請以是祝，而原壽徵。」

於是乎序。

贈按察使陳公入覲序

嘉靖庚子，西愚陳公實監試事。比訖事，維朝覲之期，公長臬當行，有期矣。諸寮惜公之別也，竊比與處之義。

時則有言者曰：「今之論治者，不過進賢退不肖而已。然賢者未必知，即知之，未必克舉；而不肖者□難去也。」

朝覲之典，黜陟有常。蓋天子與冢宰論官，方岳之臣簡其賢不肖以告於冢宰，冢宰定其進退，庶使無倖進、無苟免者。則岳臣之任不亦重哉！古者天子巡狩，既周則諸侯來朝。自秦以後，禮制過嚴泰，四方不敢輒奉乘輿，於是漸不復巡狩。然至今四方諸侯、庶尹之賢不肖皆能聞知之，朝覲之典不廢也。國朝，官畿外者三載一朝，乃述職焉。諸侯、庶尹之賢不肖，冢宰雖素參憲臣考核，然取決於方岳者多矣。賢者猶以時舉，所以去不肖者，於斯爲至嚴。

公之入覲，君子知其無遺奸也。其爲監試，防範太肅。及取士，與有力。衆服，以爲得人。今進尚科目，賢者出是什九，公進賢矣。是行也，豫定以鑒物，周咨以全才，審決以裨化，有若衡鑑，無遺照爽度。進拜天子之庭，退適考功所，曰「某君子，某能吏」，則必任之；「某邪人，某不職」，則必黜之。公忠信動物，宜無不行者矣。夫以言知人至難，必徵諸事。公於諸生猶知言，履官行事者，顧弗及知邪？且公向參湖藩，政多茂績。今上嘗巡幸楚服，已簡在公，於江南事有親試之，而或以待問者，公對之，一一稱上意。以勵官澤下，救□成風，□重膺寵賚，留佐台鼎。則今日之行，不得□循舊典。是故諸寮重惜公之別也。

公伯子近舉南畿，仲子魁兩浙，皆將上春官也。祗役過邑里，二子從之得聞所以述職之義，益相自勵承命，思惟不違，指日當路，亦即進賢退不肖以媚兹一人。豈不休哉！豈不休哉！聞公季子才美媲伯仲，需之京師。宋之陳氏有堯叟、堯佐、堯咨者，高第清班，簪笏並燿。以諸公子方之，史册光後先矣。於乎！公世濟其美，樹德有徵，敢侈言之，亦以併見天子任官作人之化之盛矣乎！

登高送遠詩序

夫連觴偕咏，可以觀情；申言會意，可以觀兆；懷往祝來，可以觀德。余有感于薛樓之會矣。

維明年元朔，皇帝開明堂，肆覲群后。江西憲使西愚陳公恪遵顯制，輯玉將行。寮寀循典，爰申祖餞，乃載宴于薛樓，偕賦詩焉。

托興達志，蓋傷離勗義，不一而足也，故曰可以觀情。樓俯城，故益高。高，大之基也，而視必遠。遠，久之期也。余業已取義，請諸公賦詩，寓祝頌矣。時丹泉楊公後至，乃舉觴曰：「登高作賦，大夫事也，況送遠乎？請爲陳公壽。」于是相顧笑曰：「中言有要，會意有徵，殆不約而同者乎。」故曰可以觀兆。雖然，强歌不歡，强飲不甘，匪德之孚，式宴又歌，難矣。夫異感而同應者存乎情，異體而同聲者存乎兆，異辭而同頌者存乎德，故曰可以觀德。

是會也，遐覽豪吟，極目暢懷，煙林沙渚，掩映參差，風帆往來，絲竹諧奏，夕照落尊，陰生樓閣。亦有懷土戀闕，情思沉鬱，蓋不知月色漸高與江俱東者矣。

詩可以觀，備載卷中，玆不著。

贈王遵巖晉河南參政序

初予釋褐禮部時，得識遵巖王公於京師，實同年友云。邂逅晤談，見其言循循然理也，文翩翩然富也，年翛翛然少也，竊自嘆曰：「遵巖誠八閩之奇士乎！其志達矣。」

繼予出命三吴，憂返田廬，服闋謁選，爰授臺史，乃遵巖歸娶梓里，筮仕春官，載歷銓署，左遷毘陵，則聞其政優優然敷也，心于于然樂也，思騣騣然玄也。竊自嘆曰：「遵巖爲一代之碩儒乎！其天定矣。」

及予暫輟班侍，按部雲中，簡書赫臨，再巡江北，遵巖則拜命金陵，典學齊魯，士習丕變，文化用登，探索格言，終日危坐，稍暇則群諸生於湖南，訂定疑義，講説心學不少休。則喟然曰：「遵巖寓聖賢之鄉而得其學矣。泰山渤海不有仰止而問津者與？遵巖於是乎不可及矣！」

德□□□，帝心簡在，晉參藩議，王公有江右之行。至則矩矱不設，出納唯謹，宣布朝廷德澤，延授生徒，倡明要義，無異在齊魯時。譽命上逮，逾年而遵巖復陟參河南政事。予時按晉詣闕，叨總學憲，未達洪都，而遵巖已在行矣。見諸長老大夫士，猶能談王公之政之學亹亹不倦也。復喟然曰：「遵巖閲藩臬之司而一其政矣。匡廬彭蠡不有增高益深者與？王公於是乎愈不可及已！」

故嘗謂學莫病於自足，道莫成於中定。遵巖蚤登膴仕，嚅嚌聖真，學或可以自已者，廼修爲不替，如有所失。升沉郎署，絡繹超拔，心或可以稍動者，廼憂喜不形，若罔聞知。非不自滿、假真見有素者能爾邪？本堅者末挺，積厚者發裕。由是而光輔中興，主張吾道，伸縮治體，煇煌化機，有餘裕矣！有餘裕矣！周程豫學，實乏明時；房杜得君，未聞大道。遵巖兩進之，不其難哉！

方伯文峰俞公聞之，曰：「遵巖曩陟汴藩而未有言也，請以是贈。」予謝曰：「大河淙淙，少室矗矗；統宗會元，兆靈發祉。遵巖業登岸而陟顛矣，夫復何言？」俞公曰：

「是固可以贈也。」遂次第其語以復。

江西庚子同年序齒録後序

嘉靖庚子秋九月九日，江西中式之士王生渤等有序齒之會。蘇子觀而樂焉，曰：「夫余於是信其以文取士之驗也。蓋質之義協，要之信貞，禮文樂情，咸昭達自然者云。」

初余歷試諸生，見其談禮樂而説詩書也，理邃而辯，體簡而腴，辭暢而則，氣健而舒，思冲而警，曰：「文在是矣。」則咸取之矣。然尚慮岐于廣途而未符玄識之鑒也，乃今罔不中焉。其人雖温文雅亮重厚秀爽之不同，皆文之所由著，是禮樂之器而信義之輿也。於乎亦盛矣！

夫禮以飾異，樂以統同。協而宜之，義之經；貞而要之，信之榦也。兹里異州別，族分姓辯，齒序如昆季焉，匪義之協，誰能終日？是故禮由義起，誼以情篤，歃牲載書齊盟下矣。故質之義協，要之信貞也。非然歟？且同聲相應，同氣相求，斯和應之自然，而樂之情也。至飾之禮焉，乃易次以齒，所以廣愛盡倫，是皆由衷之安，達之禮曲而中矣。夫孔子之文章，不越乎威儀文辭之間。今濟濟蹌蹌，則相師相讓，辯不失之矜，腴不失之浮，則靡拘，舒靡放，警靡異，蓋集衆美以成文，又於是行焉見之矣，孰非實用哉？故曰余于是信其以文取士之驗也。

夫余於諸生，有一日之長者也，見惇是懿行也，禮樂將達之天下無爽。夫要質之義，樂莫大焉，故于其録之成也，乃申綴之以辭。

修水備考序

修水備考，寧都憲來庵周公之所作也。

寧，南昌屬州，在春秋爲艾子之國，迄今餘數千年，寖熾而盛，稱雄豫章，久矣。其間人物故實無所托而傳與幸而存者凡幾，郡志附載莫可詳，州舊志四卷又多遺謬，則寧在今日有缺典矣。吏兹土者恒末視之，不思所以考文獻、備治紀之意，而生兹土之君子不爲之所，不重誣所自出也哉！

爰有禹貢職方之書，後世郡國州縣志所由昉也。是故志也者，志其實也。志缺則籍亡，籍亡則實湮，實湮則雖有郡國州縣，君子將奚考焉？但州縣志，地縮而事易以乏，俗近而聞易以俚，此有而彼無易以偏，移甲而就乙易以罔，師案牘易以贅，昵耳目易以私，求其所予不病其幸，所否不病其誣，屢書不病其繁，盡没不病其略，存疑不病其害信，傳奇不病其滋惑，因舊不病其尚同，創始不病其立異，有所諱不病其貸惡，有所美不病其私親者，亦難矣。

余讀修水備考，見其爲圖者一，爲表者二，爲志者五，爲傳者十二，爲文者四，有小序，有贊，括以綱目，格以義例，蔚然成一家言而無難者，爲寧信史無疑矣。今觀圖以備規制，疆域城郭可考也；表以備分守，建置沿革可考也；志以備物曲，星土井牧可考也；傳以備人賢，忠孝節行可考也；文以備典籍，集傳文史可考也；序贊以陳要略，備規美，政教之端、是非之典可考也。寧志不備備矣乎？豈惟寧山川人物有賴，固治紀之所由存也。君子觀其籍，考其實，乃知寧之爲寧矣。

公爲是考也，同郡太史氏東白張公謂其得著述體，屬以郡志，且曰：「元禎可以見鄉先正於地下，茲考之成，公不可見先正於地下哉？」公嘗著修江世德、先賢二録及修滇南通志，史學之長足徵，而猶曰「備考」者，不自專之意也。然始而都憲南山公付托之重，今而尚書泉坡公表章之勤，家學一源，世德相望，皆于是考見焉，僭併及之。

贈孫豐山陟河南總憲序

初余蒞江臬督學也，豐山孫公蓋以參藩入賀云。屬有誣繫之事。江藩之民私相語曰：「公其復來乎！吾聞直而見誣，忠而被讒者，自古有之，然終未有不自明者也。公貞于官常，協于公是，必有辯之者。」已而朝廷果直公，復命參知江藩政事。未半期，復以資入賀。江藩之民又相語曰：「公其不返乎！吾聞直而有爲，忠而能力者，自古難之，然終非一方才也。公直道自信，人亦信之，必有薦之者。」已而果擢公爲河南按察使。

蘇子喜曰：「朝廷用人當人心有如是矣！夫昔也余嘗寤寐大河少室之勝，恒以未歷覽爲念。然觀史傳，則竊嘆官河南者之難也。是故質直不阿，武帝擇於汲黯；文武備足，世祖於寇恂選任焉。今求天下復如二子者按其地，則孫公誠其人矣。然而老成持重，更事之久，又不知二子視公何如。吾知公之易易於河南也！」

夫天下有真物焉，試而愈堅，有真才焉，遠而愈力。故百鍊而剛者，精金也，千里而健者，良驥也。孫公舉進士將三十年，官凡九命，險阻艱難實備嘗之，盤結糾紛亦已備試，業經百鍊之埸，而騁千里之途矣。本真者不外變，任重者不遠辭。茲總憲河南也，何有哉？

抑余猶有説焉。夫河南，非侯服之中歟？憲官者，彰善癉惡，立民之中者也。中之時義大矣哉！天地之中，陰陽剛柔不偏其用；人之中，仁義寬猛不過其則。故仁以勸善，不失之寬，義以懲惡，不失之猛。達陰陽剛柔之義，要在司憲者慎重而酌施之耳。是故君子居其地思相其宜，職其官思盡其理。孫公居宅中之所，司作中之權，仰觀俯察，涵中履和，以平冤獄，察吏治，正風紀，布聖天子德澤，又何加焉？後世有紀使河南之杰者，吾不知視公與汲、寇二子何如矣。

方伯俞公曰：「孫公擢官在行，未有以賀也，請書以贈。」余謝曰：「是奚足爲孫公告哉？是道憲河南者之常耳。」辭不獲，爰退而叙之。

送潘壺南陟陝西少參序

往余讀易至「雲雷屯，君子以經綸」，仰思高皇帝當天造草昧，業兼創守，蓋得諸乾道云。載觀輿地圖，兩京奠峙。既經畫山川，并建藩臬之司。爰效犬牙相制之用，于凡險要阨塞，又開增員府，勢若分而屬，分若疏而密，制若繁而要。聯合條理，功著經綸，以遺萬世安利，又何加焉！關中，古都會也，北臨大漠，西控諸藩，南通楚蜀，東連三晉，幅隕餘數千里，自漢劉敬而下，論者備矣，至今稱雄，是故分屏建署，倍之他省。邇議者復以漢中險遠，政教難達，騷警易動，雖嘗陳臬分巡，相時圖治，宜增置參議員駐節金州，責成分守。事下銓部，慎簡以往。乃壺南潘公首陟今任，蓋新命云。

余惟變有所當通者之謂時，執之以因循則蠱；□有所可協者之謂政，運之以矯激則拂。是故守而□□，不可語時；峻而無章，不可語政。壺南慈祥愷悌得之天性，文雅忠孝本之家傳，清簡寬平著之薦剡，政自身推，務因時應，必有新美，以答群望。爲良屏翰，政可知矣。顧公之初考績，行也，衆咸願假留不可得，乃奉母太夫人便道東歸。色怡怡焉，樂洩洩焉，真性至樂，三公不博可知。聞兹新命，寧遑將母也哉！吾竊取譬天下猶堂構，有當葺焉，猶衣裳，有當補焉，豈獨君之責邪？古所謂社稷之役，弗肯後也。分撫新議，無亦皇祖經綸之餘，丹艧之塗，彌縫之屬矣乎？書曰：「不肯堂，矧肯構。」可爲朝廷頌矣。詩曰：「王事靡盬，不遑將母。」又曰：「衮職有闕，維仲山甫補之。」微是詩，將爲壺南奚歌哉？章門之别，虚谷姚公贈言盡矣，余敢廣其意，三復是詩，寓勸駕之私云。

重刻古賦辯體序

夫體者，物之質榦也。凡物以有體而實，無體而虚，一乎體則純，間乎體則雜。其於文藝也亦然：體不至則辭不貫，辭不貫則意不達，意不達則義不著。藝場撰次，率先體裁，以辯異也。賦，古詩之流也；古詩，賦之體也。詩三百篇，皆本之性情，兼之六義，可通之歌詠者也。賦之體全出乎詩，性情以爲端焉，六義以爲紀焉，咏歌以爲節焉，三者一不備，則其體虚，一有間，則其體雜。言文就體裁而後名家也，猶物載質榦而後成物也。彼侈夸辭、工奇字，偶句散語，其於性情、六義、詠歌之體，其有得乎否也？是尚可以無辯哉？

宋祝堯君澤氏集古賦辯體，類分篇鑒，蓋邃於賦學者。本凡再刻，而脱訛如故。先是方伯海亭黄君請於侍御少谿謝君，又重刻之，余受而代成事焉。刻既竣，因附是説於末簡。要之六義之在人心，其本體有未泯者，賦家當自辯之，又奚必求合於是而後能哉！

竹澗潘先生文集序

兵左侍贈尚書金華潘公所著有竹澗集，古今詩、奏議、文、賦、序、記、銘、狀、説、引、書、跋總若干卷，其冢嗣僉憲君念手澤之存不忍忘，敬托吴郡黄省曾氏校刻以傳。一日以成帙授余曰：「敢勤一言，庶觀者有考焉。」余受而讀之：其咏歌之文，感物暢懷，諭志托興，麗以雅矣；敷奏之文，獻可替否，辯是與非，直以斷矣；酬應雜著之文，因言撰要，準理命詞，確以則矣。確以則，可以訓；直以斷，可以據；麗以雅，可以風。炳炳烺烺，各極體要。公之文其美哉洋洋者乎！

夫古之君子之于文也，□之于辭之謂訓典，履之于躬之謂德行，措之□□之謂事業，如以辭而已者，藝也。公夙藴内美，以文章取高第，讀書中秘。迨給事黄門，即首犯逆瑾之鋒不少沮挫，其經緯之學，剛大之氣，固已昭信中外。既而晉陟卿寺，歷都臺，佐司空，本兵柄，凡其黼黻庶政庶采者，班班可紀。其間若平寇之功，治河之績，尤稱偉暢，故至今賴之。其文之見于節義政事者如此，是豈可徒求之辭章篇什間已也？公之文，閎中而肆外，非邪？余雖未及面公，説者謂公孝友質直，簡静純慤，靡所不學。居常甚和易，至臨大事，決大疑，有不可眩而奪者，則知養盛氣完。公之文爲有自矣。氣以輔志，志以惇履，履以綜政，政以成文，文以名世。斯公之大凡也。觀者論世，其尚考于斯云。

鴻墩集序

夫人各有志，取其適焉。有甘心畎畝江湖間終其身以自多者，要之介性所至，非獨親魚鳥、樂林草已也。是故子陵鴻冥於東越，仲蔚豹隱於西秦，希夷雲卧於大華，魯連烟浮於東海。其吐詞發志，雖片言隻字，且千百世傳之，况比響聯篇，波屬雲委，馳騁文辭，星稠綺合者乎？

予寅友郭南孫君，常稱其姻夢坡先生少絶世味，未髫年即爲四方之遊，既而優游里社，往來吴越，放情山水，托意詠歌，以自適其志。殆亦其人，非邪？乃觀其所爲詩，冲淡典則，自成一家，山林中殊難多得，顧不可愛而傳哉？

夫役世逐時者其志紛，慕幽耽寂者其志逸。静譟不同，體製亦異。夢坡情適思雅，稽調徵志，其誠逸民矣乎。夢坡歿，子田南以詩世其家，乃搜録遺稿以授郭南，爰集諸賢裒正之，凡得詩若干首，鋟梓以傳，因以田南所著者附焉，亦以見志繼高尚而闡幽發潛，不容無述矣。雖然，道有汚隆，名有顯晦，巖穴附於青雲，清光施於後世，非郭南好詩而采録之勤，後世亦孰知有夢坡父子哉！夢坡父子世居鴻墩，故稱鴻墩集云。

忠烈編序

忠烈編，爲故中丞贈禮部尚書謚忠烈孫公作也。公當正德己卯時保釐西江，諗宸濠有逆謀，章凡數上，格弗達。暨濠叛，首脅公，公不屈，死之。語載卷中。玆蓋集其誥諭、章奏、奠祭、移檄、表記、哀誄、狀紀通若干首爲編云。

嘉靖庚子，侍御章丘謝先生按西江，得編，爰刻諸梓，亦曰：「西江，公舊死節地，遺哀未泯，口碑式徵。表世尚賢，于焉斯永。」業叙諸簡端。

蘇子獲讀之已，嘆曰：「斯編刻，可但已邪？可但已邪？粤惟武廟，鑾輿四出，閹竪擅權，蠢爾逆寧，覬覦神器。雖皇天悔禍，忠良效謀，我武維揚，罪人斯得，然摧賊鋒於始發，振士氣於底績，伊誰之力邪？關防籌策，實中先機，生榮死哀，無慚往喆。不有成帙，後將何觀哉！」或謂國史有館，忠烈如公，旂常琬琰，炳如煥如，編可無俟已。蘇子曰：「過湘爲賦者，憂憤悲傷；伏柩灑翰者，欷歔涕泗。二子非不知纂修有待。孤忠不泯，良以義理感觸，異世同符。賈誼非私於屈原，王磐無要於文相也。人亦有言，長歌之哀過於痛哭。編中所録，豈特代長歌邪？矧天葩睿藻，雖嘗頒布臣工，而國史實録，非服官館閣不得一見。夫英聲義烈，亦既宣暢皇風；乃山嶠海隅，尚或未逮興起。則刻者之志，抑獨爲孫公已邪？」

雙忠録附，蓋憲副贈尚書謚忠節許公實同死之。許公别有紀述，庸謀購刻，兹叙孫公爲詳。

公冢嗣堪，廕錦衣千户，以武舉第一，今爲都指揮僉事；仲墀，中書舍人；季陞，乙未賜進士及第第二。鳳翥龍翔，蔚爲時望。傳曰：「盛德之士，若不當世，其後必有達人。」孫氏以之。書曰：「彰善癉惡，樹之風聲。」侍御公垂範之意，邈乎深矣！

編苕集序

是集，益都海亭黄公稿也。稱「編苕」，從其所自名也。

余與公同鄉，知公素矣，而宦轍所之，恒不相值。歲己亥，公起廢，叅江藩，轉左右轄。余亦來督學政，始朝夕論聚，互傾其平生。然見其稿猶未悉，而公尋以入覲卒于越。今年春，公伯子含以是集寄余豫章，余始得觀其全。爰命校官鄭天行氏偕陳生蘭化校，將付諸梓人。適宗藩既白氏雅尚文事，見而愛之，請刻以傳，因是授焉意，表公精蘊云。

集中所載，諸體皆備：古詩、賦、樂府尚矣，律詩則步驟開元，而文亦出入莊、左，皆非苟作者。蓋公少以詞賦起齊魯，既又以直道退居北海上，鋭意高深，覃思玄遠，其所造詣莫可究竟矣。

夫詩言志，匪志何詩？歌永言，匪永何歌？是故讀王風而悲雅，讀騷而悲風，讀五言而悲騷，讀四愁以下而悲蘇李。道隨時趨，而詞由運變，代有作者，其至下矣。若夫力追古作以永言達志，直欲上繼騷、雅，則其人何如哉？抑聞之，「哲士嘉言，千古不廢」，匪徒以文藝所罕，蓋崇本厚植，擒英攄華，載道而行之者也。

公平生以節義自持，以古賢豪自期待，而涖官行己，鑿鑿有徵。所至宣仁布義，奬廉退貪，忠存報主而膏澤潤於群生。其在江西，尤稱懋著。至今田夫野叟言之，亹亹不倦，且泫然涕也。公之傳者，不獨集中所爲言而已。傳稱「死而不朽」，其在是夫！

賀慎脩姚公佘太宜人偕壽序

慎脩姚公始服官政之年，即抗疏乞致太僕政歸山中。于時聖天子嘉之，乃進公光禄少卿歸。今二十年矣，爲嘉靖壬寅，與佘太宜人并登七十壽於莆，冢嗣虚谷君方總憲江臬。瞻雲愛日，情罔極也。藩臬諸大夫聞之，嘆曰：「美哉！既壽而偕樂與榮至兹，非難邪？烏乎徵乎！」蘇子曰：「以祐所聞，蓋履健承順，脩諸身而肖諸乾坤者也，徵在是矣夫！」

古之仕者，不惟其官，惟其義。公懸車不待老，惟見可止之義，要非囁嚅次且者可能，茲其大者如此。其敦尚行誼，有義田、義塚、義貸、義學、義施；所以仁其族、聯其鄉者，又咸有秩序。敦薄起懦，弘世顯訓，非天下之至健，其孰能與於此？謂得其乾道，非邪？宗宜人莊儉恭淑，維德之行，凡公與諸子之所以成義濟美，又罔弗順承，以日躋於盛。坤之道何加焉？茲咸登眉壽，信非偶然，而徵是在矣夫！乾，健也，行而不息之謂健；坤，順也，承而無專之謂順。迹公與宜人之所行，則人道莫先於義，而義行之多，非健莫集也。易曰：「天行健，君子以自强不息。」是故有以配乎健矣。女脩莫貞於順，克助內梱以成其夫子而罔有所專。易曰：「地道無成，而代有終。」是故有以配乎順矣。夫惟其健也，健則不息，不息斯壽。夫惟其順也，順則永貞，永貞斯壽。故曰公與宜人之壽，信非偶然，是固有所以爲之徵矣。

雖然，抑嘗觀諸古史。若崔母之文軒，沈翁之健筆，不著其并。不亦壽乎？偕或歉也。齊德而隱者，相敬如賓，不著其年。即齊年矣，不亦偕乎？子之樂或歉也。斑衣菽水，承歡膝下，不亦有養之樂乎？至貤封駢貴，榮或歉也。是數者，造物之所靳而生人鮮或兼之。茲咸引而萃之一身，是公與宜人又不徒壽焉已也。公既獲退休，不盡之遺，虛谷君又能體心移孝以引其樂於無窮。夫是則公之自脩既足以康其躬，而虛谷君之錫類致和猶足以娱其志而斂之祉者。進而耄耋、期頤，顧未有涯，其爲壽孰大於是？諸大夫咸有頌言也，爰僭載筆爲之序。

鯆溪八景詩集序

山川之名天下者，非徒以形勝，必有靈秀鍾於人，而世家大姓往往稱雄焉。是故地益名而景爲益奇，豈非其積至發異哉？

余讀鯆溪八景詩，未嘗不嘆汪氏長發有自也。蓋其先爲公爲王，後亦多顯，至憲副君以來，科第彬彬衆矣。今大中丞東峰公間集諸詠，將刻以傳，謬以序命。

余未及至其地縱覽所謂八景者，歷按嘉名，想像靈境，時若得其形。始以峰谷之神而終以耕讀，此可以識前人之旨。而諸公之詠甚詳，余將何言？然寓目成景，會心成名，究觀其秘，有昭昭至辨，往來莫測者云。是故盈虚存乎天，吉凶存乎地，順逆存乎人。汪氏之先，非保土安民，知興歸順，何以受頒爵之賞？其後非明經力本，敦行脩政，又惡能世濟厥美，不替越國之舊哉？鯆溪雖吉，碩人斯召，至于今益光且大，有交成焉，蓋可徵矣。古稱太上立德，其次立功，其次立言，是謂不朽。按太史黄仲昭氏所稱「汪氏有以行義、宦業、文學若某某者，咸出鯆溪」，則鯆溪者，固汪氏之崧嶽矣。公諫垣時，聲華聞海内，舊矣。茲保釐江右，加志撫綏，申甫之儔，實兼前美。雅志斯集，毋亦聿念厥祖而緝熙不朽者乎？余不敏，辱命僭揚其前脩永永者如此。不復爲汪氏之後告者，二史氏序記備矣。

孫吴子序

夫醫藥治六氣之淫，參朮之良，金石并焉；韶舞應八風之和，琴瑟之雅，干戚間焉；戎器制四方之變，蒐狩之講，禮樂寓焉。五材并用，誰能去兵？觀夫周易師律之文，武成牧野之誓，聖人之情用見矣。五兵之設，夫豈徒哉！它載記不備論，如左氏所傳晉楚戰邲，諸將帥所論釁備有無之言，繹之，則勝不可爲在楚，晉之諸將不觀釁而動失律，故敗。斯丘明之兵法也。古名將如漢前將軍、宋武穆，咸好是書，固非專愛其文矣。

孫武子十三篇，文最高古，非漢以下可能；吴子六篇，言多近道，要之亦有所授。竊疑古法左氏有不盡載者，而二子能精其旨以盡其變耳。劉歆曰：「棄籩豆之禮，理軍旅之事，仲尼之道抑，孫吴之術興。」其時則然也，豈盧扁不蓄金石，而夔曠羞稱干羽邪？往余防秋塞上，有懸櫜之役，間乃取而讀之，稍芟其註之煩蕪，輒妄意解，以補未備，亦不忘有事云爾。三略雖稱太公所著，或亦陰符之托，要之與尉繚子等書，皆不出二子範圍。唐太宗李衛公問答，亦二子之衍義也。故不悉爲之説云。

昔者仲尼遊于景山之上，啓諸子言志：由志勇，賜志辨；黜勇息辨，回志大矣。嗟夫！盛德若斯，余固願執鞭是途，謝醫師，徹舞列，則斯言誠贅疣矣。

蘆南詩序

論者曰，漢無騷，唐無選，宋無詩，其或然矣。唐以詩造士，固靳於選哉！大家稱李杜。太白才高如天馬行空，時復逸群。少陵無家、新婚等篇，步驟仲宣，獨感於從軍之興。若陳伯玉、韋應物二子，於選也奚遜？漢魏間豈人皆然哉？古樂府十八篇，朱鷺之辭尤難解。或曰，衆音以鼓爲宗，而朱鷺，鼓精；又曰，朱鷺，鼓節。以後世管磬尺、工、六、凡、乙、五爲譜，按而習之，五音自諧。取其字何義邪？不可證乎！要之餘篇，是皆尚音達興，而字句長短，莫匪自然。後之作者襲其篇名，乃謾無取義，甚至繆襲、何承天類以五言叙它事，舛哉遠矣。

嗟夫！嘗聞古今人不相及，乃吾今觀於蘆南鄒子諸作，豈其然哉？於乎！三百之什，本以緣情托興，假物發志，其體正而和，其意宛而達，其節亮而遠，其音雅而暢。三經、四始，何嘗相襲？是故無不可被之管弦，而古選、樂府，已入變矣，猶不失遺矩，咸可誦習。下至顏、謝，極矣，又選之變也，而律實祖焉。茲鄒子乃能軼而上之，樂府之擬，并駕繆、何矣。故曰，閉門造車，出門合轍，貴在得意，以達天下之志。若夫寸寸而校之，至尋丈必差，斯模擬，不足珍。説詩者以超悟爲上乘，殆知言矣。載觀五七言律，平淡渾融，亦盛唐遺音。其所養，并可概見。顧止各二三首，不無散逸。是初不欲以是成名，以故人鮮知者。索之仲子慎，乃僅得此，校而刻之，以表所藴。并授子禮氏，固能繼志者也。鄒子廣川人，行甚脩，友義尤篤，余蓋兄事之，蘆南其别號云。惜其宦雖不達，往往去後見思。時命靡制，斯君子之自得也，論世者尚互考見焉。

壽東畲翁七十有八序

東畲翁嘗爲臨江守，興廢湔弊，約己厚民，重學興禮，善政莫可殫述，郡人德之，建祠稱名宦焉。嗣沮於豪民浮議，銓部欲移之思南，遂毅然東歸。余之督學江右也，往往聞諸生言其爲人與其行政，曰：「政務及民而弗狥於時，守惟約己而弗究其用。」殆有道者不盡之施，其將有所歸乎！

嘉靖乙巳，余以臺臣出撫畿輔，司寇郎泮泉錢子以監獄至，語及家乘，則東畲翁子也。噫嘻！曩者之談，其亦可徵已哉！乃錢子則謁余，請曰：「家君逾七望八矣，明年正月五日其誕辰也。兹乘傳歸，將遂省覲焉，敢丐一言。」余因詢之，乃益得東畲翁之詳。東畲翁以進士起家，初爲盱眙令。值薊盜流剽齊魯、大河南北，轉戰渡淮，十城九潰。翁以巡、遠自任，諭父老以義，藉民兵以守，賊竟不敢入，時敕使者有「露宿守淮」之褒。比考績，徵補留都比部。會武皇帝南巡，翁毅然抗疏入諫。比至，駕已發，門下省不以聞，翁遂鬱鬱謝病歸者三年。兹章章著者如此云。

竊聞之也，視履者考祥，有德者長世。古稱「天道無親，常與善人」。余觀東畬翁，歷官郡縣，出入郎署，咸有偉績。忠存報主，而膏澤潤於群生。比歸，則又仿周禮建祠堂，置義田，以贍族之貧者。家居之暇，惟詩酒是娱，足不入公府。所謂善人，非邪？翁歸之十年，司寇郎與儀部君相繼舉進士，羽儀朝著，聲華方浸浸溢於上下。其諸昆季業經黌校進遊太學，譬之鶴焉，頂或未砂，羽翼已成，又咸有横空之勢。餘休覃被，雲仍繩武，廼東畬翁則日怡怡以自樂，斯亦可以占壽矣。何也？吾聞諸，先民凡壽，恒氣昌而性逸者。顧人不能自淑其身與貽其後之人，則戚戚然憂且餒矣。或其身淑矣，而阻於名位之未榮，其後蕃矣，而苦於賢不肖之未齊，亦皆有以牽繫乎其心。心勞則精從之，精摇則數從之，要非所以與於永年而保世也。今東畬翁何如哉？以余所詢，進而耄耋，而期頤，而大椿，亦天之可必者矣。天保之章曰：如日之升，如月之恒，如松柏之茂，如岡陵之不騫不崩。請爲東畬翁頌。至若傳記所云仁人事天，孝子愛日，則司寇郎諸昆季得之性生而閑之過庭者，又奚俟余贅矣乎？

賀懷德先生偕封序

嘉靖乙巳秋七月，廟建告成。妥靈居歆，昭穆秩序。聖天子忻慰，錫類廣孝，覃恩臣庶。右山裴侍御以侍近之臣，上及其親，敕封懷德先生文林郎監察御史，其配封太孺人。豸冠翟服，并膺寵秩。侍御君時按部恒山，捧日瞻雲，蓋兩切矣。於乎！積以受祉，而祉以昭應，可以觀天人之際矣，抑忠孝之大勸乎！

夫君子脩之家，初未嘗取必於天也，而和氣之感自獲顯應。子之能仕，父教之忠，亦非能及之人也。名德之著，鄉人孚化焉。君子曰：「可以風也。」非歟？蓋世有崇名顯秩不能及其親者，亦有及而不與，與而不偕者，何限也？裴封君年甫逾六，聰明如常，太孺人賢淑範于壼饋，并以侍御之貴膺此顯封，是豈易能哉？

余嘗按于晉，平陽俗化之美允存唐風。山川雄秀會于蒲阪，是以人才輩出，聲華望于一方。而裴懷德氏茂衍晉公之慶，敦履飭行，雅重鄉評，舊矣。茲余有恒山之役，又與侍御君下上，其議論以弘濟多艱，貞肅之度，四境式承，緊余亦實有賴焉。吾聞之也，山川蘊其氣□□，人物彰其靈；德行，孚其化者也，子姓顯其世。自今觀之，則封君固胤靈毓秀，基美裕後，其所以得之天者，豈偶然哉？由是一命以至再命、三命，荐膺蕃庶，以躋公孤，此其兆耳。侍御君將得代歸，有期矣。豸繡趨庭，承顔展彩，于于焉，陶陶焉，不知天壤之樂何以逾此。而鄉鄰之觀，咸侈艷之思。以厚積顯發，又孰非翁之被哉！詩曰：「孝子不匱，永錫爾類。」朝廷之所錫於天下者其仁廣，侍御之所以錫於一鄉者其仁實。廣以勸忠，實以勸孝，故曰有風之道焉。因以爲序。

怡椿軒詩圖序

刑曹右堂之南有椿焉，因扁曰「怡椿」，舊矣。正德間，鄢陵怡閒劉公之爲大司寇也，嘗爲春岡先生延師受經於斯。今三十餘年而春岡公晉少司寇。退食之暇，感念今昔，歌以昭思。一時名公巨卿及諸大夫士永公之思也，又罔不屬和公者，積百餘篇。乃屬畫史繪趨庭、承武二圖，裝潢成帙，而以序見命。祐實受知於公，辭不獲命，爰覽而嘆焉曰：「美哉，其孝之徵乎！顯祉永胤，亦於是乎在矣。」

記魯論者載過庭之訓。詩禮攸聞，又下武之五章曰：「昭兹來許，繩其祖武。」非其權輿乎？兹公以是命圖，而其中諸作，雖比興不同，莫不韶夏并奏，金舂而玉應焉。紓情極思，達志申旨，炫目麗精。孝思之永，本之性而達之天者。已侈形容之盛，情之所同，固宜人所樂道，亦公之所宜實也。夫圖以模形，即事以著象也；歌以盡意，托喻以章情也。即事近實，近實則類可稽也；托喻近虚，近虚則情可盡也。事稽情盡，尚俟予言乎哉？夫公，中州之産也。東漢弘農楊氏四世五公，説者歸之陰德，而賜、秉、震之懿矩雅範亦實副之。吾聞怡閒公忠清直亮，恢豁有容，位躋法曹而刑惟明允，完名全節，爲世典刑。春岡先生式承庭訓，詩禮有融，永言孝思，嗣服芳武，荐晉今秩，公孤之階，方切群望。弘農之楊，不得專美。山川靈秀，自昔則然，踵德象賢者實當之矣。由是觀之，圖也者，肖形者也；詩也者，合情者也；山川也者，胤靈者也。大河淙淙，嵩高巖巖，公之世祉有涯乎哉？

三關紀要序

險足以守乎？曰：春秋書「城虎牢」，重設險也，君子宜無弛備以啓狡焉思肆之心。險不足以守乎？曰：孟軻氏云「地利不如人和」，徒險之恃，君子有遺論矣。夫人有言曰：「天子有道，守在四夷。」夷狄烏合獸噬，然不可以無防也。

國初，沿邊置鎮府，自肅愼氏爲外藩，延袤而西者，則遼東、大寧、宣府、大同、延綏、寧夏、甘肅，載逾嘉峪，爰建哈密，用斷匈奴右臂，以貽萬世安利，繄宏遠矣。嗣是，因時改革，乃移置大寧於保定，而以其地置朵顔等衛。其後，薊州、偏頭、固原改設總鎮。今所稱九邊者，視初加密。成祖定鼎燕京，密邇虜穴，山海在左，居庸在右，則紫荆等關迤邐聯屬，蓋又國之門户云，其視它鎮，不重且要哉？

甲辰歲，黠虜肆逞，直闖浮圖峪。浮圖，古蜚狐口也。京師戒嚴。嗣歲，余叨膺提督諸關軍務之役。既勉力以承新命，次第經略。幸而歲事有秋，外内寧謐。念稽往詔來，宜有載記。爰考往牘，謾無左證。因命侍史，録諸卷案，并取諸敕諭所載及郡邑所上者，授簡于栗仁甫氏，著紀要十篇，圖説附焉。首建置，稽始也。政有經緯，匪文莫備，故次經略。文武并用，戡暴須武，故次兵防。師行糧從，兵貴宿飽，故次軍餉。地有險易，衆寡因之，故次戍守。習險既閑，地利可得，故次險要。兵以衛民，不足又重煩民，捄時之政也，故次調集。偵探豫則耳目長，足以制變，故次警報。宣大，外藩也，惟不固則内關孔嚴，故次邊衝。「不遑寧處，玁狁之故」，責任可知矣，故次虜系。

嗟夫！險以制變，圖以定軌，説以盡言，兵政其有裨乎。抑嘗聞之，兵無形也，唯善用兵者斯能形其形，是故險可以守而不可徒守也。余也其尚免於按圖索駿之誚矣夫！

穀原文草卷之二

記

壠芝記

余少也，顓蒙滯儒，□□□□□□□□□□□□。年幾弱冠，太孺人□□□□□□□□□□□癡成性，莫知□□□□□□□□□□□□□□安知有所止？而□□□□□□□□□□□□慢相承疏□□□□□□□□□□□□□□□已先君是□□□□□□□不亦悲乎！是歲夏四月，禮仿近□□□□□其器已毁，其簪裳又安忍言也？腐木倏化，葬事□□□間紫錯，離奇盤曲，宛如映日雲生，突如□□□□哀毁，莫知其謂何。四方會葬者咸驚嘆□□□□□所愛，仍以數本置題輳中。嗚呼！則斯□也，□□□邪？或曰，草木之微，得氣當先。是故萍實□楚，蓂莢瑞唐，可不信乎？傳云，和則致祥，善必先知。是和氣之應而餘慶之貽，非偶然也。余聞而懷之，不敢以告人。今星周一紀，是爲嘉靖癸巳，帝命誕敷，叨以侍臣錫贈先世。豈臣實良，維德之昌。或人之言有足徵矣。嗟夫！羊棗充盤，動悲曾子；路石觸履，輒避徐生。則余于斯芝也，豈能忘情哉！乃撰次如左爲壠芝記。

清丘書屋記

按春秋，晉、宋、衛、曹嘗同盟于清丘。濮，衛地，清丘固宜在濮。近者耕發誌石，上有刻書「臨濮之東，清丘之原」，宋熙寧四年也。熙寧在南渡先，古迹宜猶有存者，北王趙集其後名云。集隅之北舊有廟，内肖玄武像，後堂六楹，時陳醮祀肆。今皇帝御極，定諸祀典，而天下諸非所當祀者悉當撤改。乃仲兄合鄉人請于郡守曰：「丕揚皇靈，以釐淫祀，敢不奔命？側聞黨庠術序，在古則然，春祈秋報，于農爲近也。願以前屋棲神，後屋校士，唯我侯其無違二三父老之志。」守曰：「余弗汝逆，汝其余終。」乃仲兄則又曰：「斯土，古清丘也，取名書屋爲宜。」於是撤中扁題，集族子弟并鄉之子弟俊秀者校習其中。書抵京師，曰：「事匪載紀，將無示久遠，以一衆志。汝曷記之？」

吾聞之也，迪吉者存乎動，振雅者存乎教，稽古者存乎實，合衆者存乎同。緣情通志，其衆一矣。考經據志，其古核矣。育材勸賢，其化興矣。反本報始，其瀆鮮矣。瀆鮮則吉迪，化興則俗淳，古核則可稽，衆一則可久。可久者，質之義者也。可稽者，□之信者也。化興者，□□□□□□□□□□一舉而四善備焉，又焉庸文□夫□紀歲月，可刻置屋壁爾矣。

公順堂記

嘉靖甲午冬，方自宣大還，明年春，復有江淮之役，惴惴焉益懼弗勝。瀕行，乃請于浚川先生王公曰：「祐孱劣弗良于役。向也使諸關外，視内郡不可同也。竊有請焉。」公曰：「治之不同可也。」「幸竣事，苟免于戾，以爲公辱茲畿内也，將可同乎？願復有請也。」公曰：「同亦不可也。廓然大公，物來順應已爾。」乃再拜以行。

迨夏，入碭、豐，由徐、邳，以達於泗，于時麥穎盡脱，蓮實半含矣。泗視諸郡爲中，郵達置傳，牘貯案稽唯便，舊恒歲半寓焉。顧惟署制，外若弘麗而内實湫隘。朱鳥高翔，赤雲下襲。溽暑方烈，鬱蒸罔適。乃浮舟而西，止於中都。既則歷于亳、潁，放乎英、六，爰及廬、舒、滁、和，東下真、揚，北達通、泰，鼓柁諸湖而弭節淮陰。

按歷幾遍，歲聿云暮，州軍從事以故事請還。歷于泗，既止于署，見稍加改闢焉，則楹礎左弘，屋壁内撤，湫爽隘邃，心目怡曠矣。廼惕然省曰：「公順之義將斯在乎！」何也？唯茲臺署與人，夫奚異也？譬之弘麗，則嚴厲張矣，湫隘則猥瑣蓄矣。侈外逼內，余弗能堪。威張厲施，而猥瑣滯蓄，人將能乎？夫惟外內焉，則將之迎之，情蕩而性淆矣，奚其政？于公順也，不亦遠乎？雖然，公無內見，順無外見。若近名，是懷避嫌以托其究也。私且逆，亦公順之蠹也爾已。或曰：「不同之說何如？」曰：「是順應之昭也。若强同焉，則羈牛鞅馬矣，順乎？弗順則弗公也。充斯義也，天下可也，是在我矣。」迺約其辭，扁于堂楣，因系之以詩：

於維茲域，徐揚之疆。大海環之，緊瞰于江。河濟會流，淮泗淙淙。荆塗儼望，天子是邦。其一　洌穆神龍，乘時御極。翼翼皇邑，四方之則。有渰雲興，以輔以翼。斯土之毓，其麗實億。其二　帝懷蒸民，罔逸以休。庶職曠鰥，蔽于黈旒。明目達聰，遣使分州。以綏黔黎，以肅諸侯。其三　顧唯小臣，被茲簡命。四牡于邁，南風與競。爰歷爰止，敷教覃政。淵臨冰履，罔敢弗敬。其四　維茲中署，隘予弗腆。猥瑣中蓄，曰予曷敢。近取諸身，其則不遠。公順攸躋，忠恕是衍。其五　維公伊何？不獲于身。維順伊何？不見于人。寂感之常，易簡之真。老尚玄同，易贊幾神。其六　皦皦近名，辭陸涉水。營營取容，徼鉤揉矢。和乃唯同，隨則以詭。無罹訾尤，慮終以始。其七　刑之則刑，生之則生。欽哉恤哉，載疑載矜。天道是由，帝德用承。敢介司節，警于執旌。其八

按察司續題名記

夫題名者，以藏往詔來，非以存名已也。是故臧否係於勸懲，而廢興關焉。其與内史外志，異事同義矣，顧不重哉！江西按察司自景泰初始立石儀門之右，嗣是凡再易矣，以故荐繁複而不無遺缺。且歲久石隘，遷代繼至，題者病之。嘉靖辛丑，莆陽姚公文炤謀諸同寅續焉。序官稽履，補遺删繁，仍虚左以俟來者，雅稱明簡。復謂有碑不可無記。爰稽往石，始記則督學華亭夏公寅，次古杭邵公鋭。廼曰兹當在余，蓋余謬以職事繼二公後云。雖然，如取諸藏往詔來，辯臧否，示勸戒，〔一〕二公備矣，余尚何言哉？辭不獲。記曰：麟經著，史記不興，遺夫秦漢；通鑑成，綱目不纂，淆於是非。今兹題名，亦一司之史也，表儀攸係。而人代遞遷，紀録或遺，則訓典罔備，續固不可已也。抑余竊有懼焉。人有言曰：後之視今，亦猶今之視昔。是故或因以興，亦或以戒。匪石之存，後將奚取哉？昔余嘗按往石是非乎吾前者，安知後日不有是非今日者乎？是則可懼也已。傳有之，太

〔一〕辯臧否，示勸戒：「戒」底本作「戎」。印案：「勸戎」不詞，「戎」當是「戒」之訛，形近所致。又案：本句承上文「是故臧否係於勸懲」而發，懲、戒義同，亦其證。據改。

上立德，其次以功，其次以言。斯三者，萬世無可議焉者也。今余與諸公勒名兹石，繄不朽之圖，毋亦是務，俾後世無得而是非焉可矣。且我國家設按察司以寄耳目，振紀綱，其權與内臺并，凡以貞度肅僚，彰善而癉惡也。則是非之權，固非異人任者。廼或不能必後世之無是非，亦可謂能官乎。不然，名存世遠，適滋是非口實。續之終，懼之始矣。義重相規，敢因是舉爲諸公盡之，而併以詔之後云。

進賢水次分司記

進賢水次分司成，再逾年矣，嘉靖辛丑，微泉竇子潤繼至，乃始考其事，將并題名于石，彰善而稽實，爰問記焉。

蘇子曰：文皇帝之都燕也，歲漕江南北粟蓋四百萬云。及期，大司徒奏遣部使者，授之璽書，分臨水次督運，有司如期與否，則糾舉如例，賞罰行焉。他日，部使者之入也，亦視此爲殿最，法制稱精嚴矣。江西水次凡三，曰省城、龍窟、吴城。省城、龍窟則南昌等衛所兑運，南昌等咸江西屬，地近勢臨，體統一矣，故咸罔不謹畏，即爲姦，易制，不能肆。乃吴城，則南京、湖廣衛所，異南昌等，又僻遠，居人亦緣以爲姦，故多寬假之，罔詰問，非一日矣。嘉靖戊戌，鄭子質夫督運至，洞鑒姦弊，罔寬假，卒詰問焉。乃群狡則譁然肆暴，攘臂呶號，罔知法體矣。嗟乎！君子慎辯之不當豫哉？時方伯松泉夏公、憲長恒溪尹公偕分巡近村劉公、分守杏里王公議曰：「天下，勢而已，君子有輕重之辯。天下，風而已，君子有微漸之防。勢分習玩，驕肆生焉，殆不可長。宜遷水次以懲姦弭變。」於是都御史浦南胡公是諸公議，乃併遷諸省城進賢門外爲進賢水次云。中爲廳，左右爲隸舍；前爲大門；後爲穿堂；後爲退居，左右爲書吏室。爲楹各三，共二十四楹，周垣、横屏罔不悉備。分司左右則又爲倉各若干。地蓋取諸新建養濟廢院，并割玉清觀隙地，費取諸羨金。守令協力，不閱月而告成。庚子，劉子素至，則補創二門，稱完美矣。

往余以文事歷諸郡，未嘗一趨入也。辛丑春，始同方伯文峰俞公、憲副蒲山張公往，與微泉會之水次，見其翼翼濯濯，外嚴中豁，威不可姦，惠不可度，以興以居，體暢神舒，政理餘暇，多賦咏焉。非居之助邪？乃二公則又力贊之曰：「是不可無記。」蘇子曰：「嗟！往狡夫蓋咸罹之辟云。」余於是然後知：辯其勢，非徒崇矣，所以正體；慎其防，非徒嚴矣，所以飾法。體正則威立，法飾則惠流。斯君子之政也已。作水次分司記。

鳳鳥圖記

初，梅濱楊公自上虞令入爲臺史，轉兹江臬。去上虞餘十五年矣，乃上虞人久不忘，既爲碑以紀去思，爰復繪圖獻意，不遠千里爲楊公壽。蘇子獲登堂觀焉，跂見旭日曈曈，萬象懸朗，海波晶明，光彩浮動；有大鳥，雞頭燕喙，龜頸龍形，麟翼魚尾，五色咸備，三文錯成，蹲而中立，怳聞和鳴之聲，諧中律吕；而小鳥又數十百群，在下飛鳴宿食，衎衎焉，依依焉，若其性矣。考之詩曰：「梧桐生矣，于彼高岡。鳳凰鳴矣，于彼朝陽。」傳曰：「鳳飛則群鳥從以萬數。」兹非然歟？

余有感於二三父老之意矣。或曰：「何也？謂含精以授圖邪？表瑞以應符邪？覽輝揚靈，紀官而顯文，出不徒邪？非梧桐不棲，竹實不食，醴泉不飲，與凡鳥殊邪？抑文羽藻翰，矜寵自顧，聲音笙簫如也，意何如矣？」夫鳳，靈鳥也，儀於舜，鳴於文王。嗣是寥寥餘千年，非如鶴鵲等可日見，見則天下大寧，是故君子比德焉。梅濱玉儀瑶彩，才美并茂，揚音振羽於臺中十餘年，嘗南巡交、廣，北按畿輔，聲稱赫㸌，信有鳳凰翔于千仞之望。乃今臬使外臺也，體抑而務勞，異卿寺矣。凡卿寺轉者，恒資深望重，與有不次差少，庸力心皆可得。顧梅濱資望已深且重，時又奉命監督大工，循階可卿寺也，獨不肯心力庸也，竟辭避補外，引翰矯翮，覽兹匡廬、彭蠡而遊焉。豈包命合度，鳳固如是邪？二三父老意何如矣？

蘇子曰：嗟！繪事者，像形者也，而其意之微也，非君子莫達矣。然則鳳也者，具六像九苞者也，信有式天地、含造化，與時動止而長是羽蟲者，非徒形也。如以形，神爵、五鳳日集漢之朝堂，謂可并舜、文矣乎？傳曰：「君子知微。」孰謂二三父老而無君子哉？請以是解圖之意而因以爲記。

曾氏二忠祠記

二忠祠何？廬陵曾鳳韶、曾子禎二先生祠也。廬陵，信國公前若邦乂諸公，後若二公，風操節概，咸可表章云。信國公以孤忠大節身享邦祀且百餘祀，邦乂諸公亦得族之賢者祠之，獨二公身往世邁，遺裔流寓，莫知所宗。惟族之顯良者，廬陵之歛六，爲今御史君孔化里也。君以直放歸，有二公風。哀瓜瓞之汩没無所嗣續，乃尋訪得幾世孫於廬陵丹桂里，衣食之，惟是有賴。因獲其舊譜，益知某里是吾族，某里是吾族。族之人相與咨之，則又得二公之像于某里某孫。孔化君哭而拜曰：「先族有死節而不肖無以祀，孔化不敢以生；忠藎未白，慶澤未酬，孔化不敢以死。」日馮馮焉與族人相於邑也。[一]郡縣師生得其事，會御史沈君越按郡，具由請祀。公可之，

[一] 日馮馮焉與族人相於邑也：印案：「相」下疑有奪字。底本如此，今仍其舊。

命所司量貲建宇，卜居城南忠節祠之右：中爲堂四楹，堂後爲穿堂，又後爲寢堂，左右楹各六，爲饌房者一，爲貯器房者二，爲齋戒廳房者三，堂下爲墀爲門，總之得二十有五楹，翼翼如也，秩秩如也。落成，曾君以其事告于濮陽蘇子曰：「予先族鳳韶、子禎二公并出洪武中。鳳韶以進士爲御史，累遷侍郎，事觸成祖，嚼舌書裾得死，妻李氏亦自殺，仁廟初特宥其子公望戍還，招魂葬公于鄉之楓林。子禎，鳳韶宗弟也，靖難師駐江上，公乃走丹陽，屬畫工繪小像，自題其端，遺其子公銓，曰：『我死，必葬夏蜀山文肅公墓側。』遂自殺。夏蜀屬今句容。公之先曰綎，嘗爲江南安撫使。綎之先曰布，即文肅公。布之先曰略，自廬陵徙南豐。至肇、鞏，以文誼稱。代不乏賢，逮宋尤盛。二公往矣！孔化得其遺像，凜凜猶生。監司特爲創祠，且命曰曾氏二忠祠，願有文勒麗牲之石。」

舜澤子作而嘆曰：表忠崇先，曾君有順德矣！夫祀，國典也，忠臣之經也，而人之紀也。是故貞臣烈士效忠勵節，各盡乃心。雖一時不免鑕斧，事定時移，世主哲王礪世磨鈍，又不能不往往嘆息，表樹以張風教。二公致命遂志，厚義薄死，其於風教何如也？則祀也可少哉？予嘗按吉，謁忠節祠，又謁五謚祠，地最爽塏，固已駭千百世之忠魂志相叶而宅亦依焉。今二公祠爰居忠節、五謚間，幽響冥會，厥有攸司。故觀茲祠而七德昭矣：致祀隆歆，廟食弗替，章也；遺容儼雅，精爽顒卬，毅也；積世莫舉，待賢而興，時也；詵詵燕燕，昭穆群分，倫也；反本復古，不忘其所自生，仁也；邇不忘遠，貴不忘賤，義也；萃涣統同，比族聯脈，愉愉乎若覿百世而聽命於一堂，親也。是故人道親親也，親親以尊祖，尊祖以敬宗，敬宗以明禮，明禮以成化，成化以達天，順之至也。作二忠祠記。

東潭記

東潭去洪州東南餘四十里，初名小潭。淵涵停蓄，深不可測，疑有蛟龍興雲雨也，又名龍潭。涂君夢卜家其上，顏其讀書之屋曰東潭而謬以記問余。

蘇子曰：以余所讀孔子「智者樂水，仁者樂山」之言觀之，俯仰不同，誰非其性也？顧其好而至于忘動静，樂壽隨之。乃今即涂君履之所至觀之，豈不信哉！夫水，生之天而成之地者也。昔者孔子觀於東流之水，子貢問焉曰：「君子見大水必觀焉，何也？」孔子曰：「夫水，偏與諸生而無爲也，似德；其流也卑下，倨句必循其理，似義；浩浩乎不有，似有道；其延萬仞之谷不懼，似勇；主量必平，似法；盈不求概，似正；綽約微達，似察；以出以入就潔，似善；發源必東，似志。是以君子必觀焉。」夢卜初諸生時已有志天下事，是故屢見知於諸名公，非必東乎？至爲名進士宰邑，爲名御史出按部，興利除害，非德與法且正乎？其奪諸貂璫之乾折之横也，毅然無少遲回，非勇乎？始謫判廣德，遷揚州，與時屈伸而能加志於民，非循其理乎？方用稍遷南郎署，進僉東廣臬事，期究察善之用，輒又坐罷去，歸則杜門觴詠以自樂，若無所動於中，古謂樂天知命，殆近之矣，兹非有道者不能。書曰：「非苟知之，亦允蹈之。」則其所自號者，乃其所自信也。則君無負於東潭而真爲君之所有矣。是爲記。

宴叙園記

宴叙園者，從弟純卒業太學既歸，居之西偏建植屋宇，樹藝草木，時游息暢歌于中者也。堂豁室邃，亭翼坊廉。徑曲而通，池窈而深。堵墻外周，門屏内應。花卉四敷，琴書中列。清遠華馥，無淫褻雜茸焉。蓋亦可能取會物理，樂暢性真者矣。郡太守荆沙李侯偕别駕文峰施侯憩而賞之，既侈之嘉名以應時令，則又問名於余。乃取唐李太白桃李園序宴叙之義，揭之坊上而申之以辭。

夫人莫不有情，情疏則離；亦莫不有義，義亂則乖。是故先王和之以樂而宴行者，所以聯其情焉已爾；惇之以禮而分明者，所以辨其義焉已爾。義辨則親疏有等，情聯則意氣無拂。此慈惠之示，達之天子；雅歌載陳，敦睦之序，施及朋友。禮經顯示，良有以也。

若夫讒生貨惑，他人是崇，而杯酒相歡，則爲拂經；樂過逸縱，口體自恣，而遊賞無已，是爲玩物，皆非所以協情篤倫，示軌則而衍休徵也。宴非成禮，何以聯情？叙匪明分，何以和義？匪禮匪義，何以示訓？唯弟其共圖之，庶克範於永世。乃再拜曰：「式服其辭，當思繹其義。竊比銘盤而爲園記。」

羨魚軒記

余讀莊周書至觀魚於濠上，曰：「樂哉魚乎！」惠子曰：「爾非魚，何以知魚之樂？」周曰：「爾非我，何以知我不知魚之樂？」未嘗不掩卷嘆曰：「辨哉，千古一人矣！」

茲過梧岡李子讀書之堂，堂前有軒，軒前有池，池中有魚。凭闌而觀，則見細鱗修鬣，有大者小者，游者泳者，浮者沉者，嘘者呴者，悠然而逝、群然而集者，是亦適躍淵之性矣。因謂李子曰：「我非子，固不知子之羨魚。子非魚，又何羨於魚而且以名軒也？」

李子曰：「心迹判而道存，物我殊而理會。是故善相馬者識其機，善解牛者悟其理。推類盡意者，達人之大觀，妙契神識者，天下之至精也。吾子其進于是乎？」

予曰：「噫嘻！子以鴻漸之翼，懷鳳舉之志，藏修於茲近三十年矣，乃困抑長途，偃仰蓬徑。他人視之，不勝於邑，乃姑委順時化，耽暢嘯歌，含真自全，抱璞以需，澤乎其容，浩乎其氣，可以觀養矣，豈非視魚之游泳嘘呴、方池溟渤等邪？他日乘風雲之變，煥龍光之祥，溟渤猶方池耳。齊物之見，無讓漆園，坐忘之功，有同陋巷，蓋將隘鄙莊叟而可庶幾顔氏者。非歟？」

李子逌然，乃援鋏而歌曰：「何我非物、何物非我兮！彼君子兮，無不可兮！何小非大、何大非小兮！彼君子兮，貞以保兮！」

于是蘇子亦爲之歌曰：「多魚之夢，維占之善兮！三鱣之集，聿吉之獻兮！魚兮魚兮，固君子之所羡兮！」歌闋而出。

明日，次其語，俾記之軒壁。

雲中事記

嘉靖癸巳冬十月，大同卒殺總兵官李瑾。距癸未甫十載，蓋再變矣。先是，八月八日，余受面命巡按宣大。九月十三日辭闕，又二日至居庸，代其事。又七日至宣大，乃十月七日有大同之變。是夜五鼓，星殞如雨。豈變不虛生邪？又明日，代王遣内使入奏，過告之故。既而巡撫潘公仿使亦繼至，揭云：「李瑾性過嚴急，興工不息。軍士訴，不聽，七日之夜，激而殺之，黎明解散，今已寧息。」除具題并首惡另行查究，意蓋歸罪瑾云。余竊疑：瑾縱有罪，非軍士可擅殺也。或姑安反側，不可盡憑。乃具疏，其略曰：「變雖成於激起，姦實本於玩生。大同地方再興變亂，良由驕軍悍卒蔑視朝廷，干紀違天，動逞脅制。法徒羈縻，略存紀綱。恩屢布宣，益見姑息。據賫揭帖人口報，巡撫大門并卷房亦皆燒毀，已後巡撫消息亦不可知。縱云變由總兵，亦既火延都院。由是觀之，則臺臣之重，已就迫驅。具奏之詞，任其指畫。參照巡撫都御史潘仿，知人心之將變，不能弭消，致禍胎之既成，轉乞赦宥。事不得已，罪亦難辭。伏望皇上軫念大同一鎮禍變再生，安危所關，紀綱所繫，乞集廷議，以正國典，斯宗社無疆之福。若夫持守故常，非臣所知也。」總督劉公源清亦具奏，未上，而代王奏已先至。朝議洶洶莫定。及見余疏，衆論是之。即日下兵部議覆，則命劉公與提督卻永將兵按問首惡，且降黄榜赦脅從，余監軍覈功罪焉。遂相次行，期會之陽和城。未至，潘已拏二十餘人械繫東來。其王弓兒，首惡也，餘皆乘機搶貨之人。總督訊之，不服，因益招數十百人。劉公乃會卻先將兵而西。比余至，則劉公迎謂曰：「已張黄榜，又已出曉諭。若入城，則惟按兵索捕首惡，脅從罔治，庶恩威自上出，而法足正矣。」余固善其一念忠憤之心天日可對，亦竊意諸逆自始變至今脅制由己，肯帖然受命乎？業已行矣，又明日，朱振自大同來。總督露刃見之，責以大義。但應曰：

「振一人何能爲也？」既余見，對如總督。迨出，而報者繼至，云：「大同城炮聲不絶。」是夕，振仰藥死矣。振嘗總大同軍務，贓以萬計。癸未之變，亂軍取之獄中，援而立之，因輒授焉，贓亦罔問。後罷，而瑾來代，凡軍伴上下班，則更候之。瑾實甚廉，謀勇亦絶人，獨見軍政之日廢也，欲整飭之不少縱。諸軍亦時時向振告。振曰：「不我聽，奈何！」似亦不善應。嗾而殺之，未有也。初，事之起也，止領糧餉者至城求假一日製衣裝，而瑾不從。七八人醉而倡爲之，副總兵以下獨遊擊戴廉騎馬再向前，諸軍輒挽廉馬回，餘皆坐視之，可罪也。瑾聞變，乘屋下射，飛瓦斷其弦，遂被執。不屈，但戟手東向曰：「瑾死，朝廷盡戮汝矣！」因并其弟殺之，且焚其都察院大門及卷房。時已向辰，聚者亦僅數十百人。無籍者因肆搶掠，四門則效往年摎邏。內言不得出，且要巡撫乞宥。而振遂擅攝指揮其事。後議者顧罪瑾而宥振，失是非之本心矣。初，官軍之西也，諸逆罪固重，且襲故變，因訛言洗城。大軍今且至，內一二良善雖知其訛，衆惑且懼，由是一城盡變。四門晝閉，遂謀抗王師。前軍甫至東關，參將曹安已死於乘城之炮；南關亦即出兵接戰，復拒城，矢石如雨。郤永因與遼東遊擊武漟據南關，參將段堂等據東關，副總兵張鎮等據北草廠，三面攻城，而城中亦時時自洞門出相攻殺。洗城之説牢不可破。馬昇，舊中軍，時以事係鎮撫獄；楊林，舊夜不收把總，時爲郤永旗牌官，聞變後方回。黄鎮，革任參將；王安、郭全等，故無賴，遂受衆推戴爲頭領，凡誘虜出戰，皆其指授。既而樊公繼祖來代巡撫之任，居陽和，不得入。見軍久無功，因相與往會總督於聚落。總督方謀水攻，言頗不相入。初，余聞城中雖迫於叛軍，日夜求生之心實什之七八。千户李春、張著者，兵部差官也，因其入城，則命以禍福曉之，又咸無不日夜望。卻則時時揚兵欲攻，而城中因不信黄榜，且疑兩千户賣己。余間語總督，則又曰：「君按臣，不可仰面語賊。」因自思：意既不合，事焉能濟？徒貽誚矣。乃復還陽和。樊公遂有請金牌入城之奏，而余亦參兩節制久暴師無功，乞天語戒飭。羅峰見余諸奏，每語人曰：「御史當大用。」及見是，乃不以爲然。外議亦紛紛矣。余因取蓍揲之，得大過之隨，竊意斷曰：「斯事誠大，非大過人之材罔攸濟，諒哉！稽隨之時義，坎水震木。兹仲冬，盛德在水，木且休矣。平定之期其在春乎？筮史識之。」既而賊誘大虜至城下，内外夾戰，我師失利。虜雖去，聲言且復來。又數日，爲二月四日，節在驚蟄，語筮史曰：「占無乃應乎！」門既闢，果大同兩人至，其一鎮撫王寧也。詰之，則曰：「城中實畏死，非叛。今黄榜坐馬昇等名，城中以爲誣。諸印信結狀咸在，望貸此七人，以全百萬之衆。」余因笑曰：「受命西來，按兹兩鎮，四閲月矣，今始見大同朱篆！尚爲賊遊説邪？」且曰：「朝廷百餘年生息，何負於汝，乃一旦助逆招虜？若自爲利，獨能保妻子不奴辱乎？」王寧因求近案對狀，既前泣訴曰：「城中實怨此七人，恨未能即殺之，得庫金二百募賞可濟。又實欲内應，不得通，亦恐不自免也。願示之信。」余曰：「城存，倉庫固存；陷之虜，城且亡，矧倉庫邪！儻謀成，賞不吝。恩信黄榜具載，尚俟多言！」乃印給批迴，使馳去。蓋虜既去，城中聞穿地鑿城，益懼，因怨此七人，曰：「奈何駢死？」思圖之矣。時詹郎中榮、戴遊擊廉并機警，軍士素不怨此兩人，而兩人亦深相結。馬昇微察其情，求自脱，乃以情告廉，乞宥罪，戮餘黨以應黄榜。廉察其實，乃語詹。因縋城下，見總督。總督已解官，東歸有期，城中不知也。時楚職方書、李户部文芝適咸以水攻至，在劉公所，劉因紿曰：「城中惑言，不信黄榜，謂朝廷將盡殲之。茲遣二部使察真妄回奏，死無日矣！」詹曰：「公言如是，巡臺謂何？」則又詭曰：「明日當自至陽和言之。」又曰：「二部使可即一至城下，以慰倒懸。」劉曰：「難輕就見，俟明日南城下見之。」明日，劉公東歸。楚偕副總兵梁震等至南城下見諸父老，因擁之自西門入，面定約。楊林察其狀，亦因馬昇乞死，諸君許之。次日，東圃至自大同，備以告。又明日，乃斬黄鎮等三人，傳首東來。而雙嵓亦入城撫定。劉公既得去，張侍郎瓚時督餉在，受命來代，業相約至陽和。及得報，乃徑度而西，至城下，躐爲己功，不顧劉矣。父老生儒亦相率詣陽和請曰：「撫臺入矣，望偕至，以慰人心。」余曰：「撫，安也；按，治也。慈母哺失乳之子，樊公足矣。余雖不才，天子法吏，將由小門入乎？且止此四閲月，非雲中，何栖栖也？大門朝闢則夕以入，夕闢則朝以入。」衆曰：「諾。」遂先歸。既而門大闢，張朝入，余夕入。城上相望者猶迤邐也。余乘馬過四街，老稚俯伏左右，頂水爐香者不可勝數。既至院，報事者告曰：「防護須兵幾何？」余曰：「何須！若不以心，誰非叛者？且蔡人即吾人，况一時之變乎！」由是聞者諗無它，遂盡散去。次日，詰之曰：「黄榜取七人，馬昇、楊林自效死免罪，可誘也。王安、郭全何以具奏乎？是法信終不行，城誰與存？」兩人懼。乃夜斬王、郭。又明日，具奏，論其功罪。本兵報曰：「即當有敕敕御史矣。」既而代王奏乞犒賞以安人心，不過徼福以慰軍士。凡王府奏，例下之禮部。時桂洲夏公言爲尚書，黄公綰爲侍郎。綰以議禮爲張閣老所引拔，居今官，蓋間夏也，顧深相結納，由是與張交惡。因覆代王之奏，遣官勘議，而黄得行。以斯役張力主攻劉激變地方，幾失重鎮，爲劉罪，而實陰傾張。是故西來，必成劉之獄。雖反覆與辯，莫奪也。逾兩月不定，蓋先意云。諸勘官亦莫能與争，而招擬實不合。至於邀截實封、侵欺銀兩等項，詞皆文致，不知法鮮麗也。既會奏去，余與樊公奉旨處决逆黨三十六人，有定期。張總督行在次日，恐有變也，乃累以臺劄未到爲言。余曰：「咨猶劄也。咨已備矣，無庸俟也！」乃八月廿有六日，偕撫臺至帥府審諸服辯，驅之市，日中而戮之。觀者塞巷壓屋。蓋自癸未變後，無曰論刑，有杖人者哉？吁！法廢久矣！既罷，例爲宴，張公謝不至，明日，亦不告而去。又明日，余自西門出巡塞，因攜楊林行。歷左衛、平虜、井坪、朔州而南，自杜巡察後不塞行十四年，弊誰與稽？復轉而東至應州，則去大同爲近。乃呼林進，語之曰：「爾知所以生乎？」叩頭曰：「公活我！」余曰：「否！斯朝廷之恩信也，汝勿疑。但汝亦迫於勢，非初心。既已宥之，又從而殺之，殺一人而失大信，其誰肯爲？顧已保首領，又陞賞與偕，獨無一人怨忌乎？人將它事媒蘖汝，難汝免矣！」林泣曰：「願公卒生之！」復曉之曰：「不解任，固以兵自衛也。斯無兵恃，可一力士縛汝出，斬首矣！終不可者，爲大信也。可歸語昇，共圖之。」林復泣曰：「奈都臺何？」余曰：「爲汝致書。」既歸，猶豫不决。樊公詰問之，乃各以情告。既即遣人代之，調衛之命下矣。後兩人輒復悔，稽延旬餘，迫而後行。樊公致書曰：「彼兩人去甚難。非先解其任，既當遣，不可留，又不肯卒去，則當迫之。迫之，將無變乎？凡此皆執事力也。古人云『杯酒釋兵權』，今杯酒且不費矣。」後漁石唐公在刑曹會奏，劉止奪秩家居，郤降級，其初謀逆王弓兒等諸叛亦已伏誅。大同一鎮遂安，百萬生靈生息自如。不知者往往猶有吠聲之疑，余輒解之曰：「嗟！毋庸異視大同也。異視，則君子曰『棄我矣』，則怨心生；小人曰『畏我矣』，則逆心生。語云『蛇影生疾』，審聽之可也。」或亦有因而固問之者，歲月云邁，亦不暇悉，因憶録之，用備遺忘，於是乎記。

重修唐叔虞祠記

唐叔虞，周武王子，成王弟也。始封爲唐侯，其子燮因晉水更號曰晉。有祠，在懸甕山麓，不知創自何代。魏地形志曰晉陽有晉王祠。又通誌載，祠南有晉王墓。北齊天保中，大起樓觀，後主改爲大崇皇寺。唐太宗義師之起，嘗禱于祠下。貞觀二十年有御製御書碑在焉。晉天福六年封興安王。宋天聖間改封汾□王。元至元四年，總管李公德輝修建殿宇及宮侍武衛如王者儀，詳見提舉學校弋轂所撰碑記。至國朝洪武四年改稱。唐叔虞之神，歲以三月二十五日有司致祭，載在祠典。自至元迤今二百餘年，棟梁摧折，不蔽風雨，神失所棲，祀事弗虔。其旁有所謂聖母祠。刻石稽弊，以戎務方殷未遑；克正祀典，則日夜罔遺于懷者也。乃今亦克并舉。利以滋養，風以弘化，豈惟晉人獲樂利之休，司政紀者亦將可憑藉矣。爰爲著其相關重者俾刻諸麗牲之石，復爲迎、降、送神詞三章，使登歌焉。詞曰：

春日兮載陽，萬卉潔兮齊芳。撫春草兮纖露，戴陽澤兮未央。相群生兮永情，服舊德兮奚忘。秉玉圭兮下視，振鸞和兮琳琅。豈吾人兮善享？懷遺土兮斯皇。儼對越兮暇豫，穆將愉兮樂康。

右迎神

浴蘭湯兮襲明衣，芳菲菲兮未有違。拊鼉鼓兮鳴瑶瑟，陳歌舞兮揚清輝。靈連蜷兮紛進，横四顧兮依依。緊靈雨兮灑塗，載輕飈兮滿旂。御龍駕兮雙導，紛武衛兮揚威。審五音兮按節，歆蘭蕙兮具腓。即光景兮可挹，蜷局顧兮憺忘歸。

右降神

撫川原兮極目，羌儵來兮欻往。美要眇兮狡服，鑒群忱兮既享。鞭玉虬兮執綏，指天門兮方廣。猶招手兮山間，儼遺蹤兮水上。山有木兮水有蘭，中有懷兮何敢言？覆我兮怙我，顧我兮龕山之左。萬祀兮千秋，御新宫兮夷猶。

右送神

書垣曲重修三公祠記碑陰

諸公平寇安民在成化間，厥功懋矣。垣曲之民至今尸祝之不衰，其感之也深哉！趙令仲玉能嗣修葺祠宇，必知所以得民。又重之虞坡楊公之文，益昭永永無斁。其葉、李二公爵諱邑里已晰，劉公本名忠，今作世忠。藩司例分守，今稱分巡。及考是役臬無分司，豈公兼攝，遂誤傳邪？祐生也晚，未能識公。既長，則稍聞井里間稱述。及拜公畫像，儀狀甚偉，宦履所至，廉能聲稱郁然，尤篤於故舊。深沉善論議，時見之詩，惜藁散逸，獨郡中八景詩足徵。筮仕御史，糾彈迕旨，謫補河南邑令。甫八閱月，召還舊職。兩按部，陞知台州。滿九載，起謁銓曹，待久未有奏命，漠如也。嘗按江北，三原王公時知揚州，雅相知重，至是爲吏部尚書，一見，訊之曰：「何久也？」乃奏拜公山西布政司右參政。未幾，陞蜀右轄，轉晉左轄，荐陞都察院右副都御史巡撫延綏。初考得贈廕之典。又二載，謝病致仕東歸。歸七載，爲弘治戊午，以壽終，朝廷遣官諭祭營葬。所廕孫明臣卒業國子，終襄垣知縣。曾玄繩繩，當必有聿念繼武以溉公餘澤。嗟乎！若公者，殁而祭於社，允合祀典，况垣曲哉！抑聞是役，公首發撫定之議，且能以身先之。其入賊壘也，四夫肩輿從，以一吏□□□□□信，既而問爲新，劉遂相率釋兵，環拜受命。兹殆不可聲音笑貌爲也，其時蓋有兩劉云。謾叙其略，鐫諸碑陰，用告方來，并證疑誤，庶稽政考世者可并覽焉。

重城寧武記

寧武，山西三關之一也。成化丁亥肇修土城，募軍設守。弘治庚申建千户所，增拓東、西、南三城，猶襲草略，開府之署亦屬未備。嘉靖丁未，余自畿輔移鎮於斯，思增高厚以壯永圖，方有協守雲中之役，時實未遑。明年，都督沈公俊秉鉞來臨，初議斯協。乃檄憲副楊君守約發守城守口軍民夫四千七百有奇，以守備都指揮張文董其役增築，高九尺，女墻五尺，共二丈七尺，闊九尺，下共二丈二尺，上殺三之一，共一丈五尺，圍長一千二百六十六丈五尺；重修南門甕洞二座，北、西二門甕洞各一座，西南門城樓一座，俱裹之以鐵，西角樓一座，樓鋪一十八座，鋪房一十七間，水口三道。自夏四月至於六月，修葺臺、府工併告完，月餉行糧無增於昔，犒賞、鐵冶等費取諸贖刑，不滿二百金。費省役舒，完美可述。爰系之辭，以詔來者。辭曰：

維晉有關，寧武屹守。鴈門在左，偏關在右。念昔草創，如賃如僦。載拓載增，仍簡仍陋。其一 世際承平，兵防少弛。黠虜憑陵，于時孔肆。近郊多壘，士夫斯耻。宵旰西顧，廑于天子。其二 王赫斯怒，用剪狂胡。爰收群策，是究是圖。既具畚鍤，亦舉矛殳。戍斯彪奮，築斯子趨。其三 神武不殺，帝治內修。疊嶂雲連，列戍星稠。載城載屯，伐彼先謀。往古有程，維漢與周。其四 在周南仲，在漢充國。或也城方，或也力穡。績著凱旋，永世作則。其五 疇維襄矣，天子之德。相維斯城，建牙開府。掎之角之，左右秩叙。綢繆夙戒，夫誰予侮？萬祀攸寧，永篤厥祜。其六

馬氏祠堂記

孔子曰：「書云『施於有政』，是亦爲政。」古之人學，將以行之也。抑世之仕者，施諸政，秩秩斤斤，或可稱述，及考其鄉族，乃大謬不然。學者誦説詩書，甚辨，至體諸身心，罔合也。是故僞行敗名，薄夫亂德，俗敝化湮，陸沉名利，甚至弁髦其親，矧曰殁且遠者？手足不惇，又矧曰族之人？

古曹馬時應氏，厚本睦宗，爰作祠堂，以書來曰：「詩云『貽厥孫謀，以燕翼子』，言先德之遠也；又云『昭茲來許，繩其祖武』，言後嗣之承也。水木本原，疇弗思服？顧有不盡然者，竊用是思且懼。爰興是工，幸告成事。聚精合族，時祭節薦，昭穆咸在，則一堂之中，生□□□同樂，氣相流通，幽明罔間矣。詩又不云乎？『無念爾祖，聿修厥德。』椴敢謂能紹前人之緒，期無忝也已。願記之以告後人。」

蘇子曰：嗟！孝哉馬子！可以風矣。既驗於學，將達於政。世變江河，孰謂今茲而章斯教也？夫仕弗能於家，是歧衢也，誦弗達諸行，是虛車也。虛車無庸，歧衢罔通。馬子習於詩，積資待選，乃能緣情盡禮而有斯舉，匪直觀孝，可以驗學，可以達政，俗化不有興哉？故曰可風。

祠四楹，并聯廈九椽，神厨三間，大門一間，左右翼門各一，器具咸備。外更爲義學、義儲、師棲，正門角門，規制楹數如祠而少殺云，亦廣貽後之事，故併載著，俾刻之石。

聽雨記

惟二十有八年，春正月不雨至于夏四月。肆予小子誕受天子丕顯命撫茲晉土。憂勤細大，罔敢自逸。爰發告戒：

嗟我藩臬幕司守宰官師，越我執事庶士！惟天陰隲下民，惟食民命攸寄。雨暘孔時，農夫斯慶。越茲春暮，風霾肆虐，密雲尚往。九農履郊，睊睊在望。食厥食，敢弗同厥慼以速厥罰？天命不僭，厥有攸司。誕總庶職，咎實在予；式爾庶寮，責亦惟鈞。咸宜有閔志，尚省于厥躬。其大施己責，惡服損膳，禁酤徙市，出滯獄，省冗費。遍走群望，既厥心禱：毋煩祝史，徒飾厥詞。予□□積德升馨，幽潛可達。天從民欲，豈其以一二在□，□終弗恤，降殄在野？既□夙夜祗惶，跂瞻雲漢，若恫瘝乃身。惟日丙午，天鑒在下，狂飈東轉，靈雨斯零，罔破厥塊。又翌日維丁及戊，淅淅有聲。匪夙伊暮，具衣起坐，厥心丕慰，四民歡動。稽之往訓，一月不雨惟乾，再月惟亢，三月惟槁。槁害于稼，將匱乏饑饉是虞。民匪食鮮飽，疇克寧宇。誕罹丕罰，矧曰有位。省風作樂，予曰有金石，予曰有絲竹，予曰有匏土，予曰有革木。雨暘愆期，小民怨咨，慮阽隕墜。聲滯在器，八音匪和，曷克成聲？嗟我藩臬幕司守宰官師，越我執事庶士！省厥咎，思圖厥新，承厥休，思修厥永。民情攸好，匪困是寧，惟逸；匪傷是懷，惟生；匪危是隮，惟安；匪悍是即，惟裕。惟天視聽，匪耳目是用，惟民。嗚呼戒哉！其尚丕蠲乃心，用保乂下民，永獲報食，以承休貺。於乎！聲聲者匪聲，器器者匪器。式丕和民心，如聆廣樂。庶永厥緒，克終有聞於世。

祠堂記

□讀大傳至序昭穆，别禮義，上下尊親，達於旁治，百□之成由之，信乎！聖人南面而治天下，必自人道始。□□□人道莫大乎親親也，親親故尊祖，尊祖故敬宗。然宗有小大，有遷不遷。世遠支分，源長派遠，譜牒散亡，昭穆莫辯，君子蓋屢嘆焉，亦求其可知者耳。吾族大以蕃，固濮之著姓也。然自祐之身五世以上不可考，實元之季，視宗法誠難之也。祐雖匪哲孫，懼日月愆違，萃涣莫遂，與有責焉。載稽繫姓綴食之義，欲尊祖敬宗收族，宜自嚴廟始，乃不得已創立祠屋，將以敦嚴敬而遠仁孝，竊附率親率祖之訓云爾。抑嘗聞之禮，仕爲大夫當有廟。叨承祖考餘慶，實有禄位在大夫之列，又奚敢自後乎？祠制一遵朱子圖説，昭穆之位，則高、曾、祖、考從中左右分列亦以今時，弗尚右尊奥，不得而泥之也。其繼高祖以下四宗世次，具諸宗法考，昭穆略可稽矣。合而大之，嗣而葺之，尚望諸後之人乎。作祠堂記。

逌旃亭記

曩余按巡時，夜夢侍先大夫於亭中，言笑如平日，不知其爲夢也。亭之扁曰「逌旃」。既寤，懷之不能忘，不知其非夢也。初即欲建亭，將著不忘，併以示諸子孫宦轍，弗遑。乃戊申歲，始命兒輩承余志。爰扁「逌旃」於上，永余思云。余年過五十矣，宜好慕庶乎免矣，獨以禄仕優游，一亭乃成之十年之後，則所遺忘者不□□□，是余之過也。

或曰：「今尚克補之矣。——厥義云何？」

曰：「余，說夢者也，而君問夢乎？雖然，考諸字說：『逌爾，笑貌；攸也。』『旃，旜也。旗也，通帛而曲柄。大夫建旃，所以表士庶也。』不肖幸承餘慶，實有禄位，在朝從大夫之後，無亦今日之兆邪？」

曰：「終將如之何？」

曰：「表之以正，瞻望端矣。承之以謙，曲屈昭矣。賁之以白，樸素著矣。約之身心，笑言符矣。示之孫子，家範遠矣。竊冀承過庭之遺訓而未能也。」

曰：「没不忘親，富不忘儉，貴不忘下，可以承先，可以訓後矣。」乃余北面稽首曰：「倘如吾子之辱貺也，豈惟不肖及子孫獲寧宇之休，繄先大夫實寵嘉之。敢不重拜！」於是乎記。

瑞徵堂記

嘉靖庚戌夏，余奉命來督雲朔諸軍事，開府陽和。是歲秋，虜犯關輔。余既早發入援師，復親抵南口。虜困，宵遯，過懷來，標下軍士擊其惰。歸奏有微捷。閲明年辛亥春，戎務稍暇，周視督府：寢堂之後僅數武即雜民居，風氣欝隘，其鷄犬之聲，歲時伏臘，喧閧屬兩，未便。會府中供應羨金倍其償，後闢如千步建堂三楹，四匝弘敞，左爲書院一區，堂三楹，庖湢翼拱，而前廳事曁門坊併改新之。邊地苦寒，蔬藝鮮茂，新闢地種雜菜，蓊然甲往歲，而黄瓜藟藟并蔕，多有三四頭一莖者。後堂適告成，遂名以「瑞徵」。

余聞國瑞在得賢。頻年虜塵未靖，聖天子歌大風、搜巖穴，文武諸臣一時充集闕下，鋭意北征。虜酋震慴，數上番文求貢市。聖度宏遠，俯允市議。雲錦遍朔野，俺答諸酋長罔不望臺稽顙稱外藩，貢獻名馬。國瑞兹有徵矣。復聞之姤之彖，含章則能以大制小，而華封祝君亦曰多男子。堂堂天朝，守在四夷，杞瓜之義著矣。封疆諸臣仰體廟謨，静含柔遠，封狼居胥，繫頸北單于無難者，兹殆兆其先邪？聖壽康寧，發祥麟趾，宗子維城，本支百世。遠臣不佞，敢載歌瓜瓞之什，幕府從事礱石請識歲月，遂書其大都如此云。

重修靈濟寺記

距州南六十里清丘之原有曰靈濟寺者，古刹也，先大父贈尚書菩薩公載加充拓。菩薩公歲時伏臈，薦新貢熟，必薰沐而後往。仍易田百畝有奇供寺之費。晨鐘暮鼓，春祈秋報，歸然表於一鄉者，蓋百有餘年矣。歷歲既久，風雨崩齧，存圮相半。而玄整者，住持僧也，乃奮然興曰：「寺，時世廢邪？僧廢之邪？」於是募緣於余，再募緣於族，共聚錢如干緡，鳩工庀材，度時節力，撤故易腐，扶欹植頹，繪堊聿新，焕如堅如者，整之力也。寺當曹濮孔道，整戒律清修，雅好賓客，凡軺車往來，游觀雜遝，無不叩整之門者，斯足知整矣。

或曰：「佛，吾儒所不道者，今不惟修葺其廬，且重而文之，無乃不可乎？」

蘇子曰：「事有不可執一論者，此也。然度僧建官，謂非昭代之制哉？矧是舉也，捐貲樂施，無替前烈，有紹先之孝焉；慶兹豐穰，祝延聖壽，有華封之忠焉；禱祀惟虔，遠邇雲集，有事神之敬焉。若整者，弗玩以隳，弗斂以私，身任勞瘁，夙夜不遑，其義爲可尚也。孝以爲質，忠以出之，敬以行之，而成之以義，行一物而四善備焉，何吾儒所不道也？」

或人默無以應。

乃鑱是記於石，俾告後之子孫，併使繼整者則而效之，毋徒弊而不修，修之而或有口實也。整修殿四楹，廊十間，方丈五間，鐘鼓樓各一，募緣姓氏悉載碑陰。

清豐縣重修儒學記

聞喜李侯以名進士來宰清豐，吏以儒飾，嚴以博濟，情法兼施，政教并舉，蓋未期年而化成。濮與清豐爲鄰境，蘇子歸漁濮水之上，見行者息於途，商者貨於市，自西邑者咸能談李侯新政，蘇子喜動顔色。蓋丁酉歲，嘗監臨山西，侯以魁舉，稱素知云。乃學博王子志顯、李子儒、周子令，率貢士閆學孔、諸生李岱、劉從一、李國玉、劉永貞、高永春、韓楷輩，以幣見於水畔曰：「邑有學，頽廢久矣，李侯廓而新之，願記於石以詔來祀。知侯莫如先生，幸惠之言。」

蘇子乃舍綸竿，倚釣磯而嘆息。二三子曰：「先生何嘆也？」

蘇子曰：「嗟！博士弟子員！爾知漁之道乎？初余棄華組，解戎裝，還釣於濮，餌不易新，竿惟循舊，不謀於儔侶，不度其浦漵，蓋竟日而不獲一魚。既鈎餌以馨，綸竿載易，老漁獻謀，芳洲舉棹，蓋未夕而魚小者貫，大者躍矣。故學校者，六事之所首，猶漁者六物之所具也。六物不具，不足以得魚；六事不先，不足以圖治。今侯廟廡既崇，聖祠鼎易，堂齋號舍焕然新爽；改建敬一亭於廟之東，而人知尊尊；合建名宦鄉賢祠於啓聖之左右，而人知賢賢。射圃既葺，可以觀德；宰牲既立，可以用虔。吏抱文牒候移晷，侯不之亟而先學校焉，是能度浦漵者也。群聚俊髦，親爲講授。文課有稽，士風丕變。婚喪既賙，情義允乎。訟者紛紛於庭備具兩詞，侯不之亟而先諸生焉，是能謀儔侶者也。土俗漸澆，民喜訟訐。侯曰：『是未正其本也。』迪躬率物，命秀才分教於諸生，明祀烈女，位正八蜡，而鈎餌馨矣。邑故未有誌，侯請於晁太史，文獻炳蔚，足垂不朽，而綸竿易矣。余奔走四方，求釣道而不得，侯筮仕一邑，獲釣道而有餘。諸生揚鬐鼓鬣，變化奮庸。侯他日奏治平之最，應青瑣之選，以六物佐聖天子，俾海不波揚，魚鳥咸若，則清豐者，謂非侯之渭水邪？昔陽晝以釣道貽子賤曰：『迎吸綸餌者，陽橋也，其爲魚薄而不美；若存若亡，若食若不食者，〔一〕魴也，其爲魚博而厚味。』子賤車驅冠蓋相屬者，請耆老尊賢共治。近

〔一〕若食若不食者：二「食」字底本作「良」，今據説苑政理「宓子賤爲單父宰」條改。

見諸博士弟子皆老成俊秀，知其非陽橋。侯朝夕與謀，政蹟偉著，當與單父比方矣。」

侯名汝寬，字嚴夫，別號戒庵，山西聞喜人。

重修濮城碑記

濮，衛地，舊州在今州治東二十五里。正統戊辰，黄河水決，此其新遷云。正德辛未，知州事石溪王侯重修之，垂四十餘年矣。辛亥、壬子、癸丑，水沴頻仍，漂我廬舍，壞我禾稼，民免於魚者幾希。風雨上摧，行潦下齧，城復于隍，守備廢弛，群不逞之徒迫于饑寒，嘯聚摽掠，爲患滋深。癸丑八月，龍厓何侯以名進士來知州事，下車問民疾苦，民以城告。侯惻然曰：「斯民之保障也，無城是無民也，矧倉庫之備，獄囚之繫，圖籍之考，學校之設，曷可一日無城邪？」徵發調集，晝工分役，畚杵如雲，[一]登登四沓，不三月而告厥成事。樓櫓蔽虧，城堞延袤，晝遉宵邏，具瞻攸在。耆老陳實等樂其利之速而生之可以無患，謀於衆曰：「受其賜而忘其報，吾其爲良民也？」復謀於同郡侍御張君，張君曰：「是誠非良民所爲也。不有言論紀實示遠，奚賴焉？」乃托張君徵文爲記以垂不朽。

[一] 自「杵」字以下至「孰與爲守」之「孰」字共四百字，因底本缺一葉而不存，今據清宣統元年濮州志卷八藝文所收該文補。

余惟莒以城惡而失三都；孫叔敖築沂不愆於素，君子韙之；城漕、城謝、城韓、城朔，詩人詠焉；春秋書城二十有九，譏辭過半。何也？蓋民之所甚不欲而難聚使者，宜莫如勞也。今城垣之修，所糜者民之財，侯非能捐以與之；所勤者民之力，侯非能躬以佐之。然民之欲歸美於上以爲侯功，不敢安有其賜者，一唱而群和，不戒而若赴，兹豈違道以干百姓者乎？其始也，民以爲可舉而侯從之，是侯之政適于民也；其既也，侯以爲必舉而民應之，是侯之功謀于衆也，烏睹夫慮始之難日形於勿亟之令？是勞之者，所以佚之也。故以佚道使民，雖勞不怨。使民欲之而侯不應，侯爲之而民不堪，民將以爲勵己矣。

雖然，此惡足以盡侯哉！聞侯翦惡植善，敦禮右學，辨尊卑而别等威，彰物采而絶陵僭，文法兼舉，政教并興，能保障乎民心矣。不爾，百度隳，四維解，雖有金湯，孰與爲守？嗟乎！保障民命非爲之豫也，倉卒且無備焉，矧保障民心者可以旦夕覬乎！此侯之所以用心而致力者，侯知之而人不知也。易曰：「重門擊柝，以待暴客，蓋取諸豫。」豫之時義大矣哉！

侯名汝健，字體乾，南京留守衛人。雄才大志，潔己愛民。其在一方，隱然長城也，修城乃其一事爾。力役丈尺，董工姓名，悉載諸碑陰。

余既爲之記，復系之銘曰：

維濮有墉，廼遷自東。經之營之，毛侯之功。維城再修，辛未之秋。禦災捍患，祀歌王侯。日居月諸，倏週四紀。風雨摧剥，城垣傾圮。奸宄倡亂，乘我無城。民心皇皇，一日三驚。我侯至止，曰城是亟。版築肇興，百雉翼翼。書稱勤墉，易戒復隍。武夫宗子，非城莫方。襟曹枕鄆，澶淵西扼。囊括萬家，伊誰之力？風環水聚，人傑地靈。拱翊皇圖，奕世載寧。

濮州重修儒學記

武林張侯以寧化令陞知濮州事，初下車，弟子員若而人藍袍楚楚拜於堂，願請益。侯曰：「四境不治，奚教也？」

省刑緩税，敬老恤孤。止濫訟以一民志，申保甲以正民行。節無益之費，罷不急之征。修養濟院房舍如干楹，蠲免力差數百金。移□□□，□□困苦。河防預浚，水不爲災。户口以平，頌聲大作。耆民若而人髪垂垂拜於階，來報政成。侯曰：「禮義未興，奚養也？」

以文校諸生，曰：「言之華也，得無庸違者乎？」進譽髦於退食，證訂疑義，剖悉微辭，曰：「教之淺也，得無有隱者乎？」察諸生，弱者植，鬱者信，貧者餼，曰：「惠之小也，得無未周者乎？」

乃儒學之宫頽以陊，垣剥以途，坊欹以隳，甎污以圮，峰兀以夷，齋舍瓦以礫矣，侯匝視而太息曰：「政之本也，民之望也，顧可後乎？」鳩工聚材，因舊爲新，頽者巋巋乎爾，剥者矗矗乎爾，欹者翼翼乎爾，污者淵淵乎爾，兀者巖巖乎爾，瓦礫者井井乎爾。增益號舍如干楹，省牲有堂，齋戒有室。弦誦滿耳，人文用宣。庶民子來，經營奏績。學博士倪君、李君、張君，暨秀才劉生汝勤、范生爻、陳生忠諫、許生珙、朱生鳳梧、李生崇明輩，謀采石于山以紀其事。縉紳士大夫聞而贊之曰：「是嘗優禮我者也，盍亟圖之！」耆民聞而贊之曰：「是嘗體愛我者也，願出一力！」閭閻小民歆艷其事而無以自效也，樂觀厥成焉。

博士弟子員過蘇子問言。曰：「嗟！太史公稱孫叔敖七人，不可見矣。若侯者，殆古之遺愛與！教以濟養，則養爲有終；養以隆教，則教爲有始。儉所當儉，則節而不苦，豐所當豐，則費而不奢，君子之道也。余雖不文，其事父老相傳，有口碑焉，斯文公議，有心石焉。巉巖屹立，皆侯之不朽也。若識歲月，則可謂云爾已矣。」

侯名洵，字子明，號麟洲，武林茂族，丁酉領兩浙鄉薦云。

余既攟摭其事，復系之以詩曰：岱宗東峙，澶淵西流，曹博之間，粵古帝丘。鬱鬱新城，毛侯之力，興學右文，施侯孔棘。以崇以峻，東陽有蔣，碑紀戊午，厥應如響。穆穆張侯，來自武林，戊午之秋，厥徽自今。宗廟煇煌，百官森拱，威儀嶽立，操思泉涌。爲鶚爲鵬，爲龍爲光，思皇多士，保我家邦。

成賢橋記〔一〕

濮郡學泮池之畔，前知州事秀水施公嘗作亭焉，士遂游息，文化用興。歲久池湮，亭將就圮。嘉靖癸巳，二峰蔣公自御史出判是州，載新其亭，復加浚築，謀建橋其中，乃陶土礲石，經始其事。歲乙未，丹泉楊公亦自刑部員外郎出守焉，道同謀協，作興并懋，經營聿集。虹垂月弦，亭可徑通矣，爰復坊于其上，扁曰「成賢」。

郡之多士于于焉，蒸蒸焉，罔不興起。落成之日，爰進而謝曰：「樂无瀆政，无虐訟，以豐殖而生，以弗累厥衷。罔不遂志懋學以思奮庸。誰能遷業，以匱其功邪？」

乃二公相顧曰：「興哉！壹其志矣。」

曰：「振德飭行，率于其躬。歲試月較，嘉善而矜，不能惰警怠勵，業專藝精，其庸弗式，承以底于成乎？」

曰：「懋哉！作其氣矣。」

〔一〕本篇因底本紙殘而有個别缺字，所缺之字，據清宣統元年濮州志卷八藝文所收該文補。

曰：「章程雖存，羈縛不煩；矩矱誠設，巧力俟充。漸漬不失，優游自得。其化也，不亦幾乎？」

曰：「幾哉！通其意矣。」

乃二公復相顧曰：「誕登道岸，優入聖域，其無津梁乎？是故壹其志者，植其基者也；作其氣者，利其趣者也；通其意者，悟其幾者也。進而上焉，道可幾矣。其成也，孰禦哉？記曰『藏焉修焉，息焉游焉』，豈其玩愒時日乎？」

于是重再拜曰：「命之矣！虛而容，貞而固，平而不迂，方而達。日由之而弗知焉。我公之大造于多士也，豈惟橋哉！」

余適還自江淮，得隨諸大夫士落于池亭之上。既相與執爵旅獻以爲二公壽矣，爰著所聞，用告成事。功弗賈于前修，化罔湮于來哲，君子于此庶有考焉。其左右併建二坊，用列春秋登名之士。矯如翬如，是亦翼于成賢者也，得并書。

明遠五樓記

嘉靖庚子，歲屬大比，侍御章丘謝公奉命按江西，實司監臨。既獨持風裁、貞軌肅憲以振官常，令斤斤下矣，聿崇尚文學、振頽舉要用盡以人事君之義。以試期伊邇，爰周視貢院，葺治其堂宇防垣，見故明遠樓敝且隘，命所司飭工辦材，革而新之。四隅各爲樓一，翬如翼如，環爲五樓。落成之日，諸司百執事咸獲登眺，因私相語曰：「制而用之之謂法，秩而示之之謂禮。法使人不敢犯，而禮使人不可犯者也。是故君子貞憲示教而猶不敢自用，則明且遠矣。夫目，司視者也，不自見其睫，屈於自用而勢不達也。故爲高而視，委任責成，可謂明也已；爲高而視，委任責成，可謂遠也已。茲中爲樓，下而外視，隅爲樓，下而内視，則明罔弗見，遠罔或遺，足以振化風土，察隱消慝，可以觀君子之政矣。」時祐祇役臬司，從大夫之後，預識登明選，公宣祐督學者之責，乃忻忻喜也，亦私相語曰：「江藩今必稱得人！與茲試者，且無奸成憲而隳文教以貽關防者憂矣。」

蓋古之試人也以行，今之試人也以言，古之防人也以禮，今之防人也以法。非古今創制者之不相及也，勢使之然也。至厲其防而使不敢犯，顯其示而使不可犯，非君子經綸之，其孰能與此耶？獨不觀諸天道乎？五氣順布，寒暑成歲，百物生焉，無相害也。五星懸斡，絡緯成章，繁星麗焉，無相亂也。五樓環峙，明遠成用，多士竊比於百物繁星，而或奸憲□罹法違教以悖禮者，寡矣。鼎新革故以懋昭□□□□□□□□□□全待士之禮。是役也，君子不□□□□□□□□□□而□□□以□□□□□□可以觀君子之□矣，不可無□。祐□□斯役，□弗文也，竊覵成事。辭不獲已，爰退而爲記。

穀原文草卷之三

墓誌銘表

丘母劉孺人墓誌銘

往，京師弋陽汪生絅以通家故，數過余，縱談墳籍，然尤深於易，蓋得諸庭訓云。其言曰：「婦女雖多賢，然大要柔弱而寡立，慈惠者鮮不妒也，豈其陰性然歟？是故坤之辭曰『利牝馬之貞』；貫魚之寵，剥爻拳拳焉。」余曰：「嘻！易，立象以盡意者也。絅可與言易矣。」及既聞劉孺人之行，因相與嘆其賢。及余官江西，汪生復過余，手其狀，惻然曰：「劉孺人亡矣！孺人性體素强健，雖病，不爲意，亦不即服醫藥。往卧病，絅偕其女候之。意向愈矣，遂先歸。歸三日，乃孺人竟不起。年六十有四耳，壽亦下矣。孺人視絅如子，絅不及與訣。嘗囑絅曰：『它日倘不諱，得早葬無恨。』俗固泥尚風水，二子又咸少不諳事，今過期矣。責在絅！已卜在某山之兆，敢固請銘。」

余聞之，曰：「嗟嗟！孺人賢，乃顧壽不永邪？貞不得之天，而慈者罔應、惠者不食其報邪？嗟嗟孺人！」

向汪生告余曰，孺人性行嚴介，容體雅重。甫及笄，歸同邑古塘丘君民望。古塘固右族，不甚饒裕。姑邵性又太嚴恪，臨諸子婦，無嬉笑容，少不如意，輒加呵斥。孺人善順承姑意，於家政又多裨助，姑亦愛而敬之。初，古塘爲邑庠生，聲名籍甚，三試皆北，志弗克伸。孺人盡脱釵釧及奩貲，勸古塘就例入南雍卒業。嘉靖戊子，謁選銓部，得推貴之石阡。欲携孺人行，孺人以姑老辭，曰：「第單車往，我爲君侍養，併經理其家務，教弱子。」以故古塘無内顧憂。比入覲，卒于京師，又力能迎還其喪。勤慎自持，家顧益大振。平生儉于自奉而厚於奉賓，非歲時節序、祭祀、賓客，未嘗殺牲，蓋其性云。初，孺人子多不育。古塘有二妾，且有子，孺人愛如己出。兹不尤難乎？由是觀之，柔者寡立，慈惠者不免於妒，謂陰性爲然，信乎？兹女士之行也，乃顧壽不永邪？何以表世？嗟嗟孺人！二子終當有立，食其報者罔既也。是天之定也，於孺人又何嗟！

按狀，孺人姓劉氏。曾大父洙，舉進士，給事黄門，嘗應命往使琉球。迨旋，歷陞順天丞。大父某。父焕。母李氏，貴溪甲族也。子二：某，某。女一，適國子生汪絅。絅實襄葬事。銘曰：

牝馬之貞，貫魚之利。嗟嗟孺人，弗靡弗忌。必食其報，施於永世。萬年之藏，繄銘是視。

劉母王太宜人墓志銘

僉憲南昌劉君仕賢之爲御史也，蓋與余同寮云。嘉靖己亥春二月，車駕南幸興楚，群臣咸進諫，莫敢先發。臺中劉君當首疏曰：「賢有母且老，顧職當言，不可避。」乃率同列疏入，危不可測。繼而得温旨。聖天子仁孝，錫類相感，孚矣。余以此心敬劉君，因嘆太宜人之能母也。及余轉官南來，劉君已轉僉閩臬事，竊謂可登堂拜太宜人。未幾，僉憲君奔喪歸，蓋庚子六月四日，太宜人奄棄榮養矣。越兩月，其孫曰睿舉於鄉，則告余曰：「睿七歲而孤，匪祖母無以有今日，恨未之見也。且祖母病革，猶呢呢語而囑之，連呼『累而』者三，言猶在耳。嗚呼傷矣！」已泣下沾襟。乃余益嘆太宜人有孫，以故悉太宜人之賢。

太宜人生而貞静有淑姿。及笄，歸雲峰君，執婦事惟謹。姑張殁，繼姑王頗難事。茹辛履厄，曲盡孝愛，至以服易粟，務極甘旨。凡内政，恒身先之，娌姒用睦無間言，乃顧益得姑歡心。雲峰君少貧，太宜人則躬自紡績佐學官弟子員費。它不足，脱簪珥罔吝。雲峰君舉進士，尹平江，歷屯田郎，官箴罔缺，謹節之風聞之中外，約素之助居多。接宗黨、親疏長幼以禮，下至僮僕，無罵詈聲。見諸媳衣文綺大袖，訓諭裁減之，罔不宜人是式。至人有變故，憂如切己。儉素仁愛之意，不以貴盛少變，蓋其性云。

一日，僉憲君詣余泣且拜曰：「向仕賢舉於鄉，歸也，拜太宜人堂下，乃太宜人色甚喜，已而泣曰：『惜汝父弗汝見也！』既舉進士，官中書，奉使南還也，復拜之堂下，太宜人色又甚喜，已復泣曰：『惜汝父弗汝見也！』今亡弟之子曰睿舉於鄉，乃太宜人亦弗之見矣！賢自閩奔歸也，又罔及屬纊之辰！茲將某月某日葬某處，終天之戚，其何爲懷！敢乞銘。」余惟友僉憲君舊矣，睿又及門之士，義不可辭，副憲劉君伯躍所爲狀足徵，乃爲志曰：

太宜人，渃溪王君女也，歸雲峰先生。生二子，長即僉憲君，娶熊氏，贈孺人；繼唐氏、于氏，封孺人；葛氏。次仕貴，南京留守衛吏目，娶魏氏、章氏。女二，長貴英，適刑部侍郎朱公廷聲子紹程；次玄英，適姜恕。孫男三，曰虞，太學生，娶郎中熊君灌孫女；曰虛，節鎮掾，娶趙氏；曰睿，舉人，娶貴州參政姜君儀女。孫女二，球英，適知府進賢饒君槵曾孫寘；樓英，適進士臨川曾佩。曾孫男三，一夔，睿出；一英，虛出；一蘭，虞出。女三，牙英，睿出；雲英，虞出，聘進士臨川吴璁子；崇英，虛出。武廟以雲峰君主事署郎中事考最，敕贈其父母如雲峰官，太宜人敕封爲安人。嘉靖己亥，皇□建儲，復以子御史之貴，誥進雲峰階，太宜人如今稱云。距生成化乙酉，卒以嘉靖庚子，年七十有六。嗚呼！壽矣！兩受顯褒，子孫美盛，是宜爲銘。銘曰：

相宜夫子，巍科顯如。慶及嗣孫，亦既衍如。錫寵荐加，奕世罕如。壽祉履極，含玉頷如。斧如窌如，奠兹坎如。

封君張公合葬墓誌銘

張公者，山以西人也，世家孝義，自高大父守道以上不可考。守道生友，友生能，能生九隆，九隆生義官翥，爲公父，咸篤行躬耕，隱德弗耀。服官業儒，則自公始。往余按晉，與監臨，得舉人艾，因識進士芹。還朝，得交副使冕。芹、艾視公爲伯父，冕者，公之子也，故嘗聞公之名。暨余載撫晉，公已不作，艾持副使君手自爲狀來請銘。余於張氏實有通家之雅，銘何能辭？

按狀，公諱大禄，字萬鍾，樂閑其别號也。少小從師游，爲文屬對即多警語。校藝者一見，奇其才，充附學生。尋補廩膳缺，而年猶總角也。每小試輒列上等，乃遇選輒下。積廩資，貢禮部，卒業成均。守銓選，得丞深澤。深澤爲保定僻邑，賦役猥瑣，民多逃亡。公性雅不能下人，居鬱鬱不樂，嘆曰：「丈夫不能獵青紫，據要津，言聽計從，乃僕僕風塵，爲五斗米折腰邪？吾且休矣！」即日飄然西歸。蓋是時副憲君已舉進士，官户曹郎□□□封如子官。自是□□□□焚香□□□□□□也。公性□孝，遭父母之喪，哀毁骨立，所交識見公，驚嘆久之。□終喪，反觀内養，□神静修，人莫窺其際。君子曰：「□□逾禮，養不違□。□哉！張公信能廣孝已乎！」卒年七十有二。配武氏，處士鵬之女，繼配閻氏，處士子亮之女，皆有淑德，雅□内助。累贈太宜人武年三十一，閻年三十七，俱先公卒。□□□□，長即冕，配某氏；次某，配某氏。孫男子□□□□文以□政□不諧俗，早歲懸車，聞望四著。□□□□□□□謂能廣教也已。爲作銘曰：

文不能大顯于身，□不得大及于民，廼遺尔子孫之振振。孝義之原，有二淑媛。同藏永存，夫復何言。

奉訓大夫連州知州西坡況公墓誌銘

維嘉靖二十九年二月四日己亥，連州知州況公卒於家。其子叔祺方舉進士，試門下省政，訃於京師。往余督學江西，以品士識況子，走吊焉。既數日，況子手自爲狀，纍然哀經，泣以告曰：「初，先君□□，疾未至劇。客歲承訓勉上春官，乃今竟成永訣！□恨終天，曷維其已！所有一二遺行以圖不朽者，願先生哀而賜之銘。」余□况子實有一日之雅，弗可辭也，乃爲之叙其世次。

按狀，公諱一經，字士用，西坡其别號也。世居瑞州高安之雲岡里。曾大父某。大父某。父璟，人所稱敬齋先生者，弘治庚戌進士，歷南京刑部郎中，卒於官。時公尚在冲年，扶櫬南歸。遭家多難，困不廢學，卒以朱氏詩領嘉靖壬午鄉薦。累上春官不第，勉授浙台僊居令。其服政也，省里甲之費，蠲無名之征，剖寃抑之獄，革積習之弊。期年政成，上信下服，乃於邑署後構賓柏堂，蓋以節操自勵云。公雖賦性易直，然詳於法理，胥吏無能干預。又樂獎士類，政暇每進諸生校文藝，風教彬彬然興矣。户口、版籍、令甲，每十年一稽登耗。壬寅，實當其期。事竣，上之，藩司深加獎嘆曰：「閲諸版籍，精覈無如僊居者。」考上上。它政多類此。公志在沮抑豪强、優恤貧孱，事有不便民者，弗秋毫假借，以故諸豪强啣之。或勸以可少將順，致名譽，輒毅然曰：「凡設官，以爲民也。若巧避，弗民之恤，將焉用令卒？」諸豪强亦無以損於公。將滿再考，遷連州守。癸卯，子叔祺以胡氏春秋掄魁。公喜曰：「有子矣！久居瘴鄉，非吾志也。」飄然動歸來之興，遂上疏致其政，不允，三疏然後得請。抵家，結廬藥湖之濱，杜門謝客，足迹不履城市者數年。邑大夫無不雅重其賢，敦請賓飲，却不赴。至是卒。若公者，進不失名，退必遂志，殆清節之流亞歟？宜乎大書「歸來堂」、「止足軒」以自見也。公居家節儉，教宗人一如吕氏鄉約。子姓勤於樹藝者每示勸勞，其匪彝無度者讓短之，用是蹈義而耻不義者，無不爲公加勉也。距生弘治乙卯九月十有六日，卒嘉靖庚戌二月四日，享年五十有六。配吴氏，繼黄氏。子男三，長即進士君，配吴氏；次叔裕，殤；次叔初。卜某年月葬某山之原。銘曰：

年未老而車懸，君子曰勇退之賢。壽宜永而館捐，君子曰未定之天。淹沉州邑，厥施未宣。子能繼志，□□□□。先正有云，逃諸身，不能逃諸子。□不□必者，□□□□。所可恃者，必然之理。□□□□□□□□□□□死□□。

鄉正公合葬墓誌銘

□□公歿廿餘年矣，嘉靖辛亥春二月，□□□□□□□子淞訃至塞下，并請追銘。余方□□□□□□□□之葬，淞方少，墓志銘實缺。匪余□□□□□□遺行，用鐫隧石。

公諱天民，字□覺，世家□之□□。先君贈通議大夫兵部左侍郎北莊公長子，母□

恭人生公。穎秀碩晳，大父贈通議大夫兵部左侍郎□薩公、大母馮恭人極鍾愛之。弱冠遊黌校，有志進取。乃體漸肥壯，感末疾，苦親膏晷，遂廢業歸田。家政井井，代理克勞，北莊公安焉。大中丞陳公鳳梧拊綏東土，務先教化，惇行鄉約。郡分八鄉，鄉置長，正副二人。郡守李侯緝乃檄公長大東南鄉，辭曰：「疾謝膠庠，故弗克舉於鄉，將長於鄉乎？」北莊公不可，曰：「幸不至廢。往役，義也，寧逃於鄉乎？」乃勉應事。凡鄉之事，大者上之州，它瑣瑣賦者、平訟者，均無煩州大夫，則又莫不稱於鄉。而非所好也，乃力以疾辭。又數年，竟卒。詎生成化乙未，至嘉靖乙酉，僅得壽五十有二云。公虬髯虎目，性良慈厚，與人樂群，言笑晏晏，雖有少忤，以理自遣，詈聲未嘗出諸口。及遇事，經論説，秩有次第。至鄉鄰有争鬥者，輒和解之。遠近詡詡相敬信也。先業素豐，不務充拓，第好治屋宇，肅賓客。居當衝衢，凡交遊投謁，酒殽腆潔，無不款洽。青芻白飯，下逮僕馬，居常不厭。常董里正，賦訟之平如其鄉，以故人至今見役者恣睢，必嘆曰：「安復有蘇長公也？」公雖享年不永，内無失親，外多獲上，背鮮訾毁，歿有慨嘆。古稱一鄉之善士，公殆其人矣。初娶馮氏，通判馮公鋭女，生一女，病不育者十年。乃娶宗氏，方妊，而馮且歿，克承内事，以故不再娶，生一子三女，今亦卒。距生成化丁未，至嘉靖辛亥，享年六十有五云。子一即淞，九品散官，勤約有爲，足世其家。娶武氏。女，長配馬銀，武生；次王自省，光禄卿雙河王公紹孫，歲貢生；次李某。俱曹人。次許琳，國子生，郡人。孫男三，長集，生員，先卒；次幼。女三，長許聘生員辛某，先卒；次許聘王某子；次幼。淞以是年四月某日合葬先塋之次。銘曰：

人誰不歿？獨以善稱。嗣慶錫胤，爰衍雲仍。庚兆懸窆，先壟是承。有淑二媛，右宗左馮。後先祔止，托體同寧。式是大鄉，銘言用徵。

武鄉縣知縣澹泉陳公墓誌銘

轂原子曰：余之舉於鄉也，同年友多相契善。德安鄒養賢、清源陳天節尤稱莫逆云。嘉靖乙巳，余轉大理少卿，過德安，養賢已不作，余登堂哭之哀。其仲子慎送余河上，不覺失聲沾衣也。己酉，余轉刑右[illegible]，過清源，陳公尚無恙，促膝論心，相對甚歡。別去閱歲，庚戌夏六月，雲中多事，余以兵左被命簡署總督，既馳至上谷，陳生大亨者，天節之季也，持其父自撰行狀來請銘。嗟虖陳公！清源夜酌，遂成永別！良友凋謝，□事誰與言者？奚必銘？又奚忍辭？

按狀，公諱琰，字天節，〔一〕別號澹泉，其先浙江餘姚人。高大父興，國初以武功授兗州護衛百户。曾大父斌，承廕調濟寧。大父鼎，正統己巳以捍禦功陞副千户，景泰辛未調臨清，遂爲臨清人。父憲，總角遊郡學，有文名。長承祖廕，天性孝友。好讀左氏傳，雅能詩。與丘宜人甚相得，生子二，長璣，舉弘治壬戌進士，歷官太僕丞；次即琰。弱才四齡，太母谷宜人教以拜几筵，因日學拜起，不好嬉戲。稍長，入里社，讀孝經、魯論語。晚歸從其兄講解，遂通大旨。其兄兩任河南，公悉從之。縣齋闃寂，因得肆力舉業。正德丁卯，公爲弟子員。癸酉，鄉試中式。甲戌，丁外艱。兄璣亦罷歸。嗣後，子姓日繁，承兄命析爨。時家業頗稱殷盛，公悉讓與兄子，蓋以先業所遺無幾，此皆出其兄俸餘，義不忍專，君子韙之。僦兄子之居以居，閉户讀書，恥爲干謁。薪米時不能給，意泊如也。嘉靖丙戌，就選天官卿，得令武鄉。武鄉在晉素號凋敝，公既履任，以文雅飭吏事，以廉勤懋官箴；減公堂之金，革里甲之紙；裁差費，省雇賃；理瀋藩久滯之獄，造縣學供祭之器；摘豪猾而法網嚴，辟邪巫而甘霖降。一時晉中良吏以陳武鄉爲稱首。歲當編審傜役，公豫令里中互相評議其財產，而酌定之時，出袖中所查訪者，呼

〔一〕字天節：「天節」二字底本缺損，據上文「清源陳天節」補。

集一證，户口遂定。官既不勞，民亦無枉。里胥懾伏，罔敢上下其手。巡察穆侍御相移文旌獎，遂通行三晉。民有歌謡，語多不載。晉藩苦催科之難，武鄉尤甚。公下車，以理諭之，少不悛者，繩之以法，閭閻感服，歲始足額。舊逋邊草數十祀矣，有不悦公者，卒令取辦。公嘆曰：「煢然小民，撫字無術，已饒松菊之思，忍以催科邀上賞哉！」即日解印綬歸。服官四年，囊不越五十金。從兄奉母，日有餘樂。癸巳，丁内艱。先是，公父隨葬濟寧屯中，省視不便，公力貧遷葬於清源。公之歸武鄉也，日銜杯酌，時爲小詩，拉老友，課少子，絶不近聲利。尤好静養，得順真煉性之書，必躬爲抄録，雖寒暑弗輟。暇則默坐齋中，冥會神遊，因號抱一仙史。歲時伏臘，兒孫繞膝，歡呼勸飲，真樂陶陶。欲扁十幸堂，不果。公外和而内方，遇人有過失，即面加斥責。事關利害，衆所不敢言而公獨言之。張天爵者，公髫年友也，貧死不能葬，公時亦貧乏，獨爲厚賻，可謂篤義君子矣。有澹泉文集、詩集若干卷藏於家。城隍、神、佛、天等辨，訊風文、飼豬説，尤傳誦士林。詎公生於成化丙申五月二十三日，卒於嘉靖庚戌閏六月初四日，享年七十有五。以本年九月初七日歸葬城東八里莊祖塋之次。配蔣氏，百户通之女，有婦道，先卒，詳在公自著誌中。繼李氏，七人安之女，持家内助，晚年賴之。子四，長大本，娶徐氏，縉之女；繼宋氏，百户玄之女。次大化，娶任氏，百户倫之女。次大政，先卒，娶王氏，大良之女；繼吴氏，釗之女。次大亨，州學生，娶許氏，千户彪之女。女二，長適顔效，次適王雍熙。孫男七，世良，世功，世選，世極，世訓，世範，世哲。孫女五人。嗚呼！文能顯於世，守不失其身。俯仰各得，生榮死哀。如陳公者，即非余友，亦當有聞於來世。銘曰：

清源之濱，舟車轔轔。誕生陳公，姬周甫申。才不逮時，位不滿德。五柳蕭條，自食其力。君子之交，其淡若水。陳公有泉，味堪與比。守一抱真，安貧樂道。縱酒鉤玄，操觚寄傲。直而不訐，困而不污。有斐仲子，碩哉偉儒。

許氏女墓誌銘

蘇、許通家，交相婚媾，舊矣。余與教授君居同巷，長同庠，女與教授君之子玒，生同乙亥九月，遂締姻云。教授君筮仕淛江德清丞，晉直隸平谷知縣。丁外艱。服□，□無極。教授者，左遷徽州也。

女生而聰慧，女紅之□□□即解，且臻其妙。賦性柔婉，事無巨細，訥然若□□□言，及叩其所藴，秩如也。未字時，處兄弟姊妹間十餘年，無秋毫相忤。事父母能孝。其有所拂鬱愠怒不平，輒忍不以告人，甚者雖其母亦不以告也。居嘗語以古之賢母孝婦，即歡然慕之。嘉靖辛卯，始館甥玒。女克遵婦道，事其祖姑馮孺人、繼姑李孺人咸得其歡心。玒字温如，昕夕女勸之力學以爲常。丙申，温如充弟子員，癸卯，得食廩餼。女曰：「斯奚喜也？世不有科第乎？」温如亦不自德色，視科第可立致也，乃屢試屢不利。女曰：「斯奚憂也？人不有否泰乎？」温如亦藉以自慰。温如性不耐事，日專藝業，女能内助，閫内一不以預母淑人陳氏，即余室也。持家嚴而有條，慈而不阿。女歸于許，凡紡績織紉之事，鷄豚之畜，蔬果醢醬之宜，靡不母法也。伯叔諸母諸嫂，姻鄙諸母嫂姑婞，接見問遺，情理俱備。臧獲媵婢，衣食而拊愛之，無使失所。故其殁也，皆痛惜焉。女素羸，飦不過一盂，用是抱病，卧褥者凡四日，竟不起。嗚呼痛哉！己酉，余以撫晉轉刑部右箎便道過家，見其甥孫警敏，内外肅然，余喜曰：「吾無女憂也。」孰意其竟成永訣也邪！既殮，温如以書抵余曰：「甥憂病不能跋涉任千里勞，願終愛之，賜之銘。」余方以邊務歷雲中，手書哭失聲。奚忍銘？又奚忍不銘？女生正德乙亥九月廿五日，卒嘉靖癸丑正月十九日，卜以其年三月廿一日歸葬祖塋之側，得年三十有九。子一，兀，配劉氏，國子生孫女一。乃爲之銘曰：

其年嘉靖癸丑，其月季春，其日丁酉，而夫而子，泣送以走。嗟嗟吾女，父汝銘，揜于爾扃，爾歸藏之，維斯永寧！

壽官雙泉李公墓誌銘

李君伯承以户部主事督税留都，事竣復命，便道省覲，適厥考雙泉公以疾終於正寢。户部君戚戚欒欒，既殮，遣使持公乃甥侍御張君子升所爲狀來徵銘，且曰：「先人無美而稱之，是誣也；有善而弗知，不明也；知而弗傳，不仁也。此三者，君子之所耻也。兹有善行一二，不忍泯泯。日月有時，將葬矣，尚襄我銘事，俾有耀於幽。」余惟蘇、李通家，厥胡可辭？

按狀，公諱鑑，字德明，别號雙泉，先世湖廣監利縣人，本瞿姓。高祖文益者，贅李氏，遂從之。世襲楚府護衛總旗。永樂間，裁護衛軍移置東昌衛，尋備禦濮州，因家焉。文益生敬祖，敬祖生通，通生原忠，原忠生四男子，曰寬，曰洪，曰海，曰亮，五世同居。海，公父也，與兄寬質厚能容，里稱長者。寬子鎮，舉壬午；鎮子仲升，舉癸卯。海孫有户部君。非爲善之驗與？李氏貴顯，方擬復姓，以播遷南北，譜系莫考，中寢。公豐容爽度，慷慨不拘小節，人有過輒面非之，省改即止，卒無較意，用是人咸憚其難犯，而又德其能恕。卜居城北五里大寨村，建六□祠，義取大禹謨「水火金木土穀惟修」。春秋伏臘，會父老，申鄉約，祈報竭誠，匪示觀美。爲園藝，植花竹，構亭於中，兩泉環碧，意泊如也，人遂稱爲雙泉云。〔一〕親識招邀，雖簞食豆羹，風雨必赴。尤喜讀古今忠義傳説，取裨益世教者，類成口號，吟咏自適。見事有不平者，即往古亦憤怏不樂。雅善詼諧，每會飲，座客傾倒。飄逸絶塵，有晉人風。宗人姻鄙貧不能舉火者，多所全活，雖家無餘貲，弗恤也。待子姓，慈而不失其義。先是，户部君自弱冠領鄉薦，屢試禮部不第，公勉之曰：「出處固有時。然少年多上人，氣盈則善不入。勿自棄也！」户部君恪遵庭訓，益折節奮勵，丁未登進士，尹新喻。新喻，江右巨邑，介交、廣之衝，號稱繁劇。瀕行，公作官箴諭之。户部君佩服以行，邑大治，陟今官。郡大夫慕其賢，數延入鄉飲，固不往，時論高之。是歲七月，有司奉詔，例以壽拜官。行將以户部君貴榮膺褒封，餘齡繁祉未艾也，乃遽不起。嗟嗟！易簀，謂二子曰：「爾等能自樹立，吾瞑目矣！」言畢而逝，顔面自若，殆有養者哉！距生成化甲辰九月二日，卒嘉靖癸丑八月五日，享年七十。配劉氏。子二，長先芳，即户部君，績學能詩，卓有令名。娶盛氏，再娶任氏。次同芳，郡庠生，娶邢氏。女一，適鄉進士葉臣。孫男二，如棣，聘嚴氏，庠生國寵女；如橋，聘許氏，知縣玠女。孫女四，長許聘庠生桑紹美男正思，次許聘國子生任永芳男某，次許聘省祭官劉逢先男某，

〔一〕人遂稱爲雙泉云：底本「雙泉」下疊出一「雙泉」，疑衍，删去。

次未聘。葬以九月二十七日村居之南，從先兆也。銘曰：

維李居濮自楚遷，科第綿綿不乏賢。墓中之人號雙泉，壽登古稀考終焉。尚有龍章賁其阡，聚靈發祥稱牛眠，千秋萬祀兹銘傳。

廩膳生宋君配李氏合葬墓誌銘

往余總角入城府讀周易，即與宋體乾爲友。稍長，縱情書史，倪鎮卿者業薦于鄉，獨友畏余。既體乾病死，鎮卿舉進士，宦御史，友畏余猶昔也。乃鎮卿卒按地，余視二君後如初交時，士大夫謂濮友道猶有存者。余謝總督政歸之明年，體乾配李氏病卒，其孤允懷手自爲狀來請銘。

按狀，君諱德元，字體乾，別號臨溪居士。父弼。大父滋，明經，貢禮部，通判大同府。曾大父斌，高大父克中，克中父思容，咸潛德弗耀。世家觀城縣黑米寨。元末，思容同弟宋十三徙濮南孫旺村以居，克中載徙黃河東城黨村，子姓益繁衍矣。弼生四男子，體乾爲長，生而秀穎，有巨人志。母馮氏，真定通判公鋭長女，識節孝大義。體乾受易於舅氏馮定州宗龍，補郡庠弟子員。時余方入學，君長余一歲，見所爲文，輒推服。伯嫂馮孺人，君母氏姊妹行，以親戚之故，重讓余。君族叔孝子顯章、鄉進士橘，咸齊名學校，郡中謂宋氏有人矣。正德乙亥，提學趙君鶴校濮藝，奇體乾之才，補廩餼，旋命爲觀城弟子師。母馮早卒，事繼母井以孝聞。弟德亨，琤琤頭角，教迪竟成名士。君容貌魁偉，語言莊重，性不詭隨，獨喜吟咏，屢空，晏如也。娶李氏，廩膳生珍之女，歸君，以孝謹稱。常聞體乾讀書，見孝子節婦，輒掩卷嘆息，李徐謂曰：「此亦丈夫婦人分内事，何足駭異？」體乾歛容謝之。體乾卒，李年才三十，允懷尚在襁抱，幾欲殞絶殉死，以姑老子幼，茹哀屏息。體乾雅不治生，祖地遺六畝，李孺人紡緝薪水，孤苦零丁。允懷知讀父書，剛方謙巽，足稱克肖，有聲黌校中。嘉靖乙卯春，觀風者至郡，人士以李孺人節行舉，太守何君先以幣帛扁其門，乃八月，孺人無疾而終。嗚呼！夫以才夭，婦以節老，褒崇禮幣，孰謂幽谷之蘭披萎秋風哉！男子一，即允懷，增廣生，娶劉氏。遺腹女一，適吕東大。孫男子二人，甲、昌。體乾生弘治辛亥十一月二十五日，卒嘉靖乙酉五月初七日，享年三十有五。李孺人生弘治乙卯九月二十六日，卒嘉靖乙卯八月十六日，享年六十有一。將卜以明年九月初十日啓體乾之墓合葬焉，禮也。其銘曰：

安貧樂道，濮有宋君；撫孤矢貞，亦有李孺人。相逢地下敬如賓，我銘碣石表彝倫。

太孺人趙母李氏墓誌銘

語曰：「不知其母，視其子。」余每得之大江之西，蓋多賢足徵云。往較藝上高，趙君俶載褎然首選，尋領庚子鄉薦，歷官太僕寺丞，有聲。歲在丁巳正月二十八日，其母太孺人卒於家。訃至京師，俶載擗踊悲號，幾不欲生。其父南山翁垣慰以書曰：「汝雖未爲收子，亦嘗移禄爲食，子毋徒哀毁。所冀得名筆以垂不朽者，尚有在也。」於是俶載復悲號，乃再拜稽顙，肅使以幣狀走見蘇子曰：「先生知不肖，又實承父命，尚丐襄我銘事。」余曰：「嘻！固因俶載而熟知其母者，其胡可辭？」

太孺人姓李氏，諱智愚，世家上高，義官邦華之女，性資莊慧貞敏。義官故雄於貲，其子監生璞尚幼，太孺人未字時，嘗以囊笥屬之。乃謹守封識，弗秋毫私，由是父母益鍾愛之。及歸，南山翁鸞粧甚盛，未嘗自挾以逞。其與孟光裙布出汲即何相似也。太姑疾，躬侍湯藥，衣不解帶者浹旬，至糞污其手不忌。乃太舅色甚喜，顧其舅姑曰：「孫婦賢而善事我，必興吾家。」舅姑退而私相慶曰：「父母亟稱新婦賢，吾與汝心其順矣乎！」太舅嘗作室，太孺人食飲工役，昕夕弗怠，迄無怨言。落成之日，太舅謂其舅曰：「兹多孫婦功。」因指一室曰：「以此答之。」可謂慈孝兩得矣。南山翁素力學，不事生産，太孺人悉力綜理，家務一不以累南山翁。雅好古禮，凡婚喪，剗革俗尚，太孺人能不狃於習以相之，以故南山翁卒爲名士。姑晚舉子，艱於乳，太孺人乳之若己出。舅姑既殁，叔方弱冠，不忍别爨異財，同居者十餘年。南山翁之友愛，太孺人實相之。叔倜儻好客，太孺人不計勞費，瞿瞿手自辦具，猶恐弗當叔意。外而宗族，内而妯娌，下而子婦，以及臧獲，無少長咸得其歡心。嗟嗟！此在士人所難，非賢而能之乎？將屬纊，遺命諸子曰：「紹而家學，永有聞於世。」繼命諸媳曰：「守吾内則罔替，且死，吾目瞑矣。」遂卒。距生成化乙巳七月八日，享年七十有三。僦載官京朝幾一考，乃獨不能使太孺人稍延期餘以需封典邪？其孝睦慈碩之行，固以表見閫閾矣。男子六，鎬、鋼、録、鑣、欽，俱生員；鏄，行三，即僦載。鎬先卒，娶潘氏，繼陳氏。鋼娶晏氏，繼黄氏。鏄娶丁氏。録娶左氏。鑣娶潘氏。欽娶冷氏，繼李氏。女子三，禮貞，適生員李儲；射貞，適李枝；數貞，適黎一棟。孫男子十有二，[一]二杜，生員，聘吴氏，鎬出。漢廷，生員，娶李氏；沛廷，娶黄氏；一鳴，聘戈氏；一飛、一鶚，尚幼，俱鋼出。温廷，娶黄氏；潤廷，聘江氏，俱鏄出。三孔，未聘；溤廷，娶傅氏，俱録出。湹廷，生員，聘晏氏；五常，聘李氏；五倫，幼，俱鑣出。孫女子六，

[一] 孫男子十有二：印案：據下文所列，實有孫十三人。或爲刻寫書版時訛「三」爲「二」。今仍其舊不改，讀者自鑑即可。

潔貞，適江繼榮；志貞，適惟勝；全貞、建貞，未聘；聖貞，聘黄某；端貞，聘李某。曾孫男子一，肇商。曾孫女子一，聘丁某。以卒之某年某月日葬於某處。銘曰：

媞媞孺人，邦之媛兮，婦道母儀，僉所羨兮。鹿門雙隱，兩楹奠兮，孤雄悲鳴，淚如霰兮。有子司僕，金閨彦兮，龍章可期，未及見兮。年逾古稀，亦何憾兮，勒銘貞石，奕世焕兮。

陝西按察司檢校兄子汝輔墓誌銘

汝輔者，從兄瓛之仲子也。瓛娶李氏，生二子，長汝弼，驛丞；次即汝輔，字廷佐，别號左泉。瓛父惠，七品散官。惠父亮，累贈兵部尚書兼都察院右都御史，即世所謂菩薩公也。亮父訓科府君義，義父鋼銛府君克明，其始祖云。汝輔少習舉子業，充郡庠弟子員，後爲家務所奪。以例貢禮部，卒業太學。嘉靖辛亥始授陝西按察司檢校。居官以能稱，署篆高陵、涇陽二邑。廉以律身，敏以集事。及代去，民遮留至不能行，有泣下者。撫按交奬之且曰：「吾固知檢校之賢也。」乙卯冬，關中地震異常，軍民死者無慮數萬人。汝輔所居廳事其夜磔磔有聲，亟披衣出户而傾仆無完瓦。沍寒外襲，驚悸内忡，因而成疾。飲食漸少，肌膚漸弱。白於兩臺乞致仕，不許；再以疾辭，再不許。久之，乃得捧表過家，即決意不復出矣。羸憊之甚，藥罔奏功，奄爾長逝。嗚呼痛哉！距生弘治己未六月初二日，卒於丙辰十二月廿五日，享年五十八歲。娶劉氏，生一子，采，郡庠生。女一，適庠生李恭。孫燮，聘生員李保成女。孫女大姐、二姐。汝輔樸直自遂而敦禮向上，故郡之縉紳咸樂與之遊。宦雖不達而名已著，仕雖頗久而家不益。嗟嗟汝輔，亦可謂不朽矣！將以卒之明年三月初七日葬於先塋之次，采泣而請余銘。嗟嗟汝輔，余銘爾邪！遂爲之銘曰：

蘇系昆吾，世居於濮，詩禮名家，衣冠鼎族。貴而不驕，富而不華，洪武迄今，曰大蘇家。有謂菩薩，鋼鍤公孫，好善如渴，匪爵而尊。菩薩四子，散官爲季，家累萬金，人稱行四。嗟嗟汝輔，實維孫仲，筮仕幕寮，陳臬秦雍。奉公執法，薄己厚施，獲上有聲，命乃如斯！生順歿寧，爰正丘首，勒銘貞珉，以詔厥後。

寶應尉誠庵馬公墓誌銘

誠庵馬公者，余總角時同筆研友也。蘇於馬好若朱陳。既長，公以女妻余兒潢，交好日篤。余叨登宦籍，中外歘歷三十年，公始得沾一命。甲寅，余解兵符歸田里。再越明年丁巳，公以部馬過濮，握手相慰勞，結晚年社，志不復出。居無幾，疾作，奄然長逝。余聞之，涕泣泫如。唁吊南莊，見畫像儼若生前。諸孤虆虆衰絰，向余長號，余不知淚之所從也。明日，厥弟介鄧生持海洲吳令尹狀來請銘。嗟嗟誠庵！知兄莫余若，而奚俟請爲？

按狀，公姓馬氏，諱純嘏，字時應，别號誠庵。其始祖名飛興者，自青州益都徙家於曹，遂爲曹人。飛興生貴寶，貴寶生彦忠，彦忠生虎九兄弟一姊，俱家累萬金，壽算至少者亦七十餘。虎即鄉人所稱馬九老者，富於財貨，尤喜剛正，人不敢以鄉社叟目之。九老娶郭、郝、李三氏，誠庵，郝所出也，賦性篤厚，不好嘻戲。曩同師時，課解輒省，作文遵矩度，不喜爲奇語，歲試每首諸公，而入埸屋恒不利。積廩資貢入禮部，卒業成均。歸家村居兀坐，研窮理性，擴充知能，曰：「大道在是，吾不復爲舉子業矣！」性質直，人有過，面加斥責，人人畏服無後言。宴會朴實，圓方無異品。自少至老，女妓未嘗一至其庭。嘗語人曰：「絲竹不亂於心，伊吾日盈於耳，正襟危坐，其誠之爲貴乎！」人因稱誠庵先生。闢草堂數楹，訓迪族之子弟。祀先有室，每朔望，率諸昆季子姓源源而來，焚香再拜，坐語移日，因寓勸諷，諸昆季子姓無不祗服，奉以周旋。母老，勸之仕，勉謁銓曹，授嘉興簿，非其志也。未履任，丁内艱。服闋，補任寶應。時宦途務爲容悦，乃誠庵敦厚如在鄉校，愛民守己，動循古轍。稍稍人信而敬之，曰：「安得古心古道如馬三衙者哉！」部馬届期，辭太府，府公察知其廉，它郡邑馬併委部之。長例不下數千金，乃誠庵力辭謝。府公不得已，減去部馬之半，亦當得千金。誠庵至臨清，約曰：「馬至京師，倘僕卿仁慈，早爲印烙，可無再相見也。」長例一毫無所取焉。嗚呼！可謂難矣。過家，鋭意乞休。初病瘧，載病瘍，竟不起。生於弘治己酉十一月初十日，卒於嘉靖丁巳十二月二十一日，享年六十有九。娶李氏，生男一女四，側室田氏生男二。長學曾，生員，娶劉氏；次學思，娶劉氏；次學周，聘陳氏。女長適鄧守田，次適省祭官侯易，次適生員王紀，次適余叔子都事潰。卜以戊午季春十有三日葬於馬村之西，從先兆也。銘曰：

宦不貨取，學求天知，馬氏白眉，舍公其誰？六十有九，厥稱有壽，子力耕讀，厥稱有後。白楊之風，其葉凄凄，彼君子兮，馬村之西兮！

敕封户部主事閻公墓誌銘

往余釋褐禮部，得交識東平石閭閻公，愿慤明信，敦尚倫紀。嗣後，柏臺、棘寺，宦轍相追逐，稱契厚云。嘉靖己酉秋，余仲子澹叨舉于鄉。覽薦書，東平有閻氏名光濳者，明年庚戌，舉進士。相見慰問，則石閭伯兄之子。世講通家，契厚彌篤。未幾，拜官户部主事，督餉雲朔。余方總督宣大，見其愿慤明信，如有成式，備述家乘，知乃翁沙麓公之賢，思賦招隱，曲而未能也。甲寅，余蒙恩歸田。丙辰十月，余自南莊入城，乃户部君藁然衰經持石閭公狀，亟拜且泣曰：「家君不作矣！惟念世好，惠之銘。」余款飦，少舉匙筯；止宿，則以在殯辭。余勉諾之。户部君別去，余呵凍穎爲文。

按狀，公諱儒，字宗魯，其先沂州人。高大父大公。曾大父貴，貿易安平鎮，貲累充溢，遂家焉，籍東平州。大父宏，生四男子，長昂；次縉，封大理寺丞，即石閭公之父；次璋、玭。昂配張氏，生公於安平，少穎慧，日能誦數十百言。年甫十餘歲，值父喪，哀毁骨立襄事，輒知向學。而叔父璋，悍妒寡恩，且善使酒，見公讀書，即肆虐侮。公不敢與之抗，遂廢學。仲父縉筮仕嘉定簿，公以猶子隨行。簿出佐政，舍人在衙内肅如，人不知其爲猶子也。簿竟以廉静著稱。後子石閭貴，封簿廷尉，人以爲善報云。初，公祖業饒裕，璋蕩費殆盡。嘉定公謝政歸，僦屋以居。公亦無以自存，茅茨土垣，教授童子章句，兀坐終日。凡童子拜起步立，咸遵矩度，後多爲名士。石閭公從遊，舉進士，歷官至大理寺少卿。公性儉嗇端正，善治家人生産，年四十餘，買田創屋，親督耕穫，業漸充拓。一經教子，勤苦自甘。屋前有岡巋然，父老相傳爲沙堆，因號沙麓居士。時時吟哦小詩。作書楷勁，類其爲人。户部君上最銓曹，奏公如其官，配趙氏受安人封，制詞有「履坦居易，重誼敦倫」之言，人士頌美，爲實録。石閭謝廷尉居安平，公子主事宦京邸，公受封家食，兄弟父子一時貴顯。乃益務謙退如寒素家。每恨學舉子業不成，雖拜封，絶迹不入城府，郡大夫過安平，登堂訪問，始往答之。其簡重類如此。子二，長光著，娶劉氏；次光潛，即户部君，娶靳氏。女二，長適魏汝爵，次適李金。孫男子七，長奉先，娶張氏；孚先，娶馮氏；恭先，娶路氏；繼先，聘屈氏；餘尚幼。孫女子四，長適邵南，餘未聘。生成化甲辰九月一日，卒嘉靖丙辰三月四日，享年七十有三。卜以某年月日葬於某原。銘曰：

穆穆處士，少貞而孤，行比彦方，書著王符。言念坎軻，仲父撫摩，嘉定之譽，厥相孔多。有弟漸鴻，匡此王國，九列式登，維兄之力。有子振鷺，國計是司，帝曰良哉，貤封侈詞。耄不倦勤，貴不滿假，詩章吟哦，杖藜瀟灑。斑衣春酒，壽算永綿，胡爲乘化，玄鶴翩翩？發不於身，乃於弟子，我銘斯丘，公可已矣。

桃渠趙翁墓誌銘

往余家締姻觀城趙氏，知桃渠翁之行甚具。余宦轍往來燕、晉，道經其家，接杯酒歡，獨心善翁。問其邑之大夫士與街衢巷陌之人，皆曰翁長者也。及翁卒，子貳守仁等持清豐大參吕君狀，匍匐涕泣，介兩生來請銘。按狀與聞見皆不虚。余覽史傳所紀載長者，□詭情，務奇節，若償金不問、認牛事，列爲美談。余謂長者正不必然，若桃渠翁，可謂不言而成蹊者矣。

翁諱璽，字廷寶，別號桃渠，世爲山東觀城人。大父幹，有耆德。父亮，躬耕砥行，以壽拜官。母杜氏。翁生而修偉，性剛方孝謹。父嘗寢疾，憂形於色，衣不解帶，藥必親嘗。及殁，哀毁骨立，痛自砥礪，躬耕世其業，家益富饒。嘉靖戊子，歲饑，人相食。癸丑、甲寅，民病水濕，疫大作。翁作粥糜，要路以待饑者，仲子義、叔子禮通醫，大鑊煮藥，遍飲之，賴以全活甚衆，咸詣翁羅拜，手加額爲謝。翁嘗輸粟千石，有司以聞，中丞可泉胡公奏請給冠帶，親書扁其門曰「仗義賑荒」，非翁之志也。邑陳廣文病卒，翁助以棺木，襄其事。孔令病且將死，請翁於縣齋曰：「翁長者，敢以後事相托。」翁泣許諾。及卒，不吝百金，令其内弟徐逵護旅櫬、妻子歸廣東。胡子宰邑，迎養其父於觀城，偶病殁，求棺木弗得。胡例當解印綬去，即有蓄者靳弗之與也。伯子宦泗州，爲翁買杉木極佳，直如千金，翁即以助之。新令尹明侯至，胡移書稱其長者尚義，明侯獨雅重焉。恬静沉毅，尤喜讀書。闢園種桃，顔其亭曰樂意。春曉花開，子孫稱觴於霞塢中，翁顧而樂之，曰：「吾後世子孫之繁衍，宜如此桃矣！」因號桃渠云。節義重於鄉評，儒雅風於鄰壤。聯姻締好，皆一時名閥。大廷尉牛公、太僕卿田公、侍御王公時解官泉石，慎交接，獨與翁爲莫逆。少宗伯許公，書法擅當代，以詩贈翁，親爲草書。可以觀桃渠矣。配張氏，有淑德，相敬如賓。生男子四人，仁，同知沁州，娶張氏；義，國子生，娶張氏；禮，國子生，娶王氏；智，省祭官，娶王氏，繼娶李氏。女子二，長適郝蒙澤，次適劉東魯。孫男子七人：一鵬，國子生，娶蘇氏，南樂省祭官九疇女；一麟，廩膳生，娶裴氏，清豐監生冠女；一鳳，廩膳生，娶張氏，濮侍御登高女；一鯨、一龍，俱幼；一鯤，庠生，娶吕氏，鴻臚序班承訓孫女；一鶚，未聘。孫女子十有五人：〔一〕長八姐，適禮部儒士唐養性；次三姐，適監生姜永年；三姐，許聘范庠生盧永壽男僑；〔二〕恒姐，許聘監生吕堯卿男應科；静姐，未聘；喜姐，許聘朝城王侍御孫男椿齡；春蘭，許聘朝城江司馬男至道；賽蘭，許聘蘇九疇男曉；亞蘭，許聘吳進士良輔孫男養浩；桂蘭，許聘吕大參時中男椿孫；玉蘭，許聘范州守范宗仁孫男黄菊；〔三〕金蘭，未聘；十姐，許聘監生李開白男芬芳；官姐，未聘。生於成化癸卯三月十有二日，卒於嘉靖甲寅九月十有三日，享年七十有二歲。卜以次年四月二十有一日葬於祖塋後之新遷。惟翁儉嗇於積藏而慷慨於施舍，坦夷於戚識而嚴重於子孫。玉映蘭輝，各能成立。聞翁之抱病，諸郎不解衣，不内寢，伯子仁奔喪盡禮，幾不欲生，行路之人爲之心

〔一〕孫女子十有五人：印案：下文所列僅十四人，或有遺漏。
〔二〕印案：適姜永年與盧僑者均名「三姐」，疑有誤。底本如此，且置存疑。
〔三〕印案：底本「范」下「州」上空一字，應是州名待填字，而「范」指范縣。查清康熙范縣志卷中人物，范宗仁爲朔州知州，故所空之字應是「朔」。

惻，無論吊者。翁生平大概，視償金不問、認牛事，奇節少讓而篤實過之。子孫繩繩，作善爲有徵矣。銘曰：

觀城之墟，有桃滿渠，蘽蘽結實，蓊而鬱如。正家貽謨，桃夭内助，桃李不言，以永終譽。漢世論人，長者是先，寥寥誰哉？桃渠有焉。桃衍而四，載衍而七，瓜瓞綿綿，瑞承旭日。蟠桃結實，變爲松楸，桃渠已矣，樂哉斯丘。

監察御史敖公墓誌銘

公敖氏，諱鉞，字秉之，別號存庵，瑞州高安人也。曾大父洪，贈主事，妣傅贈安人。大父和，雲南按察僉事，妣徐封安人。父申，大冶縣丞，妣鄒氏。公生而岐嶷，四歲已秀異不凡，僉憲公甚愛之，謂大冶公曰：「是步吾武者。」乃大冶公則篤意延師授之詩學。弱冠，就試輒上等，以是督學二泉邵公、虚齋蔡公暨郡守近山劉公又咸罔不愛矣。正德丁卯舉於鄉。辛未再上春官，以乙榜拘署績溪教事。績溪學宫故隘且敝，乃請爲□遷。正教化，惇士習，恒身先之，科第彬彬興矣。時婺源用兵，受檄督餉兼察軍情。曰：「亂之滋，非化之湮邪？曷風諸？」於是廉得孝女烈婦四人，爲之請白，皆得旌典。丙子，聘同順天考試，順天試士有干以千金者，峻拒之，沮去。時主考則石潭汪公、未齋顧公，咸故雅重公，簾内事多委信。事竣，已陞知宿松縣。宿松故多水患，兩奏蠲租，及民恒以熟包荒，罔堪也，而湖池魚課羨餘則歲積千金，奏補之，皆得請。居二年，丁内艱去。嘉靖壬午起復，補潛江。至潛江三日而漢水夜至，則浸蕩田廬，城没且壞。囚拘攣在獄，將無得脱者。乃自疏放之，全活者數十百命。復悽然曰：「民饑，若得請而賑，當求之溝壑矣。」乃便宜澇倉廩濕浸之穀賑焉，全活者及數千百命。仍爲奏蠲災租八百餘石，捐皇莊淤洲，開恩江七百餘丈以殺水勢、存縣治，及請衆輕帶辦荒蕪税粮，及免積逋官銀，招復流移，蓋一日三劄五事，皆得允行。明年，大旱，又奏蠲災租七千餘石。流民多復業，占據者悉究還之。又縣故多武斷，繩以法，乃豪强之徒歛迹，民忘其災矣。甫十月，又丁外艱去。起復，補龍游，則爲之修築三堰。若節用愛人，抑强扶弱，蓋三縣如一日云。惠而不費，威而不苛，大且著者如此。咸受知於部使者，以是咸薦公。戊子，召拜監察御史。時有近侍殺人者，則首劾之，詔加俸一級。往以同舉於鄉，故識桂公文襄。及奉命按貴州，適文襄罷，議者指爲黨，亦罷去，年方五十耳。知公者則日期柄用公。辛丑，鄉飲入城府，與親故盤桓十餘日，偶以頭痛，不甚意也，歸竟卒。生成化庚子八月戊申，年六十有二。

往余以臺中先後故，與公聲相聞。又高安諸生有敖鏜者，試而異之。及再至瑞，鏜來，悽然曰：「存庵公亡，乃鏜實負兄。敢乞銘。」余曰：「何也？」曰：「先大夫之背棄諸孤也，仲兄鈞年十八歲，鏜才十一歲耳，存庵公實教育之，且共爨餘二十年，恩與父師等，鈞幸卒業太學。乃今不獲見鏜之成立，施者罔報矣！且存庵公平生所樹立如此，實以顯揚爲期，廼不得沾浩蕩恩，抱恨實終天也。孰謂種者穫邪？不得之人，顧天亦靳之矣！」淚簌簌下不休。余曰：「智者困，仁者病，值天之未定者也，古則然矣，鏜乎何嗟？」

按狀，公狀貌魁偉，有識見。顧多負氣，遇事無所回互。好面斥人過，善者樂從，惡者不敢肆，亦不慊於懷矣，或以此得□云。其居家，事生送死追遠，一遵其禮。表修四代先□□□筆教訓子弟。建□閘，興水利。急貢輸以奉公法，尤切切焉。郡邑非公事則不至。配傅孺人，先公五年卒。子澍，側室出，娶府學生員朱寶昌女。女一，適新喻黎晃，亦先公卒。四月日，鏜等奉公柩，啓金釵嶺傅孺人虚左之壙合葬焉，禮也。銘曰：

種者斯穫，乃不逢年，施者必報，勉旃象賢。君子有穀，稽定於天，貽厥孫子，視茲豐阡。

故妻誥封夫人伯陳墓誌銘

嘉靖丙辰春，予妻夫人伯陳以疾終于正寢。予時携諸子孫女婦繞庭礎哭號，如在夢瞶中。既見吊唁哭於庭，媵婢哭於室，僕從哭於門外。三日殯殮，儼如熟寐，叩之不應，飲食之不入，子孫女婦衰絰蘽蘽向予悲痛失聲，予然後知夫人果不起也！嗚呼！百年之期云何？老懷鬱憒，何以慰解？家事紛冗，疇將剖析？生人之痛，夫復何言？窀穸届期，兒濂等以誌銘請，予哭而許之。既稍暇，親筆研。纔舉書，淚即簌簌不休，旋復置去。時序遞遷，奄逾百日，濂等再申前請，予抆淚爲文。

夫人姓陳氏。父倫，世家濮之康封里，慷慨有識鑒，奮身農畝，卒致數千金之産。母崔氏，端慤沉静，克助其家。夫人之生，陳翁方省其兄都督公於榆林。時晝寢，夢幡幢鼓吹導天仙於其家，覺而異之。既辭幕府東歸，入門見懸帨，知爲女子。計其期，與夢符，喜不自勝。母太崔察其形聲，固自以爲不凡也，及聞翁言，乃益相珍愛，奚啻掌珠。甫彌月，先尚書公結爲姻好。十七歲歸予。先母王太夫人性素嚴，教初來婦尤務整肅。時方抱疾，食飲嗜好鮮當其意者。夫人解新粧，入厨下，及所剪製，獨默會其意旨。太夫人私喜悦，以爲類己。乃先尚書公見姻黨鄰好，輒稱新婦賢。正德庚午，王太夫人棄養。予時哀毁，顓蒙不知從適襄事。城居越鄉莊六十里，米薪咸以輿來，或時不繼。夫人略無恚怨，燈火勤渠，佐予食飲。季姊周宜人寡居，一子在携。每歸寧，予與季姊語及王太夫人即太慟，夫人亦相向悲啼。予幼，固爲姊所篤愛，不忍遽行。夫人亦能殷勤具饌，言笑于于，以故姊常勉留旬餘。甥顯宗方在髫年，就學予家，或向夫人攀臂罄折索食飲，乃夫人怡怡酧應，無弗當其意者。後甥舉進士，官至漢中守，腰金焨彩過舅家，見夫人，亦未嘗不視其若母也。先尚書公方正慎許可，飲食喜修潔，老年劇目病，每舉一蔬，向明熟視。來城市課予學業，夫人旨甘躬調盡厥心力，一蔬一羹，尚書公咸咀嚼稱善，可無熟視向明。乃夫人厨中方惴惴，恐不當意。飦畢，尚書公出門訪親舊。余入室告語，夫人始釋懷舉匙飭。王太夫人既殁，在尚書公左右者語多浸潤，乃夫人竟無憒辭。繼而尚書公察知之，由是益稱新婦賢。癸酉，予年二十二歲，叨領鄉書。再上春官不第，敝裘偃蹇，蓬蒿滿户，夫人迎笑。謾語及不下機事，謙言不敢比方古人。益相敬如賓，余亦忘其未第也。歲時伏臘，過康封里，陳翁敬禮若尊官。夫人時坐小車，翁命大兒執綏，仲子執轡，迎送以爲常。丁丑，卒業成均，夫人客京邸。歸途值潦水拍天，舟車阻塞。兒濂方五齡，長女在抱，修途泥濘，備極苦辛，夫人慰藉如平時。正德辛巳，先尚書公見背。煢煢孑立，益復無聊。襄事村居，嬾慢自遂。時時吟哦，詩草積滿篋笥，不問家人生産。嘗構屋成，缺二窗，經年不以爲意。夫人爲補葺，以笑余曰：「古人有不事一室者，姑從所好尔。」夫人勤課紡織，力催耕作，農具種餉常夙備。余雖不問家人生産，而器用自饒。丙戌，余年三十五歲，始得釋褐禮部，授令於吴。吴，蘇之劇地，繁華衝要十倍他邑。余勉自建樹。夫人尤能清苦自甘，居三載，止易金皮珥二枚，金彩上縑服竟未入衙舍。兩臺交章薦舉。己丑，丁周太夫人憂還。壬辰，補保定之束鹿。不三日，召爲廣東道御史。癸巳，皇嗣覃恩，夫人得受孺人敕封。是歲，余出按宣大，夫人家居。時雲中士卒叛，殺李將軍，兩鎮洶湧。余連章論奏其事。山以東風傳逆變，姻黨有爲夫人憂者。夫人曰：「戡亂解棼，自丈夫事，何以憂爲！」竣事還朝，載奉命按江北，按山西。夫人頻年家居，教子讀書，督率農桑，修葺土木，倉廩益裕。長姊李孺人老而無子，二女蕭條。李氏持庄田券來易緡米。夫人受券，與之直，俾仍耕業，終其身。及長姊歿，姊夫李紀哭曰：「必奪此，紀老矣，何所居食？」夫人聞之，嘆曰：「固李氏之所以貧也，豈有姊老而令彼無所容者哉！」竟耕業如初。己亥，余陞江西提學副使。或謂余在臺中三巡，歷俸越六載，當得内補，不宜副外臺。夫人曰：「提學固美秩，况江西大文獻，外臺何謝廷尉邪？」庚子，迎夫人于豫章。十三郡士凡再校，所評鑒多中而文運勃興，士從如雲。底今江西諸君子相見，寄問依依若骨肉，而翰苑省寺臺諫之選多向所與如夫人言。壬寅，轉山西參政分守塞下，夫人家居。甲辰，九卿會薦人才，余叨在列。是歲冬，召爲大理寺少卿，携夫人北上。乙巳春，夫人病，幾不起，乃余復轉官都御史督撫保定，夫人輿病南下。聖天子廟建覃恩，夫人受恭人誥封。丁未，加秩副都御史督撫山西，乃迎夫人于太原。己酉，召爲刑部右侍郎，載迎夫人于京邸。

既轉兵部左右侍郎。三品秩滿，誥封二代，夫人加封爲淑人。雲朔不靖，予被命暫行總督，六月出車。夫人携兒女還桑梓，遣叔子潢戎服從侍。瀕行，以君命邊事相勉，了無儒語，斯亦近烈丈夫矣。是歲冬，余實任總督，迎夫人於陽和。辛亥冬，有長姊李孺人之喪。夫人知余悲痛，乃請冒寒南歸，經理其事。而側室劉氏，御史時爲余所納者。歷官南北，夫人間家居，而劉氏顧俾侍余。即小星之夫人，奚讓焉！癸丑夏，三品六載滿秩，陞右都御史，夫人受實封。秋八月，永安堡大捷，聖恩浩蕩，告廟榜其事，布諸九州。陞兵部尚書；給與應得誥命，廕一子錦衣正千户。夫人家居，喜懼交集，禁戢奴僕，戒諭族黨，慎勿以寵利居成功。海内名山如東岱、武當既載遺禱祀，尤早起膏沐誦經。命仲子澮親書觀音普門品于石上，搨印數千百本，如藏施舍；而僧之履帽絲粟，歲施數百千。正、五、九之月，齋素焚香，心虔報謝。凡佳節令辰，兒女稱觴繞膝，孫子女及外孫子女携笑學跪拜，至不能容，夫人心喜慰，顧每以余遠塞爲言。甲寅夏，聖天子憫念衰病，與歸田里。鹿門迎笑，鳩杖相扶。東圃北墅，塲鷄甕酒，浮白大嚼，自稱快意。夫人益復感謝天恩，祝延聖壽。誦經好善，老而彌篤。然天性勤勵，膏沐未嘗見日光。憫恤貧窮，眷恋姻婭，婚爲之衣絮，喪爲之殯殮，窘乏爲之周濟者若而人。癸丑春，長女殁。甲寅夏，冢婦許氏殁。夫人素患痰氣，連遭哀痛，乃精神減損，尚不知倦勤。丙辰早春，病小愈。仲春，載病暫愈，乃日夜手自理綿縷，製口袋四十餘條分給諸子，且云作思念，若有所先知者。莫春十有九日，還自幼子浣所，方灑掃房帷，治蚕絲，乃復病，竟夜不寧。問卜市藥，百無一應。廿一日，不飲食，猶如常時端坐，默有所思，目光視尋常顧分明。子孫親故來候者，但熟視。問之，輒肯首，不答以言。時或自言，又皆扃鑰骨肉切緊事，然亦不二三也。廿五日，痰作，幾危。既甦，目不泪，顔不戚，鼻不酸，竟亦不及後事，如如若常時。廿七日早，湯沐自飭。嗽，醫人脉其手，隔帷端坐，自行返坐小榻。無何，痰大作，兒女圍繞，竟不起矣。

嗚呼！夫人存心制行若善知識，臨大事、决大疑若偉男子，勤以馭下、儉以奉身若寒素家，出轂入輿、前呼後擁若達官長者，不記人過失、不論人有無若木强人，言多對偶、事多比喻若機警者。聆佛書則默誦，見忠孝傳奇則喜談，聞烈女貞婦事實則激昂自憤若學博士。先尚書公、太夫人棄養三十餘載，忌辰生日，欷歔悲惋。寒衣手所自製，祭飫必躬調。丈人之喪，棺殮皆夙備。太崔獨居十餘載，問遺略無虚日；逮及喪也，年且六十矣，號泣若嬰抱，殆終身而慕者歟！生弘治癸丑四月廿有四日，卒嘉靖丙辰三月廿有七日，享年六十有四歲。卒之日，閭閻罷市，縉紳奔吊，白衣素幘幾遍州里。殯之夕，微雨零零若墮泪者。每七日祭輒雨。卜五月廿有八日葬新店之原，夫人所素指授地也。時當炎蒸，晴則苦熱，雨則苦濘，且芻靈從衛沾濕，奈何？乃是日陰雲翳蔽，凉颸飄拂，會葬萬餘人。

葬畢而雨，虞祭畢，大雨有泪成河，天人其交應矣。

生四子，長濂，選貢監生，娶許氏，耆德誨之女；次澮，舉人，娶宋氏，知縣橋之女；次潢，河南布政司都事，娶馬氏，主簿純嘏之女；次浣，生員，娶劉氏，監生明榮之女。女三，長適廩膳生員許玒，知縣詠之子；次適監生高迨，按察使顯之子；次側室劉出，許聘聊城儒士許鵾，禮部侍郎成名之子。夫人慈愛諸子女，尤鍾愛少女。許母王淑人既喪，許公亦喪天人，憐念少婿孤弱，迎館鵾於別業，朝夕飲食，周詳□懇；而少女，起居絲縷，惟其所欲，人不知其爲側室出也。孫男子七人，棨，初廕官生，載廕錦衣左所正千户，娶桑氏，舉人紹良女；次栥，監生，娶錢氏，省祭官思儒女；次宋，官生，娶邢氏，省祭官大順女；次案，聘監生張繼德女；次樂，聘知縣吴道南女；次本，聘監生邢大治女；次槖，聘守備顧翺女。外孫男子一人，許兀，監生。孫女子六人，長適鄆城生員仝完次許聘儒士陳萬殊次許鄆城樊大司馬之孫重耀；餘尚幼。曾孫男子二人，筵哥，廕哥。曾孫女子二人。

夫人歿後，余履閫閾而泣，見倉庾而泣，覽象教而泣，過庄田而泣。兒女泣解，轉相抱大慟。客每慰余曰：「生榮死哀若夫人，可以已矣。」余哭而謝之。既誌其畧，載爲之銘曰：

夫人之生，帔霞鳴珂，勤治絲枲，虔奉彌陀。飯僧睦族，賙乏恤痾，猗與夫人，其德孔多。夫人之歿，不悲不驚，更衣盥手，端坐證盟。從容委化，容色若生，吁哉夫人，其究孔寧。夫人之葬，仲夏惟期，日黯弗炎，雨垂弗施。會葬萬人，靡不嗟咨，甫襄大事，厥注移時。夫人之祭，七虞卒哭，及百之日，感動姻族。值陰朗霽，畢祭沾沐，風旋紙錢，歆茲尸祝。嗚呼哀哉！生歿葬祭，人所必有，德澤靈異，維陳蘇母。偕老渝約，内助疇依？愴今追昔，有淚沾衣。新店之封，庄南之東，河流如帶，環繞殯宫。有田有桑，有園有塲，内親悉附，何異南鄉。生於是歡，歿於是安，我勒斯銘，千祀弗刊。矧茲兆地，實夫人素所留意，以俟余之觀者乎！

敕封孺人戴母周氏墓誌銘

往余爲御史，曹南魯川戴公繼爲給事中。老成激烈，義氣相倚重。慰勞往來，即知有良配周孺人之賢云。己亥秋，余自臺中督學江西，〔一〕魯川業先坐言事奪職。不相通問者二十年，余衰病歸田。丙辰，遭内陳夫人之喪。歲戊午秋，兒輩始得除服，相對尤數數欷

〔一〕己亥秋余自臺中督學江西：「己」底本作「乙」。印案：上故妻誥封夫人伯陳墓誌銘，蘇祐由御史升江西督學副使在明世宗嘉靖己亥，據改。

歔，乃魯川手自爲書，介其弟茂才來請周孺人之銘。余覆書曰：「山行知勞，水涉知險。丙辰之後，余愈知喪内之苦也。」

按別駕張君世臣狀，孺人姓周氏，宋益國公必大之後。父太學竹軒公某。母孔氏，爲宣聖裔孫。竹軒閫範素嚴，而孔孺人習知家教，閾以内肅如也。孺人生而端淑，爲父母所鍾愛，慎聘許。魯川弱冠，文譽燁然，遂以歸焉。孝謹儉約，無所專成。舅姑喜謂人曰：「新婦賢，家將大矣。」壬午，魯川舉於鄉。癸未，遊成均，孺人偕行旅邸。柔順撙節，不貽夫子憂。而魯川出友天下士，入篝燈朗誦，翩翩乎高翔藝苑矣。己丑，登進士第，選授刑科給事中。郊禮告成，覃恩侍從，孺人受實封。癸巳秋，陞工科都給事中。魯川賦性朴直，遇事敢言，不避權貴。姻識魯川者懼朝夕得罪，諷孺人默勸諭之。孺人曰：「諫官以言爲職，避權貴而保禄位，是曠瘝也。夫子能盡職，禍患惟所命，夫復何言？」乙未冬，竟以言放歸。魯川慷慨就道，孺人怡怡以偕。抵家之日，行李蕭然，蓬蒿滿户。魯川靜頤邃養，談玄探奥，若無意人間事者。孺人敬以作勤，儉以訓共，課子讀書，農桑兼舉。魯川雖東山高卧，與世無求，而家用裕如，孺人之力也。姑邵太孺人有弟天爵，貧不能生，孺人能衣食之，不待魯川覼縷。魯川女弟四人，多空乏，孺人時爲賙給。孺人兄德生無子，病歿，遺女孤，孺人雖時軫念，不忍加於邵，曰：「婦之親，固當後於姑也。」魯川家居，兩臺剡薦二十上，計得復職，或勸通問朝貴人，孺人聞而止之曰：「君自度能隨時俯仰邪？否則即通問奚益矣？」魯川逌然曰：「子能知我，願學爲鹿門隱！」蓋賓敬終其身云。

生男子二，長光肇，爲邑弟子員，累入鎖闈，能世其家學，娶同邑令尹張君某女；次光晉，邑學生，娶同邑李太宰曾孫某女，繼娶睢州郡伯李君某女。孫男子一，錫祉，聘李氏。

孺人自舅姑歿後，魯川不問家人生產，兩郎習舉子業，孺人總閫政三十餘年，雍穆成風，懿訓丕著。卒之日，縉紳嗟悼，士女涕洟，可不謂賢乎？生弘治十六年正月廿日，卒嘉靖三十七年九月九日，享年五十有六。卜以是年十一月廿四日葬於城西二十里大堤之曲，從先兆也。銘曰：

龍章炳耀，受命於天，惟青瑣之前。鹿門雙隱，令譽昭宣，惟内助之賢。有凰鎩翮，有鳳孤騫，文雛悲號，行路凄然。鳳食琅玕，雛奮以翩，九京遼邈，奕業亘綿，惟内則其永傳。

太子少保工部尚書前兵部尚書雙巖樊公墓誌銘

嘗讀漢書郭泰傳，泰卒，蔡邕爲文，既而謂涿郡盧植曰：「吾爲碑銘多矣，皆有慚德，唯郭有道無愧色耳。」少保公無謝有道，而余文則遜中郎。若無溢美，則有之矣。憶昔雲中之變，余與少保公稱爲患難友。少保公卒之明年，其子檢校君持職方侯君祁狀來請銘，曰：「此治命也。」嗟嗟！余曷敢辭？又曷敢有所損益？

按狀，公姓樊，諱繼祖，字孝甫，別號雙巖，鄆之望族。其先周仲山甫封于樊，因而氏焉。始祖榮，高祖誠，以守一公貴，俱贈刑部左侍郎；始祖配吴氏，高祖配劉氏，俱贈淑人。守一爲少保公曾祖，諱敬，登洪武辛未進士，仕至刑部左侍郎、行軍司馬，德業聞望，屹爲名臣。配黄氏、荆氏、劉氏，俱封淑人。祖玘，七品散官，父沂，號東泉，俱贈兵部左侍郎；祖母王氏，知州坦之女，母侯氏，左參議維之孫女，以少保公貴，俱贈淑人。侯氏生二男子，長即少保公，次繼宗，冠帶生員。少保公於成化十六年二月十四日子時有符祖五馬之兆，遂命今名，詳在憲副張君傳。少保公孩抱時，公伯祖母傅氏戲置馬上，馬咆哮驚，墮公地，無變色。稍長，途見遺金不顧，人咸異之。甫弱冠，督學楊君試其文，奇之，輒首諸生。應廩，有同試吴生者，居公後，求先補，公慨讓之。父東泉公病臥床褥者幾二載，公躬侍醫藥不少懈。迨卒，哀毁逾禮，人稱孝焉。弘治辛酉領山東鄉薦，正德辛未登進士。符祖之兆已驗於此。初授河南臨潁知縣。時流寇猖獗，攻陷城邑，州縣長吏至望風引去。公修城隍，嚴武備，寇聞之，不敢犯。其他興學造士，潔己愛民，有鐵臨潁之號。丙子，召爲監察御史。武廟好游獵，公欲扣馬諫止，不及，遂上疏請罷游佚，保聖躬，以安人心。忠義剴切，聲重臺端。尋奉命陝西巡茶，有祛宿弊、振茶馬等疏，詳在茶馬類考。今上即位，首進四漸：勤聖學，信大臣，廣聽納，明賞罰；又請乞詳覽執奏，俯從輿論以光聖政，俱荷嘉納。以風力査勘畿内庄田，清出侵占民田二萬二百二十九頃有畸，一時權貴斂迹。公慮得罪，乃養病家居。托爲十友招隱，各有傳。乙酉，病起。丙戌，陞河南按察司副使。剿平劇賊王長子、馮華等，撫按交章薦其賢。庚寅，轉參藩政。十一月，丁母憂。先是，母侯氏苦驚悸，公出入奉侍，小心翼翼，不聞履聲。杜研岡志稱「孝深蓼莪，志潔羔羊」，厥有徵哉！癸巳，服闋，補參江西藩政。值雲中兵變，戕殺總兵官，勾虜内叛，廷議超拜右僉都御史巡撫大同地方贊理軍務。余時按次陽和，公見軍久無功，因相與往會總督於聚落，言不相入，乃復還陽和。少保公遂有請金牌入城之奏，而余亦參兩節制久暴師無功，竟設方内應，擒斬首惡，重鎮以寧。民立生祠，俎豆一方。十二月，喇鷄屯等處斬獲首虜八十餘級，論奬勵，陞俸一級。乙未，擒獲逆叛楊通事，晉右副都御史照舊巡撫。丙申，取回，佐理院事。丁酉，遷兵部左侍郎。己亥，六飛南巡，命公提督薊州、山海等處邊備。庚子，沙河城成，陟兵部尚書，□□命兼左副都御史總督宣大、偏保軍務兼理糧餉。時虜騎充斥，縱掠關南，公星馳督兵，斬獲首虜二百四十二級，酋長一人。紀功官驗中失實，因相與辯論，回籍聽勘。癸卯，改工部尚書湖廣等處採辦大木。督發不匱，加太子少保仍候推用。繼而言官節論邊事，於公不協。公曰：「可已矣！」遂絶意仕進，徜徉南圃，酌酒彈朞，或經月不入城市。公剛毅敢爲，忠讜結主，前後廕子者二，賜金幣者五，牙章者一，大紅麟服白金兜鍪者一。寵賚駢蕃，望隆中外，晉之康侯亦不過是。然能智炳先幾，身享後樂，泥蟠天飛，始終全節，公其人也。所著有秋霽玄吟、南園謾興、金丹百詠，及雙巖奏議、雲朔行稿、懸弧徵志、世恩録諸集，藏于家。

公初配張氏，贈淑人；繼尹氏，知縣邦麟女，封淑人；再繼文氏，皆先公卒。公優游泉石，壺政肅然，副室陽氏内助之功居多。男六，士佋，濟寧衛納級指揮僉事，側室王出；士喦，官生；士吉，官生；士秀，都察院檢校，尹出；士科，監生，湯出；〔一〕士雲，恩生，文出。士喦、士吉、士科俱早卒。女子二，長適引禮楊璲，次適千户朱武臣，俱張出。孫男子六，重光，生員，娶某氏；重耀，聘余季子浣之女。孫女子十，長適沈大寅，同知振之子；次聘全爾孺，序班寶之子；次聘侯懋官，主事祁之子；次聘李某，監生某之子；餘未聘。曾孫男子一。

公卒於嘉靖戊午九月初五日，享年七十有九。葬以次年己未八月廿一日祖塋之次。

〔一〕士科監生湯出：印案：據上文，誌主樊繼祖之配偶有張氏、尹氏、文氏、副室陽氏、側室王氏，無湯氏。此處突兀出一湯氏，費解。若此湯氏即上文之副室陽氏，則「湯」、「陽」必有一誤。待考。

銘曰：

奎婁之分，岱宗之麓，遥遥華胄，樊稱鼎族。有祖桓桓，行軍司馬，開府任城，望隆朝野。峩峩雙巖，克繩祖烈，同登辛未，本兵掀揭。威震邊陲，位躋宫保，國之長城，朝之元老。大易之訓，老氏之戒，見幾而作，功成身退。懸車解組，弛擔息肩，頤養天和，服氣參玄。戊午季秋，乃正丘首，身騎箕尾，七十有九。禄位名壽，咸備無偏，尚有卹典，光賁斯阡。

封文林郎湖廣道監察御史朱翁墓誌銘

嘉靖庚戌，余爲兵部左樞，今侍御肅庵朱君方以晉江尹入覲，晉江人之在京師者莫不賢之。侍御君抱純履貞，清修謹重，即同鄉人之在京師者亦莫不賢之，曰：「必有本也。」後詢其邑之士大夫與其街衢巷陌之人，皆稱封君朱翁長者也，乃益嘆曰：「兹侍御君之所以賢也！」

别幾十年，侍御君命其弟繡子惟肖，持廣宗尹婁君樞所爲狀，介其同年友鄉進士熊君兆屬余銘。

狀中事多與余所聞者參合。余覽史傳所紀長者多近情取名，至償金不復辨，認牛不復問，諸如此類，史家以爲奇而列之長者。然余以爲，長者正不必如此。如翁，在族戚，能無尤惡於族戚，斯已矣，在鄉曲，能無尤惡於鄉曲，斯已矣，未嘗有意鶩奇節，爲高名。然設心制行，率惇朴不立町畦；見人無親疏，小大訢訢，煦濡謙下；聞人有急，輒傾橐濟之。父省祭公嘗辦事京邸，二親在堂，翁與李孺人小心定省，不啻父母。祖喜曰：「孝孫也！當必生賢子。」及終喪，具周悉有條，省祭公歸，無遺憾焉。尤篤友愛，與弟華自齠年以至皓首，訖無間言。長子紀爲翁代理家務，翁惟昕夕誨侍御君積學。果中嘉靖丙午鄉薦，明年丁未連第，授福江晉江尹。[一]迎養官舍，深居簡出，即輿隸罔得面翁，無論貴官也。謹官箴，勤王事，日形教戒，侍御君奉命無諾。侍御君在晉江，政通人和。辛亥，召爲南京河南道御史。廉靖無阿雖由性成，然得於過庭之訓者不少也。癸丑，李孺人卒。服闋，改湖廣道御史。按晉歸，考績，封翁如其官，母贈爲孺人。制詞極其褒美，君子榮之。既爲封君，年且高，邑中推爲耆舊，而翁益訢訢煦濡謙下。侍御按部蘇淞，便道歸省，上所具冠服，遠邇稱賀，翁咸卻之。悃愊無華，垂老不變若此。侍御君念翁桑榆景暮，欲去不忍，欲留又難於爲言，翁强之行。蓋未竣事而翁終矣，實己未五月一日也。距生成化戊戌十二月十四日，壽八十有二。侍御君聞訃奔歸，哀慟逾禮。卜以卒之年某月某日，祖塋之次啓

[一] 授福江晉江尹：印案：「福江」疑爲「福建」之誤。底本如此，姑不予改。

李孺人之壙而合葬焉。翁名不登訟牒，迹不入城府，與物無競者終其身云。孺人懿行詳載中丞路公所著誌中。

翁諱蓁，字文美，世爲兖之曹縣人。六世祖士臣，居邑西魏家灣，生興，興生成。永樂間詔民開墾荒田，乃闢地於舊居北二十里，子孫因家焉，所謂朱家庄是也。成生祥，祥生亮，亮生五子，能、鑑、玄、朋、環。鑑，翁之父也，省祭公，娶王氏。累世業農，隱德弗耀。侍御君表其里曰「善人」，殆不誣矣。二子三女。紀，娶楊氏；綱，即侍御君，娶鄭氏，贈孺人，繼李氏，封孺人。壻李吉、田盈、薛來。孫男子六，惟肖，邑庠生，娶孫氏；惟寧，娶酆氏；惟光，聘王氏；惟耀，聘劉氏；惟禎，聘張氏；惟詡。孫女子三，一適范永盛，一適吴克念，蚤卒，一許聘孫偉。曾孫男子一。銘曰：

年逾八衺，維耄之壽，愿慤邁種，維德之厚。龍章貤封，維躬之遘，蘭挺玉立，維族之茂。古語有之曰，仁者必有後，以今揆之，庶幾匪謬哉！

穀原文草卷之四

雜著

宋孝子傳[一]

濮城之南四十里有賈魯河，河口之北岸有祠，州守餘干李侯緝所建，祀宋孝子并其妻辛節婦，以故稱孝節祠。余恐其日久湮没無聞也，乃爲傳云。

孝子宋氏，名顯章，字文光，别號藻汀。上世不可考。曾大父某。大父某。父恒，義官。自明興爲濮人，世居孫旺村，族大以蕃，爲郡著姓。孝子長身而黔端，質簡重，不妄言笑，不泛交遊，意朴如也。幼充郡弟子員。常服製如深衣而色純素潔白，望之儼然。讀書理解，長負文學之望。作字用草竹筆，體畫遒勁，自成一家。時或吟詠，出人

[一] 印按：本篇底本刓缺十七字，依國朝獻徵録卷一百十二所載宋孝子顯章傳補。

意表。應試東省時，有携朱文公所書真筆六日驅車過上陽四絶句來售。問其直，須四千，即如數償之。人有以贋疑者，笑而不答。惇俗慕古，蓋清雅人也。其弟後以之殉葬。義官公感疾，憂形於色，自出近郊迎醫，未至而義官公殁，奔歸，擗踊不欲生，乃勉營兆域。含殮祭葬，俱依文公禮，不用浮屠。深慟不獲視親之屬纊也，乃廬之墓側，朝夕哭奠，弔者無弗憫惻感悦，以爲宋公有子，而宋生能行古道也。薊盜劉六等倡亂，其黨過其廬，逡巡不敢近，向塚瞻拜而去。翔鳩馴兔，殆又不及，亦大異矣。服制周三十六月而禫。郡人東山李公晟，高才能詩，善屬文，喜談兵，氣蓋一世，與人慎許可。聞孝子之行，曰：「過於孝者也。」增重士林，稱不容口，爲詩吊之，又躬往候之，將風於一時。可并見其人矣。既殁，郡人李司徒瓚爲詩輓之。後數年，郡人倪侍御宗嶽以孝子之行告其友南海黄太史佐，太史追誄之，歌楚些招焉。嗚呼！孝子可不朽也。義官公三子，仲、季初艱生殖，家用時不足，貽母太楊憂。乃孝子籌畫綜理，躬自率於外，雖米鹽之細，經紀罔遺。計日分直，妯娌更番，其妻辛節婦又未嘗不先之於内。以故家政井井，咸有秩序。孝子食餼，應試再不利，亦不急急於名，惟恐去其母，無以解於懷也。年四十無子，謀之先大夫，且曰：「不見先人，見其執友，所以爲告也。」蓋先大夫與義官公雅相敬云。未幾，孝子殁，竟無子，立弟之子法古爲嗣。辛節婦者，同郡縣丞實之女。

出詩禮之族，被刑于之化，婦職甚修，庭無間言。方孝子在殯，自縊死，故祠并稱「孝節」云。

論曰：余爲孝子傳，蓋傷行善者不食其報，而疑天道之懵懵也。人之强悍恣睢，秦越視其親者，何限而多子且歷年所也？孝子於其親，生事葬祭皆如禮，而乃不壽以死而無子，又未能少沾一命以遂生平，乃賫志以殁，於天道何如也？雖然，司徒輓之，太史誄之，郡守祠祀之，郡人信之，行道之人式之，是天道之有終矣。余視孝子，通家兄弟也，知最詳。孝子無後可托，或信余之不佞也。

祭張龍湖閣老

於乎！維公文章玄識，經濟奇才，伊周是期，賈馬與諧。早握斗樞，和玆鼎梅，君明臣良，爰詠康哉。冀皇虞之復見，覩休瑞之駢來。固海内相與屬目，而天下之所傾懷者也。豈意星拆上台，山圮南衡，湘雲楚水，素翣丹旌。無乃憂時過勞，排雲闔而思叫，疾疢乘躡，爰大命之遂傾邪？前月傳書，疾未稱劇，命數之談，情見心語。候問載通，箕尾倐馭，知鑒之情，云何贈處？有肉在俎，有酒在絜，臨風寄奠，緬懷酸楚。嗚呼哀哉！

祭封宜人周氏姊文

嗚呼季姊！節成烈志，榮膺誥封。年逾六旬，可無恨矣！追念母氏，年幾四十始育弟，諸姊者無弗歡且愛。弟與姊，肩相差，愛尤篤也。抱之負之，弟孩幼無知，至嚙其背，寧忍痛以泣，弗忍加呵詈焉。弟之成立，母恩罔極。其推母之愛以拊護之者，姊居多矣。既姊寡撫孤甥也，弟亦方弱冠有室，而母氏歿。煢然孑立，姊弟相吊。歸寧之日，言及母氏，每相對，輒大慟。後弟與甥相繼舉進士，相宦京師，又無旬日不見，姊慰藉相歡。弟婦與子，亦能相尊敬，交往互問，無曠遺父母餘慶所貽，心并相念也。弟督學江西也，與姊相別，單車赴任，言笑衎衎。後弟婦之南也，問及起居，云：「姊心孔悲。」竊意久不見，懷感仳離耳，豈意其竟成永訣邪？嗚呼痛哉！江湖修阻，訃至，已半期。弟眼淚承睫，中心刺慟，北望長號，身阻奔赴，傷如之何！既轉官過家，聞其臨終之日，輒問弟歸否，一日殆數十。蓋其心方享甥之志養而缺然，與弟一相見，思慰勞如平生。景命不留，奄然長逝。心轉刺痛，號呼不聞。嗚呼天乎！曷其至此極也？姊其鑒之否邪？

祭李氏姊文

父年幾壯，姊氏始生，金相玉質，於鑠有成。啓胤開先，以大慰二人之情，則姊氏固早承慶於吾宗祊者也。兄姊八人，弟生最後，母愛所鍾，姊心獨厚。爰當及笄，以左以右，燥濕勤視，朝夕孔疚。孩笑提携，如足與手，日願月祝，恐其弗壽。則又姊氏推母之心以德於弟者，固相望於後也。迨歸李氏，姑厲夫宕，兩女僅育，諸孩屢喪。嗣似嬰心，慘焉精爽，家業復替，疇依疇養？姊將無所歸矣！弟勉殖田廬，以穡以棲，饔飧無失，風雨鮮咨，庶幾姊心可少安之。弟之不才，晚取科名，今雖有立，叨列九卿，禄養不待，將誰爲光榮？諸兄及仲季兩姊，又咸大命早傾。所喜姊長而健，或時歸寧，或值便道，得叙家慶。生平相對慰勞，以暢紓骨肉之情。姊忘其老，弟忘其煢，儼如父母之在堂，不知其孤獨之相嬰也。方姊之無恙也，弟婦及子，能體弟心，而加敬于姊，歲時問遺，有隆無已。棺殮之具，亦皆夙備。源源相見，宋、郭兩女。姊之壽七十有八，亦可無憾矣。獨以弟方秉鉞塞下，時事艱虞，不能力辭。有懷井廬，興言緬邈，夢寐見之。數日前，尚與弟婦談及叨承恩贈兩世之典，將焚黄隧以顯帝施與餘穀之貽，當請姊力疾一臨，雖不見父母，尚冀姊之有見，庶慰弟思。近者訃至，姊於八月十有四日疾劇，越兩日屬纊，奄然長辭。迢遥千里，牽制一官，不能往哭盡哀以紓弟悲。嗚呼痛哉！諸子書來，備道能經理其事，諒皆如禮。弟不能往，今遣弟婦往視。盡然心傷，哀痛曷已！告。

祭陳母文

嗚呼哀哉！岳母太崔，廼今已矣！緬邈疇昔，良用凄其。壻之親迎陳淑人也，青衿緑鬢。岳丈方壯盛，太崔稱意，能持家，一菜一羹，不精備不出供，壻不止宿焉不能去也。壻後舉進士，官御史，岳丈雖漸衰憊，猶冀永算。逮巡察西晉還，丈人石仆矣。諸郎分析，淑人孝養太崔備至，一菜一羹，不精備不奉獻，少聞違和，即風雨暑寒，無不耑往，不信宿焉不忍來也。薪水之役，館穀之需，絡繹道途者，幾二十載。棺殮夙備。太崔不起，年八十七矣。淑人在家哭之盡哀，儼如嬰孺失母者。淑人誠孝且賢，而太崔姆訓有不足徵哉？壻方提兵塞下，聞訃疚心，吊送未能，南雲哀戀。于嗟乎太崔！孝養備嘗於令女之貴，壽祉遠過於岳翁之年。宅相滿門，雲仍繞榻。擬嘻遊地下而目瞑矣。尚饗！

祭許氏女文

嗚呼吾女！胡從而逝也？女長而賢，吾所鍾愛。聞女之病，日夜驚惕。千里命醫，期藥奏功，醫既至而喪已浹旬矣！訃音來聞，至自上谷。將抵左衛，肩輿十里，痛哭失聲。疇昔之夜，夢至女家，許甥及亢，纍然余後，若送葬者。達曉不寐，方寸倉皇。甫再越日，家僮告變。嗚呼哀哉！往余便道過家，女偕女弟，歸寧繞膝，余與汝母淑人陶然終日。倘遂歸休，欲女一見，墓已宿草矣。嗚呼哀哉！官守所覊，不能哭臨，遣官賻祭，少紓哀情。嗟嗟！父爲汝悲，母爲汝思，垂白之親，其可以堪！汝知邪否邪？

建立祠堂告文

維嘉靖三十四年歲次乙卯十月壬戌朔，越十有八日己卯，兵部尚書兼都察院右都御史孝玄孫蘇祐，謹以牲醴庶品敢昭告于顯高祖考鋼鍤公府君、顯高祖妣趙氏、顯高祖妣鄭氏，顯曾祖考訓科公府君、顯曾祖妣王氏，顯祖考贈兵部尚書兼都察院右都御史菩薩公府君、顯祖妣贈太夫人馮氏，顯考贈兵部尚書兼都察院右都御史北莊公府君、顯妣贈太夫人周氏、顯妣贈太夫人王氏曰：

報本反始，人道通情。尊祖敬宗，禮經明訓。緬惟世德，開肇實深。荐歷官階，叨承有自。推原本始，敢後蒸嘗？廼建祠堂，用申追慕。竊念仕增禄秩，既得援大夫有廟之文；是以禮順人情，不必泥古經尚右之制。左右秩序，高曾祖考，次分昭穆，俱存子姓，雲仍相繼。伏望鑒斯誠意，仰慰慈靈。繼别爲宗，衍百世不遷之慶；如存致孝，歆一堂共暢之懷。謹告。

祭方伯海亭黄公文

嗚呼黄公！胡不永壽？官階雖崇，功業未究。天不憖遺，哀兹旅柩。命也如斯，人誰云咎？嗚呼哀哉！公甫弱冠，虎變鳳翔。海嶽儲精，星宿含芒。射策釋褐，時維武皇。蔚爲時望，爲龍爲光。剖符毘陵，範我道軌。詭遇不獲，聿逢詆毁。改令于涉，臨兹洹水。鑒昔江飲，并是泚泚。轉牧應州，隸之雲中。慈以畜衆，武以禦戎。歷試諸難，石惟玉攻。沙磧日昏，豪吟自雄。迨轉南曹，司寇大夫。明慎詳刑，訟獄以愉。舛爾逆藩，犯順狂圖。倉卒惶惑，人謀用忏。公于斯時，義形智效。多所規畫，司馬密告。白巖喬公，曰惟子教。取重在兹，蔚矣變豹。陟守太原，專城是崇。剛茹柔吐，夙夜在公。大行峩峩，晉水溶溶。嗣時尹鐸，次翁之宗。初在比部，曰有交遊。書絶政府，爰生釁尤。一麾出守，星紀七周。乃參浙藩，旬宣南遊。終忤其心，嫉用西遷。渭水秦山，昭彼司權。公議則明，臺省倡言。宦輒雖改，公節則全。既覲闕廷，猶冀不違。公雖不往，畏彼淫威。乃甘解組，謝病東歸。倘佯林泉，綣戀庭闈。振衣高山，投綸流水。既耽杯酒，亦弄文史。五載于兹，亦云樂只。君子是懷，小人是視。言官交薦，冢宰入言。帝乃曰俞，授之江藩。陟右轉左，方岳之尊。

公清直亮，惠此元元。職思其居，苦心瘁貌。竟爾遘疾，醫罔奏効。述職戒行，嚴陵孔道。星隕山頹，昊天弗吊。嗚呼哀哉！維嶽降神，歷世有聞。青齊海邦，賁于人文。德政申甫，文章遷雲。公于山川，增彩揚芬。嗟余不敏，與公同鄉。未及識公，四方翱翔。余尹吴門，公守晉陽。千里何聞，緘辭金閶。公再入朝，余方出塞。我使空訊，秋風增慨。惠我手書，千里如對。鐃歌是期，以奏旋凱。雲中返旆，拜公京華。傾蓋未久，公歸海涯。南遊豫章，日侍清嘉。惠我珠實，煥我瑶葩。比卧北牖，日往候之。面無戚容，口無哀詞。慷慨之餘，論政談詩。高山之巔，明月之時。公言在耳，豈復公疑？重陽之作，絶筆在斯。流水高山，愴矣其悲。嗚呼哀哉！權勢所在，人罔弗趨。公乃絶交，利害若無。死生之際，人罔弗亂。公曰我静，養深可驗。斯其大者，君子之辯。生順死安，奚爲公嘆？鄉失雅音，國殲吉士。朋友之情，同於兄弟。酒不縮茅，言不盡意。旅櫬越鄉，殞兹淚涕。嗚呼哀哉！

祭浚川王公文

惟靈璿源啓晉，瑶秀鍾河。英朗天成，元化委和。肇□才美，早登甲科。秘館抽籍，鳳池鳴珂。耳目簡寄，青瑣納言。載履蘭臺，星炳憲垣。畿内振鐸，關西乘軒。風裁獨持，永矢無諼。用忤貂璫，執法賈禍。被逮逾時，簡孚奚坐？華秩云奪，吾道匪左。率履攸墍，豈曰弗可？

詞林臺諫，既表時賢。郡丞倅簿，亦遍冗員。西川東山，文印并懸。爰長楚臬，方岳高軿。晉位中丞，以綏西土。熊軾拊巡，允文允武。奏績獻功，麗于吉甫。何以報之？陟時夏部。由南樞府，載總西臺。星紀幾廻，風流化裁。相余弗類，周侍孔偕。度之式之，實著于懷。念自西江，督學告往。公顧惓惓，寧遏遐想？豈期中遘，讒忌罔象。解組歸田，綸巾鶴氅。曾不憖遺，厭此垢紛。仙籍靡删，浩氣常存。舟遷夜壑，鶴化海雲。吁嗟典刑，矧悼斯文。往歲京師，舉觴告位。豈無他人，門生故吏。南來不果，寒暑鱗次。疚焉有懷，曷維其已？千里緘詞，僭于弗躬。望河之涘，颯焉秋風。公騎箕尾，方在帝宫。蘋藻匪羞，庶廣余衷。尚饗！

祭陶侍御文

嗚呼克允，天胡奪之遽邪！往余被上命督學江西，克允方爲弟子員。一試奇其才，延之内坐共食。克允亦感憤，思不負余。秋事以魁舉，余不爲之喜。春榜落第，余不爲之戚，知克允非轅下駒也。甲辰登高第，戊申爲御史。風裁茂著，器宇宏深，人皆以公輔期之。克允益自奮庸。己酉歲，余入爲刑侍，會晤京邸，克允依依余傍，余亦不知其爲友朋。庚戌夏，余督軍雲朔。甲寅夏，余與歸田里，既有流離之行，載荷優游之貺，克允仍問遺不絶，忻戚相關。余薄德，不敢以克允爲子，克允未嘗不父事之也。今春書來，約會澶濮之間。余時將東遊岱宗，改期四月。誰知盧敖之杖方遂少間，桓典之驄遽爾遭蹶。訃音傳至，悲疑展轉。即走一价往訊冀州，不數日，云克允果亡矣！近萬考功月洲書來，亦云克允以痎卒按地，謂余門墻失佳士。嗚呼！天胡奪之遽邪！余宦轍三十年，幾半天下，百無建樹，獨幸江上諸賢行業表表，少逭余之不敏也。今克允已矣，余老泪漣如，寧不益重諸賢之想邪？嗚呼！克允英偉毓之山川，文章焕乎星日，孝友通於神明，乃今已矣！他日倘南遊匡廬，過柴桑，舊隱尚得拉豫章諸賢哭克允墓前，克允亦相信否邪？嗚呼哀哉！

法家哀集題辭

東坡蘇子以讀律爲致君之術，君子之仕也，於法律固知是其急也。曰，非然也，其殆有所激乎！傳曰：「刑，侀也。侀，成也。一成而不可變，斯君子盡心焉。」莫敢後也。夫易卦訟次需端可識矣，無已，則師次焉，豈其微哉？載稽敬敷之典，繼之欽恤。刑之用，尚矣。是故虞芮質成，孚驗王道，舜禹是之。人心之昭應攸存，豈末務哉！顧慕高玄者視爲瑣屑，溺詞翰者嗤爲俗鄙，一或臨民，倉皇瞀亂，虛器無庸矣。嗟夫！事有精粗，道無內外，褻鄙紛雜之中而有欽恤，精明之政尚有不得其情者乎！從史陳永以是集見，曰：「內臺司籍潘智手録也。」因命補綴什之一云。

夫名例，六律提綱，其所辯擬多挈領要，可與居業矣。善用者引而伸之，端緒可尋。其毋曰，律，粗事也；刑，俗吏也。於道也，殆庶幾矣乎。

逌旃璅言題辭

逌旃璅言何？著璅言也。夫璅，屑也，何著焉而繫以「逌旃」也？以志思也。何思也？向也余嘗夢侍先大夫於亭，扁「逌旃」焉，寤而不能忘，今餘十年矣，有所思焉，心目未嘗不在「逌旃」也，故繫之「璅言」云爾。固也無所不思，則無所不著，獨璅言之繫，其義何居？詩云：「獨寐寤言，永矢弗諼。」義可斷章取矣。然而夢也，可盡稽哉？自先大夫之棄背也，今幾三十年矣，有所感而悲，有所憶而思，有所觸而痛。端居長途，瞑坐心語。或一事更端，璅亹啓對。侍如疇昔，不啻如璅言，忘其非在膝下也，殆亦夢矣。是故舉「逌旃」以志余思，然亦莫知其所從矣，可盡稽哉？五十而慕茲逌旃也，庶幾近之，將不得爲舜之徒歟？嗟！舜，聖人也，小子奚敢？古之人有齒不濺羊棗、履不加石者，不忍不忘之著，竊比於曾、徐，則可謂云爾已矣。要皆夢言也，君子無徒真説夢哉！〔一〕

〔一〕印案：「璅亹啓對」以下，因底本闕一葉（第十三葉）兩面而不存，茲據逌旃璅言卷首所載本題辭補。

（缺題）〔一〕

……必覆，抑栽者之必培。孰闕軋以屈曲，或終伸而昭回。胡弘施之未究，值玄髮之夙摧。悵大塊之簸弄，增群志之憤猜。展簡衺而歷陳，紛賢哲之可哀。嗟先生之有生，爰鍾靈于海嶽。蹈遺軌以勵志，途多艱而靡卻。間勢忤而志抑，恒軻㲉而顔樂。既高朗以文華，亦剛大而脩約。究騷雅於斷編，追古人乎有作。覿操觚以長吟，契哲匠之矩矱。縱羈迹於紛華，恒游心於寥廓。迥獨立以出塵，異嬰情於好爵。會體要以敷政，用奚艱夫省閣？悵奄忽之告徂，似機祥之爽錯。嗟關河以遼邈，憐骨肉之倉皇。望穹閶而罔訊，揭斗柄之瑶光。引孤帆以北指，藐青齊於海鄉。奠岱宗之巍巍，滙渤澥之洋洋。儼精爽其若存，騎箕尾而翱翔。曳長虹之陸離，珮青霞而琳琅。順元化以逍遥，豈恒情之可詳。保嘉譽以久存，森玉樹之秀芳。懿不朽之永圖，矧死生之有常。豁達觀而返顧，浥瓊芳於酹觴。

〔一〕印案：本文因底本闕一葉（第十三葉）兩面而題目與前文不存。

律例摘要題辭

律例摘要訖録，或曰：夫律，經，以正常；而例，緯，以盡變。原情麗法，典則備矣，宜弗可節略也。且王章有憲，金石莫逾，矧兹制書，炳如焕如，日月麗焉，要更有加焉者乎？律、例相參，會而載之，殆於不可，竊惑且懼矣。

余曰：嗟！詩有斷章，獄有引經，兹取諸左右以應務，而弗敢加諸梓者也。且王言如絲，出如綸綍。斯二書，事麗五刑，義備六籍；若粗而精，若近而遠；義多互見，辭用宛章，驟語謾觀，豈得領要？若未達條貫而聽斷何從？斯出入者端緒莫尋，而高下者姦欺罔察，賄府議階所由生也。昔者鄭僑鑄刑書，其答叔向之問也，曰：「吾以救時也。」由是言之，重講讀之制，嚴條判之科，黜檢閲之煩，昭引用之利，吾以適用爾已。其免於議也，尚當從子産之後乎！

或應曰：然。吾今乃知君子不拘守以泥文，不狥通以姦憲。命之矣！

余曰：慎哉引翼之誠！其稱「凡」稱「一」，律例之辯云。

歲考録題辭

魏曹丕言，文以氣爲主。宋黄庭堅言，文以理爲主。然理明則氣昌，實不相離也。竊自揚搉如此云。

己亥之夏，余被命督學江西，冬十月視篆。閱歲庚子夏，歲考事竣，爰得文之優者爲録，通若干篇。曰：是非所謂文邪？是非所謂氣之昌者邪？然亦未嘗背理矣。間精微有未致，肯綮有未融，時日之限，知言者不以爲病，譬九方皐之於馬爾。余非善相馬者，江西之産固多騏驥也。姑存原卷，不加筆削，俾覽者知多士之氣之完，或有得於驪黄之外者。至若善養浩然，充之以塞乎天地之間，余不能不厚望於多士爾矣。

凝和衍祉卷題辭

凝和衍祉卷，壽黄公也。黄公解藩史家居者十祀矣，歲乙卯，壽登八袠，縉紳士相爲歌詩壽公，題曰凝和衍祉，乃以卷端之言屬余。

余曰：「惟和，所以徵祉也；惟祉，所以昭和也。」

或曰：「奚哉所謂和也？」

余曰：「公喜怒不形，辱寵不驚，冥神葆光，握謙履虚，此一身之和也。帷薄晏然，相敬如賓，子姓輿隸咸遵矩矱，此一家之和也。綰綬花封，鳴琴燕坐，慈祥樂易，吏胥無擾，此一邑之和也。入倅京府，晉貳專城，敷政宣化，與民相安，非一郡之和乎？遷秩王史，身居輔導，贊善講學，有光懿親，非一藩之和乎？乃今人士敬愛由衷，嘉公之壽，翕然而誦之，長篇短什，積案盈箱。恂恂然公未嘗忤於人，而人亦不公忤也，則和於一鄉者，又可知矣。夫不乖之謂和，不朽之謂壽。公近而一身一家，遠而一邑一郡，又極而至於一藩，反而在於一鄉，無非和也，則亦無非壽也。流令聞於不已，浹聲稱於來兹，不朽之業莫大於是。仲尼曰：『致中和，天地位，萬物育。』而況於壽乎！若夫由耄而耋，而期頤，固其所必致者，殆亦□足爲公壽矣。君奭曰：『天壽平格，保乂有殷。』言和也。蓼蕭曰：『其德不爽，壽考不忘。』言祉也。」

哀辭輓陸母太夫人

今夕兮何夕，婺隕兮月蝕。繐帷兮載揚，孝思兮罔極。若駕霓兮乘游龍，導雲旗兮御清風。朝翺翔兮崑崙，又夕宴兮王母。倏連蜷兮天際，羌容與兮樽酒。入不言兮出不辭，靈冥冥兮人莫知。苔生户兮蟪蛄啼，木颯颯兮風振悲。歷故階兮吊叢諼，白露溥兮霜霰繁。伯召虎兮蟒玉，仲躋華兮司僕。暮望母兮不來，神惝怳兮哀心曲。帝曰嗟兮世冑，卹典渥兮題湊。懿德曷紀兮哀榮，文幢飄摇兮丹旌。山阿鬱鬱兮佳城，式從君子兮允寧。

跋啓蒙意見後

盈天地間唯氣，而理寓焉，乃備諸易矣。是故洩精呈秘，莫大乎圖書；制器尚象，莫大乎卦畫；成能利用，莫大乎蓍策；趨時通志，莫大乎變占。圖書不本，則玄虚淆矣；卦畫不原，則讖緯亂矣；蓍策不明，則功化滯矣；變占不考，則趨避疑矣。淆焉，亂焉，滯焉，疑焉，易之道窮，聖人之志衰，民生何利焉？造化之用不幾息乎？是君子之憂也。明興教洽，苑洛先生早承家學，茂惇素履，極研易道，乃著是編。首本圖書，以遡其源；次原卦畫，以崇其象；次明蓍策，以極其數；次考變占，以達其用。蓋循引姬、孔之軌轍，而造設觀玩之梯航也，易之用廣矣。昔者孔子作十翼以贊易，韋編三絶。是書也，非翼之翼邪？屢加更定，勞與勤至，匪徒憂焉爾矣，是繼志之大者也。

舊嘗刻諸河東，原卦畫缺焉，它多初定。兹獲授讀今本，始終條理大備矣，乃遂刻諸上谷，尚克博流遂布，與同志者共焉。無使季札聘魯，始興易象之嘆，非先王之志乎？〔一〕

〔一〕 非先王之志乎：「王」，景印文淵閣四庫全書經部第三十册韓邦奇啓蒙意見書後蘇祐跋啓蒙意見後作「生」。印按：揣上下文意，作「生」是。今保存底本原字，謹予指出，以提醒讀者。

嘉靖十三年歲次甲午冬十月甲辰日，濮陽蘇祐謹跋。〔一〕

跋招隱十友傳後

右招隱傳，今少司馬雙巖樊公爲御史謝病家居時所作，蓋正德庚辰歲也。夫隱與仕，異趨也。仕爲御史，友以隱招，何邪？於戲！殆有隱憂矣乎！夫高拱穆清，則治尚垂衣，并進賢良，聿率由舊典，不易之道也。是時武廟則浮舟南幸，群小播兇，典章紊亂，臺諫連章，諍之不得，故謝病歸田而爲此招隱者，豈得已哉！迨今上承統，乃幡然復出，歷躋膴仕。達機宜，定禍亂，重鎮以安，群情豫服。是故眷倚荐至而柄用方殷，良有以也。非與時偕行者，其孰能之？傳中如侮聖之解□□學孔子，仕止攸宜，允蹈之矣。至於摛詞命意，□□體裁，談玄演空，并達津軌。觀者稽時審音，可以知公之存與公之行矣。

靈濟寺安禪碑

竊惟金仙建化，啓第一之上乘；玉偈演音，集大千之妙利。佛性遍周於沙界，感而

〔一〕嘉靖十三年歲次甲午冬十月甲辰日濮陽蘇祐謹跋：此二十一字，底本無。據景印文淵閣四庫全書經部第三十册韓邦奇啓蒙意見補。

遂通；竺經運轉於世途，流而不息。闡祇園之法旨，發兹菩提心；繙貝葉之靈文，修是水陸會。黄花翠竹，俱是道場；死火寒灰，無非般若。仰叩三乘之教，冀消多劫之愆。喜捨資財，爰陳供養；虔迎上士，茂聚叢林。始於辛亥十月己巳，訖於壬子正月戊戌。上繼祖緣，下從子願。各具正法眼，大開總持門。潮梵騰音，雨花零瑞。傚五天之法供，誦諸佛之真詮。薦苾蒭之馨香，禮蓮花之妙相。净行無垢，雅重鷄園；孤峰絶攀，名標鷲嶺。契禪定慧，九旬齋供如雲；戒日吉蠲，三月香花繞座。汛掃布金之地，藹聞振玉之音。拈一瓣香，已有落處，指向上路，正是其時。泛苦海之慈航，同登彼岸；炳昏衢之巨燭，廣殖福田。法鼓一鳴，有聲皆聳；神珠四照，無隱不彰。豈止於一佛二佛三四五佛種諸善根，直能以多身百身千萬億身作大佛事。拔沉淪於五濁業海，息轉徙於三有苦輪。竭身口意之妄源，裂貪嗔癡之迷網。非心非佛，（下闕）發大慈悲心。度□□衆生，能爲作依怙。種種煩惱障，釋然得解脱。慈眼歷億劫，不思議功德。〔二〕

〔二〕印案：「非心非佛」下、「發大慈悲心」上，底本闕二葉（第二十葉、第二十一葉）四面。

東昌府濮州均田德政碑

竊聞虞制，任土則壤，什一而稅；哀公以用不足爲問，有若以盍徹對之。徹者，均也，通也。均而且通，斯得任土則壤之義矣。故禮之大倫，以地廣狹，別土地之宜，節遠邇之期，量力而供，歛從其薄，周公之典也。

國家賦稅定額於大司農。而地有肥瘠，居有久近，人有遷徙，賦額或什百千萬，往往稱病。

濮田舊未均。嘉靖壬寅、癸卯間，均議已行，分區履畝，徒擾攘於麦隴之間，竟爲浮言所奪。乙卯，越舊議一紀，知府宋公以户部郎來剖郡符。廉以律己，惠以錫民，罷不急之征，惜無益之費。未期年，下僚成風，窮簷安堵。明年丙辰，會州民有具奏比例均田者，事下兩臺及分藩大夫，僉曰非宋東昌不能任之。公往在户曹，習知賦稅偏苦之累，慷慨請行；二府翟侯、判府周侯、推府華侯謀議允協。廼博選守令之良，得胡高唐翌、劉博平顯道、趙莘縣思睿、張恩縣巨弼、馬觀城允升、宋朝城魯、張聊城愚，而何濮州汝健爲地主，奉行惟謹。去濮東南四十里許，地名崇興集，酌郡之中，標準相望，錯綜不舛，鑒別高下，分析區畝。太府公躬爲倡導，僚屬而下寅清自甘。時方新寒，經營阡陌，饘廩不設，鄉村晏然。除藩封子粒、軍屯、官道，通得地四千三百二十二頃有奇，徵兩税一萬一千六百四十石有奇。賦無偏累，地有差等。四境之民咸欲樹豐碑建祠塑像以香火公，迺崇興集耆民宋鵾、劉汝東、劉源等數十百人詣蘇子請曰：「均田立標，爰肇兹土，而太府公野食露寢，經畫盡瘁，鵾等小民知之獨詳。幸先生賜之言，碑於山市。」

蘇子曰：嗟爾鵾，斯民也。三代直道而行，詎不信哉！往均田議起，民間訛言有謂鄉大夫不樂從者，太府公曰：「鄉大夫，民之表也，均田爲民，奚而不樂？」有謂學校諸生不樂從者，太府公曰：「學校諸生，民之秀也，均田爲民，奚而不從？」毅然以必均爲己任。乃鄉大夫、學校諸生源源而見，欣欣有喜色。民之富者則曰：「賦有定額，里胥庶幾無擾我乎！」民之貧者則曰：「賦無偏累，糊口庶幾其有望乎！」使非太府公有愛民之實心，有任事之定力，其不爲浮言所奪者鮮矣！

昔者先師孔子論政謂：「不患寡而患不均。」唐儒柳宗元氏謂：「賄賂行而征賦亂：貧者無資，以求於吏，則有貧之實而不得貧之名；富者操其贏以市於吏，則無富之名而有富之實。」蓋傷征賦之不均也。余老嬾不文，愧乏宗元之筆。若宋公者，其孔氏之徒與！公名守志，别號節庵，嘉靖丁未進士，河南延津人。

縠原詩集

穀原詩集卷之一〔一〕

樂府

朱鷺

朱鷺朱鷺，賁于懸鼓。噦噦其音，翩翩其羽。五音繁會，萬舞具舉。天子萬年，吁嗟樂胥。

善哉行

歌我猗蘭，詠我伐檀。人亦有言，胡不喜歡？一解　洪濤東逝，曜靈西飛。誰見令威，玄裳來歸？二解　跂足西山，芊綿瑶草。聞有至人，顔色鮮好。三解　欲往從之，道逢魯叟。授

〔一〕底本各卷題下有「濮陽蘇祐著」五字，今皆删去。

我至道，曰三不朽。四解 庖丁遊刃，郢人運斤。吁嗟餘生，拙劣常勤。五解 酌此沆瀣，服彼朝霞。來日大難，千古如何？六解

前緩聲歌

盪舟平川，豈無車，濟重淵？智鶩力馳，人定勝天。尋途問津，何用猜嫌？岐路狹邪信騈闐。六月飛雪，亦有三冬震雷，陽舒陰慘，是何拘見？慎爾履綦正冠瑱，且自長歌，彈鋏坐待旦。

有所思

有所思，思無浮。人生有極，意何悠悠？閉門伏枕，卧遊九州。返轡五嶽，緤馬崑丘。飛靡翮假，行豈脛由？旋軫停檝，神往形留。陸行豈無車？水行豈無舟？器具苟不利，思遠徒離憂。

臨高臺

臨高臺，望極浦，九嶷蒼茫杳何許？招魂不來靈獨苦，天孫倚杼盼河鼓。〔一〕河深無梁，歌而鼓瑟，棲遲將奈予？

將進酒

將進酒，樂閒陳。錯華燈，襲錦茵。靚良時，接光塵。獻萬年，酬千金。嗟何辭，不常醺。流水逝，曜靈沉。

君馬黃

君馬黃，臣馬青。緤扶木，涉滄溟。

〔一〕天孫倚杼盼河鼓：「盼」底本作「眄」，「河」底本作「何」。印案：此句用牛郎織女故事。古詩十九首之迢迢牽牛星：「迢迢牽牛星，皎皎河漢女。纖纖擢素手，札札弄機杼。終日不成章，泣涕零如雨。河漢清且淺，相去復幾許？盈盈一水間，脉脉不得語。」天孫：星名。又稱天女、織女，即織女星。河鼓：亦星名，由三顆星（河鼓一、河鼓二、河鼓三）組成，其中河鼓二居中，最亮，亦即傳説中牽牛星（牛郎星）。而「何鼓」義無所取。明代刻書，多將「盼」字刻作「眄」。二字形近而義迥別：「盼」爲企望，「眄」爲恨視。故改。

君馬黄，臣馬赤。蹴炎方，通重譯。君馬黄，臣馬白。戰流沙，獵積石。君馬黄，臣馬黑。飲瀚海，歷玄極。君馬當逸，臣馬當勞。穆王四征，黄竹載謡。

襄陽樂

大堤何逶迤，青樓敞華席。上棲鵷鸞侶，下通車馬客。春風弦索鳴，羅襦並瑶枕。調笑江頭人，常負花前飲。玉盤薦雙鯉，家近卧虹橋。橋邊采蓮女，廻蕩雙蘭橈。明月海東生，照見西陵渡。菱歌不知夜，斗挂江城樹。幾過龐公里，常醉習家池。新歡接坐密，解贈珊瑚枝。行歌須及時，況復襄陽道。試看芙蓉露，纔挹春江草。〔一〕

西洲曲

三楚漫遨遊，弭櫂臨西洲。繁弦奮逸響，佳麗十二樓。樓高入雲漢，中對陽臺觀。夢散

〔一〕纔挹春江草：印案：「挹」疑是「浥」之訛。

神女雲，望斷湘江岸。湘江春日低，春草鷓鴣嗁。〔一〕淚痕留苦竹，凌亂武陵溪。溪邊萬里船，估客下西川。書附春閨去，心逐暮帆懸。帆影向空没，粉香暗銷歇。鑒妾薄容光，却對黄陵月。月華杳太清，寒色沉江城。欲隨西流影，馳入隴西營。隴西音信稀，搗衣復搗衣。借問衡陽雁，何日塞門飛？雁飛不可招，羞簪雙鳳翹。少小長干里，常對可憐宵。

行路難柬陳子器四首

車莫行，九折坂。舟莫渡，三峽川。川廻路阻已自遠，履穿衣敝應誰憐？王孫春草嘆行役，幽夢春閨雙淚懸。川亦有梁山有徑，萬里之道空如弦。請君回旋自審視，曾聞複道可通天？

二

有珠忌暗投，有玉忌輕獻。鄒陽剖心期自明，卞和刖足將誰怨？眼前門外幾宛轉，遺矢將

〔一〕春草鷓鴣嗁：「嗁」底本作「唬」。印案：應是形近而訛。「嗁」是「啼」之本字。又，「湘江」四句自爲韻段，「低」「嗁」「溪」三字同韻，而「唬」與「低」「溪」於韻不叶。據改。

軍却善飯。樊灌不逢隆準公，販繒屠狗長貧賤。

三

北風吹雪暗千里，層冰愁渡關山寒。獸伏鳥棲岐路遠，攬轡四顧空盤桓。兔園司馬方授簡，博鑪不動沉煙蟠。陽阿激楚進佳麗，翠峰駝脯傳琱盤。噓盧飲博不知夜，況有人間行路難。

四

東陵故侯瓜五色，却從蕭何定籌策。當時高牙擁戟門，沛中小吏能爲役。武安賓館集如雲，半是魏其門下客。應侯取相只數言，翟公書門竟何益？丈夫骨相如有定，豈能忍辱受巾幗？君不見，秋江木落洞庭波，春華流光暗抛擲？功名衰遲欲歸去，道路間關嘆今昔。

古路臺行

上古路臺，下古路臺。古臺臨路岐，登臨日一回。上摩青雲際，下瞰洪河隈。登陟良獨難，之子有遠懷。歸寧豈無期，桑榆光摧頹。駕言不得遂，跂予空徘徊。杳杳日西馳，千里浮黄埃。

從軍行二首

苦竹繁枝節，羈愁厭日月。良人久從軍，妾心如饑渴。瀚海一丈冰，天山九月雪。炊爨况獨持，寒熱竟誰察？沉痛無晨宵，音書間燕越。

二

黄河來西極，東流日湯湯。萬里遠戍人，歸心空茫茫。洗衣濁水岸，曝之沙磧岡。借問水東流，何時還故鄉？汩汩無情極，忉怛增憂傷。

車遥遥晚至翼城縣賦

車遥遥，鷄鳴起。羲和鞭六龍，周天幾萬里。入濛汜，出扶桑，雙輪逐日隨翺翔。隨翺翔，坐超忽。流彩夕棲崦嵫山，迴光朝映金銀闕。車遥遥，心悅悴。弃杖空看成鄧林，君行謾逐羲和轡。

汾陰辭

浩浩洋洋兮汾水其流，洞玄陰兮蕃育九州。草青青兮闢户，駟飛龍兮靈紛下。靈紛下兮既風以雨，麗綽約兮澹容與。肴醑蘭藉兮蕙蒸，五音繁會兮廣庭。載雲旗兮揚虹帶，萬福同兮神哉沛。

猛虎行

蠢爾虎，亦獸類。嗟哉！百獸胡爾避？朝射虎，暮射虎，彎爾强弓伏强弩。虎有威，亦可假，妖狐善媚何爲者？山虎有，市虎無，請君諗聽慎爾弧。

采菊吟

爲愛九日名，偏醉九日酒。東籬逢故友，相對一開口。一解　朝采黄金花，暮采黄金花。服之凌紫霞，相對閱歲華。二解　昔采黄金花，乃在樓煩東。朔雪飄西風，衰顔借酒紅。三解　今采黄金花，乃在樓煩西。邊聲斷鼓鼙，何惜醉如泥。四解　花花自相當，葉葉自相照。試看今年貌，不似去年少。五解

日重光

日重光，熙晶明。帶斯環，輪斯盈。五色紛，含和平。周黄道，暈紫庭，聖人在上天下寧。天下寧，流慶澤，皇帝□□□□。

愍霜謡

八月飛霜半殺穀，關前農父吞聲哭！我逋負兮奚贖？將屋耶？將犢耶？將枵者腹耶？一解

羽檄飛兮靡寧，猶征輸兮相仍。闤闠凌兢，市價遂騰。疇恤我苦？嗟嗟父母！二解

轂原詩集卷之二

四言古詩　贊、箴、銘附

公順堂詩八首〔一〕

於維兹域，徐揚之疆。大海環之，緊瞰于江。河濟會流，淮泗淙淙。荆塗儼望，天子是邦。

二

沕穆神龍，乘時御極。翼翼皇邑，四方之則。有渰雲興，以輔以翼。斯土之毓，其麗寔億。

三

帝懷蒸民，罔逸以休。庶職曠鰥，蔽于黈旒。明目達聰，遣使分州。以綏黔黎，以肅諸侯。

〔一〕公順堂詩八首：「八首」二字，底本無。依全書通例添。

四

顧唯小臣，被茲簡命。四牡于邁，南風與競。爰歷爰止，敷教覃政。淵臨冰履，罔敢弗敬。

五

維茲中署，隘予弗腆。猥瑣中蓄，曰予曷敢。近取諸身，其則不遠。公順攸躋，忠恕是衍。

六

維公伊何？不獲于身。維順伊何？不見于人。寂感之常，易簡之真。老尚玄同，易贊幾神。

七

皦皦近名，辭陸涉水。營營取容，繳鈎揉矢。和乃唯同，隨則以詭。無罹譽尤，慮終以始。

八

刑之則刑，生之則生。欽哉恤哉，載疑載矜。天道是由，帝德用承。敢介司節，警于執旌。

短歌行

猗斯桐斯，榱棟繄托。豈其樗薪，而塗丹雘。蘭蕙肇允，即之艾蕭。曷化曷易，曆終焉殽？惟耳與目，自用匪尚。胡弗時鑒，冕旒黈纊。嗟彼佞讒，何其有極？傾擠是力，載笑載色。正言激之，罔盡其垢。反言噬之，自益其醜。亂我常紀，天綱既羅。惑我天聽，怙終奈何？防口之難，甚于防川。彼厲防者，亦自是旃。逢彼竊金，我實不知。彼則畏我，心焉可欺。倖既云多，衂亦不少。心斯慰斯，鑒茲佻巧。人生有期，日月其逝。萬年之遺，弗畏唾詈。

題旌節誌窮巷贈弓岡周中丞十首〔一〕

元化初涵，圓精方祇。倫昭儷昇，爰奠兩儀。乾坤首易，關雎序詩。禮謹大昏，萬化在茲。

二

顧世衰遠，伉儷齟齬。德輶如毛，民鮮克舉。大岳之裔，錫封在許。來歸于周，内壼式叙。

〔一〕題旌節誌窮巷贈弓岡周中丞十首：「十首」二字，底本無。依全書通例添。

三

琴瑟初調，驚風忽飄。有娠莫分，群言四摇。矢言天守，篤于世祧。素心罔渝，白日與昭。

四

黄鵠聲悲，蒼麟兆協。有呱其泣，有弧在闑。以鞠以育，爰提爰挈。在母稱慈，在婦顯節。

五

其節伊何？四教罔忒。其慈伊何？三遷是則。君子有穀，如耕斯穡。鹿鳴載歌，充貢南國。

六

昭哉世族，駿發爾源。奕葉相承，相于子孫。螽斯興詠，麟趾爰存。四世樂只，瑞靄高門。

七

天不慭遺，婺精夙隕。王父大母，繼御歸軫。相此三年，又誰能忍？鬢隨素移，血與淚盡。

八

終制有禮，言邁帝畿。帝命嘉止，通籍金扉。爰遂陳情，寸草春暉。有燁龍光，允闡懿徽。

九

懿徽錫胤，驄馬繡服。秉鉞四巡，蘭芷載馥。荐錫金章，晉秉鈞軸。孰非毋遺？膺此戩穀。

十

緬昔周宗，不絶如綫。衍之茂之，緊毋聖善。裨我皇風，光于海甸。展矣士行。永延景眷。

贊箴銘

翔雁贊并序

夫雁，著于易、書，載于詩、禮，下迨月令、繁露之文，亦備奠贄賓鄉之義，所以導順陰陽、顯發性情，假彼羽虫，示兹道軌者也。丁酉，晉當大比。鎖院之夕，睠彼鳴雁，爰矯脩翰，不虞魚網之離，如適弋人之慕。回翔霜空，唳止棘院。以飲以啄，不驚不畏。至于放榜之晨，廼引吭和鳴，奮翼孤舉，御輕颸以上征，薄重雲而遐度。不先不後，試事終始，如與期者，誰其尸之？於乎異哉！稽之往牒，原兹近事，達信順於雲逵，顯羽儀於朝著，殆昭瑞應于兹翔羽者也。余思紀厥事，爰作贊辭。灑翰標奇，用徵多士。贊曰：

猗歟翔羽，往訓式崇。易表衎衎，詩歌雝雝。書徵遠懷，禮重相從。月令啓候，繁露飭躬。牛則有角，象則有齒。彼羽翶翔，吁嗟何以？昏奠女終，贄執士始。角齒殊材，鳳麟媲美。太歲在酉，斗柄亦建。文與運符，奎聯壁燦。[一] 猗歟翔羽，戢翼矯翰。載止載飛，優游泮涣。維厥初止，聿誰爾羈？既終載飛，聿誰爾麾？應期獻吉，多士維祺。多士維祺，邦家之基。

虛白贊有序

萬形彰用，稽妙在虛；五色徵能，受采本白。顧起予之卜氏，詩教由興；慕忘象於李聃，易宗爰契。虛白之義，厥惟大矣！嗣時令哲，夙厭紛華。卓志進脩，取以自

[一] 奎聯壁燦：「壁」底本作「璧」；「燦」，底本作「粲」。印案：奎、壁皆星宿名，古人以爲二宿皆主文運，多以「奎壁聯輝」比喻文運昌盛。從本篇贊前序文可知，本篇主旨在於贊「翔鴈」爲祥鳥，其現於山西鄉試考場，預示着是年的鄉試將得才士，亦即文運昌盛之意。而本句「奎聯壁燦」正是「奎壁聯輝」之拆分與活用。「璧」「壁」形近而誤。皆據三巡集稿改。

命。載顏庵扁，並美盤銘。表懿良嘉，摛文爲贊。辭曰：

虛不可盈，白焉可緇？至華靡繪，至感何思？玄素顯□，山澤通氣。嘉匪象名，義緣斯貴。

新鑄鏡銘

困敦歲在，作噩月臨。金錯呈範，銀華獻琛。體圓月表，形鑒星森。陋尤豈貌，聖契則心。寵彼玉臺，規我瑶簪。虛涵明應，奕世寶欽。

共武箴

嘉靖歲在甲辰，時予再有防秋之役。乃謬取三經，斷章而爲斯箴，竊義銘盤以自勵爾已。若謂比諸聲律而協焉，非然矣。覽者尚鑒予之衷云：

共武之服，我行永久。周爰執事，憂心孔疚。豈不懷歸，思媚其婦？王事靡盬，怨及朋友。民之多僻，不顧其後。静言思之，亦孔之醜。天鑒在下，莫予云覯。人亦有言，尚不媿于屋漏。〔一〕既敬既戒，德音是茂。寧不我矜，微我有咎。

〔一〕尚不媿于屋漏：「漏」底本作「陋」，誤。印案：序云「謬取三經，斷章而爲斯箴」，則多取「三經」原句拼合而成篇。本句蓋取詩經大雅抑「尚不愧于屋漏」一句。據改。又，「媿」、「愧」之異體字。

如意銘

用行舍藏，文事武備。屈以爲伸，鈍以爲利。蒼龍矯如，青螭控忌。意存尚象，寶斯制器。

劍銘

猗歟君子，雜佩陸離。亦有鞞鞞，象服孔宜。維歲在辰，維斗建未。維功疇獻，曰蘇子季。

五言古詩[一]

姑蘇詠懷七首

粵余耽文墨，竊懷供奉班。豈意遠出宰，鳴琴山水間。山形圖參差，水聲弄潺湲。鵷鸞翼并引，舳艫尾相銜。構文見屈宋，蹈道覿曾顏。既賞俗化美，敢辭簿領煩。但媿寡昧資，

[一] 五言古詩：底本無「五言」二字，據底本穀原詩集目録補。

前賢杳難扳。製錦歎效始，操刃苦投艱。願言矢貞素，永譽獲璧環。

二

麓居不慣楫，水處不安轡。謬言章句儒，叨兹民社寄。駑馬懼顛蹶，雛禽患迷墜。潁川慕次翁，渤海想龔遂。古人竟莫追，懷哉發深喟。

三

步出閶闔門，四顧望吴疆。太湖滙具區，茂苑經崇岡。層樓俯朱甍，方舟麗危檣。甌粤百蠻通，冠蓋四術翔。〔一〕清雅富文儒，談笑生芬芳。中流競簫鼓，日晏醉高堂。朱張御華輈，顧陸珮鳴鐺。豈無市門隱，亦有孟與梁。載歌吴趨曲，惠我跂周行。

四

三江滙震澤，兩山峙洞庭。停橈眺晨霞，陟巘拂曙星。陵緬路初阻，隈陝險載經。俯首鑒重

〔一〕冠蓋四術翔：「蓋四術」三字，底本漫漶莫辨。據盛明百家詩蘇督撫集補。

湖，睇目矖遥坰。溪帶越來緑，山連秦望青。墟里散橘柚，汀渚度鶺鴒。威紆俯脩畛，往覆徑層陘。日浴水明滅，石逗棧伶俜。惝怳興不淺，夷猶意屢停。未諧向平願，空欣越蠡馨。

五

晷度有貞運，歲序遞遷移。玄冥甫旋駕，青皇導兩旗。脉脉土膏動，習習谷風吹。睠此穡事勤，慕彼豳俗熙。出舍先近郊，行春不知疲。田鼓既闐闐，零雨方祁祁。祈言歲有秋，豈云田畯私？上以足征輸，下以慰蒸藜。

六

朝登虎丘山，下瞰姑蘇郭。舟車如雲浮，廛市何揮霍！冠蓋紛奕奕，烟藹粲漠漠。闔閭昔全勝，繁華豈殊昨。空餘劍池在，華表悵歸鶴。講石亦荒涼，皓月窺虚閣。古今何足悲，寒暑本代作。

七

南國恒苦雨，北土恒苦風。顧兹一江隔，雨暘迥難同。密雲翳朝旭，霖雨蝕晴虹。既灑姑胥臺，轉暗吴王宫。竹苞青自籜，苔衣翠且重。拖煙映蘭薄，縈絲散華叢。中溜有延響，廣除無輟淙。爲霖固夙抱，望霓亦余衷。

登恒嶽四首

褰帷渡渾河，矯首望恒山。巍巍一何高，雲霧隨躋攀。九折丹磴危，百轉回巉巘。玄武揚光靈，奠兹幽朔間。萬里奄紫極，龍沙皓漫漫。伊昔阻北望，側身愁燕關。振衣覽今夕，綿邈開心顔。

二

州里邇岱宗，川原阻登眺。兹辰玄朔遊，躋恒覽燕徼。廻風吹輕衣，松日暄照耀。虎谷颯欻吸，龍岡欝奔峭。埃壒蕩紛濁，曠朗發孤嘯。向平需婚嫁，莊生悟幽妙。緬懷愜情素，異代可同調。

三

稽古睠重華，御天乘六龍。禋祀類上帝，玉帛望群宗。鳴鑾下蒲坂，翠華馳雲中。精誠先感格，神功倏以通。石飛曲陽野，燔柴禮告終。回馭朝萬國，四夷咸來同。秦漢良可嗤，檢玉勞登封。

四

鬱鬱紫芝峪，杳杳黃雲塞。胡馬一何驕，彎弓爲患害。朝圍白登城，暮絶青海外。周宣示薄伐，漢皇侈封拜。李廣胡不侯？魏尚已被逮。志士多扼腕，古今成嘆慨。含笑問彼蒼，是非竟安在？

贈鄒養賢二首

朝日麗雲霞，粲如一端綺。五色紛相鮮，下映扶桑水。我欲裁爲裳，用補袞衣理。望之遠莫致，相思未終已。有鳥從西來，托以申情委。鳥飛不肯顧，惆悵追濛汜。

二

齊國有佳人，容色燿春華。明月爲珮裾，蘭蕙襲髻髽。歸妹愆芳期，含英誓靡它。詎知宕子懷，輕薄憐妖奢。閒静顧睽違，琴瑟虛清嘉。感彼終風詩，中夜長咨嗟。

感述

龜紐綰赤符，蟬冕簪華纓。珍麗世所需，神理超誰承？達人洞竅妙，至貴卑英瓊。如何形迹拘，而罹世網嬰？宗旨昧前哲，習心牽俗情。擾擾性靈迷，汩汩耳目營。倏爾變緇髮，居然摇真精。已往悵莫追，方來耻徒驚。執樞斡元化，抱樸謝浮名。願言究真詮，[一]庶以證無生。

至無爲州作

水以淆而渾，苗用揠斯槁。魚尾勞始赤，繭絲急愈耗。化理貴無爲，雅俗戒紛擾。皇風何熙熙，王道亦皞皞。易垂寂感訓，聃剖有無妙。漢陰耻機械，周道衰恌巧。倘返結繩政，願從抱甕老。

贈送皇甫儀部

玄鳥基景運，鉅迹啓鴻休。聖制崇園陵，皇情昭玄丘。誠孝暢文告，駿奔應賢求。雲錦載

[一] 願言究真詮：「詮」，底本作「銓」。據三巡集稿改。

龍函，揚舲汎中流。晤言阻紛冗，相逢訊芳洲。故人欣良覿，白日快遲留。寒暄辭未畢，省覲駕言遒。清秋鶩廣川，轡組沃且柔。無以慰闊懷，翻爾增離憂。

十日登第一山得笑字

浮驂薄行遊，逶迤步靈嶠。百草何萋萋，零雨被廣道。鴻鴈紛迴翔，雲日忽照耀。時節莽遷遞，誰能常歡笑？佳辰已昨日，攜手此登眺。葳蕤嗅寒芳，古人可同調。逍遥適情志，豈懼末路誚。歲月無終極，義命安所好。

冬日維揚書院小集

翼翼頌商邑，膴膴美周原。兹城實佳麗，畿輔維屏蕃。聖澤首霑被，人文何焕繁。弦歌振海隅，諸生謝窺園。才賢繼登陟，鸞龍接高騫。清霜明玉節，周行薄停轅。西南儷良朋，華蓋聯翩翩。雅歌奏廣庭，淫哇避煩喧。既夕還臺署，餘音隱層軒。儵然似有得，揖别笑無言。

謁文山祠有作

揚舲送將歸，驅車止江潯。肅容揖靈祠，精爽儼照臨。綽楔俯通衢，松柏鬱陰森。正氣浩磅礴，二儀極高深。仰視日西馳，江流逝浸浸。銷毀非金石，代謝遞相尋。令德昭懿軌，元化爲浮沉。顧彼如鬼蜮，偪側厠幽陰。亮哉君子節，百世宜光欽。對兹增慨慷，援琴寫徽音。

題錦萱堂贈聞人侍御

江上麗雲構，曠朗絶纖埃。丹山蔽前除，緑水相縈廻。萱草樹之背，常映丹霞開。餘蔭挺玉樹，清廟薦瑰材。彤庭流渥澤，五色何昭回。迨兹敷文化，桃李益栽培。敬寬緊順柔，錫類及群才。邃矣秘璿源，奕世未可涯。

徐孺人挽詩

西山有靈鳥，矯翼凌風翔。應韶喈喈鳴，五色何輝光。一朝厭紛濁，羽化迴青陽。何時復來歸，慰此隻鳳傷。

常樂園題贈薛子二首

總轡歷淮服，弭節薄譙城。怡然覯時哲，慰兹良覿情。招要游中園，心目豁餘清。叢篁麗陰輝，朱明散炎蒸。摘蔬止近畦，樹槿已盈庭。好鳥鳴音和，芳醴心相傾。吐論多微詞，潔己寡俗營。顧予淹行役，撫志慚達生。

二

翛翛張仲蔚，穆穆謝康樂。屏迹深蓬蒿，養痾茹蕭藿。襟抱無煩促，天地同廓落。羽翮鎩鵷鸞，屈曲委龍蠖。清芬挹芙蕖，翠靄映蘭薄。明襲老氏常，静尋顏子樂。賁玩丘園戔，細豈農圃托。卷舒惟權度，俯仰遂寥廓。

車駕脩謁諸陵遂幸西山〔一〕

宗祧茂周祀，園陵崇漢京。歲序聿推遷，精神常合并。青陽協時律，玄宫牽聖情。睠兹雨露期，寧無怵惕萌。駕言飛九斿，于焉出五城。黄道廻蒼極，紫氣浮青坰。藻幄六龍馴，蘭甸八駿鳴。颯颯祥飈集，靄靄彤雲迎。馳道清群祇，閶門營五丁。鱗翰傾鑾和，士庶矚旒旌。丕緒纘歷服，明德達清馨。鈞天賡樂諧，旭日饗禮成。三春麗鳳儀，萬祀垂鴻名。

〔一〕車駕脩謁諸陵遂幸西山：三巡集稿題作「恭聞修謁諸陵遂幸西山七日還京作」。又，本詩底本有一行漫漶，字迹莫辨，據三巡集稿補出。

更轉東風轂，遂覲西山靈。川岳增輝光，草木咸將承。靡侈金僊詮，豈尋瑤池盟。往返旬未浹，游豫化兼行。夏諺效歌謡，帝道覬休明。

白石謡贈江子

絲悲丹黟遷，橘憐風土换。人性殊至貴，靈秘目朗焕。之子昔雲卧，白石相枕薦。白以大素著，石以堅貞見。無灑玄黄淚，豈以歲華變？朅來從龍飛，游心尚玄晏。有時懷中林，載歌南山粲。

度太行四首

驅車遵華旌，西度太行山。層巘既窈窕，脩坂亦廻延。遥峰下鳴柝，重門抱雄關。土屋開道側，石泉瀑巉巇。履深臼井墮，陟危岧嶤懸。細徑聊可躡，方軌安能前？

二

負弩馳復止，遲廻暫延顧。北瞻薊門道，雙闕鬱相附。碣石杳何許？流沙莽回互。青沿嵩汝長，荆衡可躧步。比足司馬遊，取笑張衡賦。

三

朝登井陘道，暮入土門口。澗道紛糾纏，松杉間枌柳。黄華冐層嵒，紫蕚緣廣阜。幽禽鳴樛木，嘉穀被隴畝。遠行苦登頓，周覽慰株守。嗟彼楊子雲，白首對瓮牖。

四

節序紛推斥，驚風飄凛秋。我行還幾時？大火馳西流。時厲裳衣單，褰帷何能由。上黨起潞原，代朔直雲州。燕晉劃分疆，梁脊亘九丘。氣候有乖殊，踟躕增煩憂。

噴醒軒作

紛擾汩性靈，促迫昏化理。晝想已糾纏，宵夢仍疲靡。精神能幾何，金骨坐銷毁。艮背啓至訓，定觀垂弘旨。兹亭雖頗偏，結構何邃委。松風稍瑟瑟，草露復瀰瀰。垂簾聊返觀，時見金光紫。真如醉夢醒，水露爲噴洗。元氣浩常存，無殊丘壑美。

答李漳埜

東風吹野草，物色回春陽。總轡歷晉疆，周覽一何長。曠望多所懷，旌旆隨悠揚。況與朋舊違，徘徊跂河梁。顧瞻緑雲中，雙雁欻迴翔。雅音豈寡諧，慇懃荷來章。

再答漳埜

寒城淹經旬，駕言復南騖。春風隔年至，歲華殊已暮。輪軌無輟運，抗旌凌晨度。良友遠追送，清觴見情素。載言羊腸險，詰屈戒往路。王陽良獨慎，回鑣豈延顧。尊也胡弗寧？叱馭犯霜露。〔一〕感彼垂堂訓，喟焉對執御。

望雲亭

太行多白雲，飄飖隨風轉。獨有寸草心，春風暮不卷。遊子日千里，迢遞何時返。翹首望

〔一〕尊也胡弗寧叱馭犯霜露：「尊」底本作「遵」，蓋誤。印案：「王陽良獨慎，回鑣豈延顧。尊也胡弗寧，叱馭犯霜露」四句，顯系引用西漢王陽、王尊故實，事見漢書卷七十六趙尹韓張兩王傳。底本「遵」應指王尊，作者記憶有誤。據改。

白雲，俯首淚雙泫。

介子推

人謀良有造，天命豈私眷。二孌助讒妒，千乘肇昏亂。公子亡四國，五臣奉遐戀。一朝矢河水，沉璧慨永嘆。介推恧中抱，綿山謝長賤。龍蛇惻短書，玉石悲炎煽。

郭林宗

高張琴絶弦，暗投珠委路。嗟哉東都士，禍樞踵危步。穆穆郭林宗，深心托幽素。含章貞自抱，識微幾早悟。僊舟聊可並，墮甑豈堪顧。懿彼烝民章，明哲伊誰賦？

雁門關作四首

北登雁門道，翹首望雲中。浮雲翳陽景，宛轉如游龍。攬之欲盈把，將以御遠風。層雲不可揮，跂予悲蒼穹。

二

關門高且長，杳杳通一雁。三河綴衣帶，還顧細如綫。山川會險隘，胡馬何當見。佇看俘左賢，獻馘未央殿。

三

伊昔祇皇役，朔方周歷覽。朝發上谷坻，暮度雲州坂。峻功寧見收，歲月忽復晚。對兹增慨慷，謾言庶稽纂。

四

黄河下崐崘，流波到滄海。人生殊少壯，朱華日應改。駕言滯廻轅，憂心坐成痗。中山桂已花，含英待攀采。

貴溪别後寄贈楊丹泉五首

遠遊歷川陸，南土銜炎歊。良工獨苦心，日夕夢林皋。静勝不自持，朋舊誰爲招？凄矣寡歡悰，悠哉發長謡。

二

謡長聲轉繁，離久情彌極。川鯉剖脩鱗，雲鴻接高翮。德音雖屢承，玉容猶未即。何以袪煩鬱，因之候顔色。

三

顔色一以覩，襟期豁高廣。眷言薄暮談，慰余離索想。似聞鈞樂陳，真覿瑶華敞。白日何忽匿，青霞戀深賞。

四

賞深愁解攜，紛冗嘆分鶱。昔離會已難，今見别何遽。凄斷象山雲，繾綣龜峰樹。未盡苦旅言，居然判良晤。

五

良晤殊造次，但含金石心。塵組攢歸念，朱琴懷知音。短櫂泊枉渚，華旌返瑶岑。遲君盈觴酒，斟酌日相尋。

贈歐陽洗馬曾都給舍

矯矯雙雲龍，乘時溢流采。曰予謬攀附，結交逾十載。豈意中乖別，分飛不相待。供奉違仙班，獻納忤時宰。曾生返林皋，歐子蹈嶺海。相逢一水涯，含情歲華改。願言慎起居，慰我思如餒。

夏夜移榻

結室固邃密，適體須昭曠。寒暑有遷斥，物理殊順向。南土已鬱蒸，朱鳥日高抗。崇朝積塵紛，浹旬尠嘉況。日晏更煩勞，四體何由暢？珍簟增轉側，紈扇苦摇颺。移榻就前楹，伏枕對層閌。豈蘇司馬病，轉厭郗生帳？星分阻晏眠，月臨便静望。百慮感孔辭，九逝懷楚唱。

雜詩十首

大江流日夜，浩浩會朝宗。君子戒徒涉，雙檝㓵游龍。擊檝理櫂歌，慷慨有深衷。長風東南轉，萬里乘煙空。懷哉濟川徒，守時非固窮。

二

悠悠涉遠道，杳杳滯歸期。朝登坂崎嶇，夕汎川逶迤。玄髮日夜變，苦心良在兹。翔鳥懷故林，游魚戀舊池。睠言遊宦子，抑志何所施？

三

原田殖膴膴，禾黍期翼翼。既傾雲霓望，尤竭溝洫力。遭逢歲苦晚，安飽何由得？跂彼市井人，千金遂昕夕。三倍享餘贏，顧嗤沮溺忒。淹速易貞軌，天運良靡測。

四

玉衡正西指，涼颸迴洞房。蟋蟀遞哀吟，明燈爛生光。伏枕不能寐，情思鬱以長。總轡遠行役，周覽歷四疆。南遊忽歲隔，信美殊故鄉。音書杳難達，鴻雁自高翔。糾紛而離居，沉憂結我腸。

五

秋夜耿自長，寡寐愁竟夕。撫兹七弦遍，擁衾坐華簀。賓鴻歲旅旋，調笑孤征客。明月鑒牀帷，華星耀東壁。〔一〕感此復徘徊，攬衣更蕭索。

六

北登匡廬山，還顧望洪州。洪州古豫章，材榦等琳璆。俱負明堂資，洵符匠師求。長江帶乾維，湖水鏡天浮。穆穆俯雄圖，邈邈鑒洪流。東南信奥區，高歌振林丘。

〔一〕華星耀東壁：「壁」底本作「璧」，形近而誤。印案：「東壁」一名古詩文常見，多作雙關之用：一指東面墻壁，一指東壁星宿（即壁宿），且多用來描寫秋夜景色。如古詩十九首之明月皎夜光：「明月皎夜光，促織鳴東壁。」本詩亦然。句言「華星」，則更注重星宿之義。「華星」即指東壁星也；「華星耀東壁」者，言東壁星閃耀。另參上翔雁贊校語。據改。

七

岷江初濫觴，轉與百川匯。九派分固殊，歸輸亦東海。原原含大化，支離竟焉改。多歧審初轍，分流問真宰。尼父川上嘆，忘言固斯在。

八

時俗忻巧笑，傾賞輕千金。一言偶朝合，日夕揚徽音。東階鼓瑶瑟，西序鳴朱琴。殷勤申明誓，嫣婉偕春衾。媚言啓皓齒，天地易高深。貞潔甘自守，華髮隨侵尋。

九

伯牙彈鳴琴，宛在山水間。峩峩動纖指，洋洋入柔弦。鍾期竟何如？昭曠契高玄。知言已不易，知心良獨難。莊悲惠質損，牙傷期耳捐。雅談不復施，絶音竟誰傳？

十

朔雁雲中下，枉附故人書。開緘重德音，燦爛錦不如。上言憶孤鶴，下言寄雙魚。再拜謝腆惠，淚下如聯珠。是知金石交，不因離索疏。

送王少參赴南都

金陵信佳麗，江流帶通廛。帝居總會樞，飛觀高中天。簪組耀文華，貨寶如流泉。朱樓俯馳道，城闕鏡中懸。君子有行役，揚舲汎廣川。酌酒遠集送，軒車何時旋？高登鳴鳳臺，良晤多時賢。周覽鑒王業，玄化思昭宣。探討庶在兹，分袂奚以憐。

擬古四首

澹泊寡營好，余性本湛如。卓犖弄柔翰，閱歲三十餘。伏櫪困文駟，鍾鼓悲鶢鶋。雅志多所違，慷慨欷以歔。汩没晚無成，將返舊里廬。失步忘故術，引領媿趦趄。

二

開秋肇颯爽，入暮祛鬱煩。雖迷薄領叢，猶懷竹素園。但恧力寡弱，剖晰誰與援？良友阻林樾，芳華違攀翻。回首緑雲中，鳴雁倘高騫。殷勤惠來劄，無使孤願言。

三

璞玉生荆山，再刖不自售。風雲非有會，神龍亦希覯。傅説困胥靡，鼓刀已皓首。萬里市駿骨，千金顧敝帚。非君獨拊膺，相看一握手。

四

玉衡戒闌暑，雲路杳青蒼。迢迢遊宦子，悠悠懷故鄉。岸幘坐廣庭，輕綃生夜凉。天漢遠廻薄，華星曜東廂。感兹牛女期，飛鵲遵河梁。人生無根蒂，會晤亦何常。落葉愴流景，伐木荷來章。

早秋蒲谷公署賦得楓字

大火馳西流，清商歌未終。井梧蕭瑟起，一葉已辭風。洞庭眇層波，天宇曠且崇。零露凄蘭薄，廻飈振高楓。去幕無留燕，遵渚有來鴻。四時欻不處，九歌難爲工。結履即良晤，懿兹芳桂叢。不念歲華改，但傷歧路重。一彈再三嘆，慷慨感予衷。天道信崇替，揮手謝絲桐。

七夕分賦得樂字

六龍騁恒軌，歲序無淹泊。白露澹澄宇，明河夜迴薄。既帶徐生祠，亦亘江門閣。熒熒有集螢，疆疆寡翔鵲。機杼輕塵滿，絡緯凄響作。如聞白頭唫，似奏清商樂。雙星展嬿婉，七夕接歡謔。感此對樽酒，良宵共斟酌。匪結高陽歡，益篤汝南諾。楚璋珍特達，魏瓠慚濩落。哀唫遞蟋蟀，拙踪委龍蠖。合并良有時，眄睞曠寥廓。

返照賦得露字

衡紀貞暄凉，晷度變晨暮。灼灼日西頹，久客懷往路。餘暉滿城隅，霞綺何布濩。江波澹明滅，煙草莽回互。纖月已半規，歷歷星與度。念兹屈伸理，四座各延顧。命駕起旋歸，厭浥戒行露。

東湖聽琴得藍字

良弓寶材榦，華駟珍騄驔。睠兹絲與桐，雅性何所耽。無躭初應律，良朋重盍簪。蘭房凄且清，奥室何潭潭。七弦倏以調，凱風忽自南。高山既嵯峨，流水復潺湲。再闋水仙操，中湖汎澄藍。游魚動瀺灂，靈鐵躍其間。言愜伯牙賞，但深子期慚。坐久遲來歸，明月相與還。

章江汎月得夕字

□濟泛輕橈，日斜即綺席。斐斐氣漸暝，泫泫露初白。□彼蟋蟀吟，賞此同心客。菱歌蕩中流，月華盼遥夕。遥夕亦何爲？傾觴瀉靈液。圓景窺高城，流暉滿幽隙。歷亂波忽澄，徘徊雲與坼。誰爲横吹曲，感兹江海役。弈舉手屢停，[一]壺傾抱靡釋。[二]願篤匪石心，共玩涉川畫。息駕珍四美，矢言慎三益。

秋日出省作

驅車江南道，四運無停軌。奔波迅六龍，渡河肇三豕。歲德歷金虎，陽干斡玄水。懷禄難爲言，望鄉猶未已。頹景方翳翳，零露已瀰瀰。秋風飄短藿，行役復此始。

[一] 弈舉手屢停：「弈」底本作「奕」。徑改。印案：此句寫圍棋活動，弈指棋子。「弈舉手屢停」，猶謂舉棋不定。明代刻書常將「弈」「奕」混用，實則二字形近而義迥異。

[二] 壺傾抱靡釋：「壺」底本作「壼」，誤。印案：此句寫飲酒時的心情，壺指酒壺。「壺傾」與上文「傾觴」義同，均言酒闌，筵席將盡。明代刻書，「壺」「壼」二字因形近而常相混。

贈答同年劉憲使

匣中有寶劍，顧視卑連城。斗間動光怪，龍文燁精瑩。無事文犀裝，奚取縵胡纓？懸之都門市，三載售無成。取飾亦已晚，徒爭秪見輕。長揖謝儈伯，負歌行東征。

贈答同年曾給諫

憶昔厠鵷行，端笏侍雲陛。既陳雲中略，復參東閣禮。拾遺乖始願，遠遊結脩軌。往事焉足陳，故人書尚爾。轉增歧路傷，但灑素絲涕。倘無同病憐，誰與懷没齒？

觀瀑布泉作

夙夕慕奇賞，况此嘉水山。雙劍劃靈壑，飛泉落雲間。天漢欻昭回，瀑布一何鮮。刀尺何所施，機杼將無閑。安得裁爲衣，被服出塵寰。攬之不盈手，躑躅起長嘆。

再至白鹿洞

廬阜高逶迤，巖谷遞相屬。中有五老翁，顔色如蒼玉。愛客不知疲，邀我洞中宿。雙童垂綠髮，持書俟西麓。再褰薜蘿裳，共寓滄州目。鳴泉弄音徽，爲奏清秋曲。希聲中宫商，泠然傷局促。天高湖水波，歲月一何速！思遊太始庭，常御雙白鹿。

塞城中秋對月簡張南墅三首

驅車駕言邁，懷哉勞者歌。塞城眺暮寒，北山鬱嵯峨。白露滿空庭，歲晚傷蹉跎。圓景揚清暉，金波蕩層阿。靈妃顧自笑，倏容杳委佗。跂予終遥夕，徙倚當如何？

二

華星極四羅，明河半清淺。朗月度關山，經天亦已遠。高堂無隱構，崇岡寡幽巘。照見長城窟，迢遥信陵緬。賞心亮莫同，〔一〕孤懷竟誰展？尊酒留斟酌，佳人若在眼。〔二〕

〔一〕賞心亮莫同：五字底本漫漶莫辨，據皇明詩選卷三補。

〔二〕佳人若在眼：「若在眼」，皇明詩選卷三作「見何晚」。

三

暄涼物候改，〔一〕川原曠且清。不謂西園客，亦抱南樓情。坐見天漢流，馳景西南傾。人生有離合，天道信虧盈。良晤寡與諧，氣結不能平。清商激素飈，慷慨有遺聲。

讓廕詩贈司徒洪洋趙公

周雅載因心，虞書稽允讓。千載何湮鬱，友道日凋喪。分體本固一，同胞氣豈兩？粟布既興謡，萁豆終成放。皇風竟誰嗣？頽瀾藉以障。哲人篤倫化，佩玉清廟上。任子移吹篪，建儲際主鬯。奕世襲寵珍，非君誰爲貺？懿哉隆所缺，興言發短唱。

仲秋既望寄友人

行役曷歸還，長途苦汗漫。歲月亦奔馳，倏欻逾秋半。感此步前除，蛩聲一何亂。蟾兔轉厲急，木葉已凋换。悽悽胡笳思，悠悠關塞嘆。孤管不自調，頽魄伊誰玩？思寄南飛鴻，

〔一〕暄涼物候改：「暄」「物候」三字，底本漫漶莫辨。據盛明百家詩蘇督撫集補。

陳辭命篇翰。

秋泉贈劉方伯

四時欻不處，寒暑遞相尋。鶉火方投策，商飈遂騷騷。萬寶獻嘉績，百川杳深沉。人生有殊好，賞此幽泉音。宫羽自相宣，絲桐謝朱琴。既闋高山調，復唱流水吟。適意豈有極，忘彼歲華侵。不有鍾子期，誰宣伯牙心？大哉川上嘆，忘言徵在今。

秋懷詩六首

徘徊古城端，回顧望鄉縣。禾黍被長坂，蹊徑沿廣甸。西風還入塞，歲華念將晏。羈客有遠懷，天漢亮廻眷。古人亦有言，倚伏豈成算？力田貴逢年，遇合方善宦。高歌聊永夕，寤言謾興嘆。

二

白日經扶桑，奄忽濛汜迫。朗月嗣其華，來往亦如客。志士有烈心，小人媮昕夕。日月無恒居，疇能弗耕穫？公旦昔徂東，飄摇振赤舄。孔席暖不暇，四國日相索。往聖有遺矩，行役何所惜。

三

暇日臨飛閣，流光逝駸駸。矚目何所懷，良友繫我心。停雲可攬結，尊酒阻招尋。曠矣河無梁，懷哉時載陰。杳杳西日馳，汩汩零露侵。〔一〕衆星既森列，跂彼辰與參。天象亦睽違，〔二〕何由開我襟？

四

端居念時暇，凡百無與歡。展帙鑒往鏡，悲憤起長嘆。秉燭命絲桐，爰歌行路難。曲長未易竟，宵露凄以團。再闋轉厲急，促軫弦未安。亮節鮮逸響，窘步失矩旋。音聲與政通，誰能識其端？

〔一〕汩汩零露侵：「露」，皇明詩選卷三作「霞」。

〔二〕天象亦睽違：本句皇明詩選卷三作「形影竟不接」。

五

昔聞嚴君平，賣卜成都裏。疇畫各有章，響應傾廛市。聲名四方動，慮憺恒如水。百錢足糊口，下肆從此始。詎知通神術，亦奪執經理。古道不時售，短長焉足紀？揮手謝太卜，無貽龜筴鄙。

六

白頭但如新，傾蓋或如故。古人重然諾，交歡豈在屢。肝膽各相照，金石未爲固。皎皎苧蘿女，容色一何嫮。臨池乍流盼，驚鱗逝以度。明珠輕連城，暗投衹委路。知己良不易，感激懷所遇。

雜詩一首

南雪越犬吠，北風胡馬嘶。萬物安故常，是用生離思。誰謂非所適，而能强自持？睠此迂疏性，俯仰各有宜。零露霑原草，清霜擇高枝。寒生萬里途，悽□□□遲。展轉不能寐，起視夜何其。促裝候晨光，命駕行東歸。

春暮出郭寺内餞别裴侍御

紛冗鮮嘉暢，俗務日相覊。韶華不可留，已縱青春歸。命駕忽出郭，野寺尋芳菲。花飛饒緑陰，鶯聲寂高枝。捫手三嘆息，歲月駞如飛。清尊相對持，盡醉良莫違。明日隔山川，春風空爾思。

寄陳文晦侍御三首

良晤阻歡宴，停雲方在兹。東風吹野草，緑遍瓊華池。嚶鳴黄鳥聲，流轉緑楊枝。感物各有懷，婉孌惜芳時。攬轡眺連岡，迢遞滯前期。相思邈以綿，庶用證此辭。

二

青陽御東陸，百昌媚川澤。歲月感遞遷，倏忽阻如客。矯矯雲間鴻，奮迹凌高翮。眷言良不任，耽懷意靡適。繫足枉尺牘，祇服慰昕夕。所寶逾百朋，懿此尺素帛。

三

伊昔濫臺綱，總轡歷兩河。龍門朝所臨，蒲阪暮經過。唐風協往什，慰我當如何。别來逾十祀，忝竊亦已多。跂予杳山川，含情鬱嵯峩。青驄方歷覽，好鑒同聲歌。

由水泉營歷滑石澗程諸工役二首

馳車歷塞垣，暑雨況維期。程工奮鼛鼓，勞軍揚旌麾。黃雲低可攀，鐃歌導前馳。下上周山坂，登頓寧苦辭。豈不戒垂堂，而甘升斗縻？王事亮靡盬，懷哉出車詩。所期樹尺寸，勳業垂清夷。

朝經水泉營，夕眺石澗臺。峻徑鮮暇豫，側嵦屢縈廻。崩奔勢可虞，參錯理應裁。雖乏伯昏度，殊抱曼容懷。結念苦紆軫，式駕良徘徊。洊習險既設，蓄容衆已偕。疇謂無中策？勗旃圖所恢。

沿眺黃河有作

停轅覽原甸，西見黃河流。騰踏杳百川，濫觴經崑丘。九折東到海，日夜一何遒。原泉非有托，涸塵將見浮。奔駛亦勞止，情事焉所求？臨流振緇衣，征途懷百憂。倘逢河上公，税駕從以遊。

挽封君賈翁

重淵澈秘彩，空谷答靈響。疇謂含貞翁，流化靳州黨。既忻色養宜，亦習林居敞。古人孰可方？世在羲皇上。厭紛御白雲，順化還清沆。懿哉柱史君，永慕如待往。抱朴懷斯人，誄言慰遐想。

雨懷簡翠巖

層陰散煩暑，零雨凌晨夕。案牘有餘清，苔堦上深碧。細草披蒙茸，流雲蕩紛射。簷溜無輟淙，庭礎有幽石。静言願無違，端居意頗適。言念同懷人，虚襟幾岸幘。和聲流素琴，幽賞展玄籍。彌旬缺歡晤，塵心正勞積。

塞行有懷簡謝劉侍御二首

長城高逶迤，驅馬陟陰山。鐃歌度清吹，戎車無時閒。塞草吹零霜，黄雲蕩險艱。飲馬鏡窟水，壯士多苦顔。風勁角弓鳴，虜騎滿河灣。鷙鳥思一擊，我行遲未還。漢道守中策，秦城亘九關。將收蒙趙績，無忝霍衛班。

又

總轡迹無停，負肩時未息。曠望杳山川，登涉劇眠食。豈不耽豫安，簡書畏孔棘。靡鹽亮日夷，即叙亦何克。爰滯南馳旌，聿凭北征軾。贈章懷好音，晤言阻載色。跂予望兩河，驄馬何時即？雲長杳塞鴻，寄謝雙飛翼。

送馮少洲赴南度支二首

萬水宗瀚海，千岐會京逵。將相有淹速，仕籍豈恒期？大江浩雲濤，帝京奠兩淮。百工職所司，退食良委蛇。南北均所重，歸會竟有時。君抱濟川畧，鴻羽著光儀。津軌鬱未通，庶寮日奔疲。茲行慰朋志，緘素申此辭。

又

晉疆遺霸圖，周覽緬長鶩。魏原初邂逅，襟期杳如素。載移蒲坂守，復綜雲間賦。公車緣久待，芳尊遂良晤。機雲不啻過，顔謝奚遠慕？詘鮮久不伸，違難終寡遇。稍登南曹薦，還指舊京路。臨岐一以送，眷言各回顧。

竹亭送姪守穀服闋謁選

竹林集群彥，阿咸美且都。辭言謁承明，迢遞雙飛鳧。秋風颯已寒，顧戀意何殊？援琴寫餘聲，攬轡即長途。伯氏塤聲和，吹篪仲自符。家聲諒有托，國事多可圖。天王需才俊，無爲守區區。佇望翔寥闊，衰白慰潛夫。

悼内詩五首

寒暑遞代謝，運化坐推遷。彭殤各有造，淑善疇能延？念我同懷人，中道成乖愆。百年失良助，霣淚如流泉。偕老詎可要，悽斷平生緣。

其二

生平爲夫婦，賓敬日相親。良時展嬿婉，琴瑟静以陳。鳳卜諧室家，鷄鳴多苦辛。甫畢尚平願，豈迨蒙莊辰。歡宴未終極，門徑唁何廛！

其三

啱余桑榆境，違兹糟糠伴。春歌斷里廬，素幘遍鄉縣。哀響徹中庭，拊臆發浩嘆。朝出誰爲問，莫歸誰與宴？傷彼上善姿，剪此中壽算。

其四

壽算既未永，卜稽協大貞。嘉命不可違，鬱鬱營佳城。廣柳被素輀，脩篠樹丹旌。死生本殊軌，日月難久停。薤露日易晞，泉臺夜長扃。

其五

扃隧無還期，去日難移晷。簪珥餘芳華，鏡臺掩塵几。遺容杳莫即，音聲若在耳。豈曰無衿裯，未若同袍子。端居懷所歷，哀傷復此始。

重陽後二日登染珠阜得高、陰二字二首〔一〕

佳辰繼登眺，天宇穴清高。白日麗叢薄，黄葉飄林皐。雅會易以合，勝遊稀所遭。曠覽心目豁，長吟情思豪。村墟散煙靄，詠諧雜風騷。四匝俯蓊蔚，百里見纖毫。歡洽曲難竟，筵闌首重搔。浮景馳崦嵫，返照明履袍。往豫戒行李，還慚報投桃。歸途緩塵轡，寫愫申朋曹。

其二　「染珠」，俗訛爲「丹朱」

晨步城東岡，言陟染珠岑。土阜曠何代，〔二〕訛傳襲至今。卜日載改期，乘風一以臨。層巘既參錯，緬塹亦幽深。人事偕要約，世路杳飛沉。憂悰出塵遺，短髮隨年侵。遺彼紛華鞅，盍此綿邈簪。飛蓋蔭林莽，行厨溉釜鬵。肴至弗徒設，〔三〕酒傾無停斟。托意在東山，混迹同漢陰。

〔一〕印按：此二首，清宣統濮州志卷七詩類收録。底本第一首刓缺若干字，即據補。

〔二〕土阜曠何代：「曠」底本作「矌」。據清宣統濮州志改。

〔三〕肴至弗徒設：「弗」，清宣統濮州志作「復」。

穀原詩集卷之三上

五言律詩

丁丑元日

萬國會清都，鷄人傍晚呼。羽旗行自列，玉珮散相扶。斗裏朝正使，星前輯瑞圖。嚴更樓上夜，銀箭幾銅壺。

聞笛

千里辭鄉縣，三年祇敝裘。還將聞笛興，併作倚欄愁。燕薊胡雲暮，關山漢月秋。風前楊柳樹，葉滿御溝流。

初夏

朱鳥翼高張，南風入帝鄉。我來殊未已，春去不同行。白日□松塢，青雲蔭草堂。正懷□□在，慚負漢黄香。

舟上柬倪鎮卿

短劍秋江上，孤舟野日西。浮雲連樹没，遠水接天低。人語喧歸渡，漁梁斷浦蹊。蕭蕭一白鷺，不共衆烏啼。

客夜

客夜不成寐，虚窗流月明。關河鬱鄉思，砧杵亂秋聲。歸夢三更斷，覊愁千里生。音書空付鴈，詎悉未歸情。

九日

落木驚風候，淹留感歲華。陰雲連紫塞，清淚對黄花。八駿周京馬，孤蓬漢使槎。高臺予嬾上，不爲苦思家？

立春日

隔歲改新陽，愁添幾綫長。寒雲虛自散，春水遠相將。柳淺宮煙杳，梅疏苑雪芳。敝袍欣可拂，計日理牙檣。

戊寅元日

萬里王正月，千官漢侍臣。履端空鼓角，行在尚風塵。烽火新通代，鑾輿近向秦。已聞催羯鼓，冬半敕迎春。

春雪

春雪拂春臺，東風入暮開。向人輕點拂，背水杳飛來。坐掩梨花院，吟慚柳絮才。青皇不自主，黄鳥謾多哀。

還鄉

共結還鄉伴，春深花柳明。官橋齊度馬，野樹正啼鶯。日與貂裘换，風隨寶劍輕。無端更回首，轉憶鳳凰城。

夏夜

靈彩西山下，庭空暑氣收。雲移明月動，河向碧天流。螢火憐低度，珠光忌暗投。三年書劍客，浪作帝京遊。

送舍弟遊太學

雨雪暗吴鈎，蕭蕭千里遊。抱琴須卒業，投筆豈封侯？臨水一相送，看雲杳獨愁。塤篪還待汝，早返木蘭舟。

贈陳平沙

陳子幽棲處，沙平萬畝餘。窗雲閒任捲，堦草茂休除。不履羊腸險，常看鳥迹書。乘春有清興，吾欲命巾車。

阻風二首

解纜纔三里，愁眠復此宵。檣燈虛自照，劒客杳難招。偃息便春病，奔騰送海潮。風旌暮不定，偏傍戒心搖。

二

逆浪誰能那？聊歌道路難。水深春草短，野曠暮雲寒。鴻鵠憐高起，蛟龍恐未安。南風頻莫嘆，江上有回鑾。

舟行

夜識舟師語，帆檣戒早行。乘除元有數，來往各含情。飛度亭臺影，静聞風雨聲。逶遲懷伏枕，超越紀南征。

清明

驛路逢寒食，風花晴可憐。淹留寧記日，虚薄阻朝天。楊柳連煙裊，桃花近火然。父兄應我念，何處度流年。

舟中對酒同吴運甫

杳杳滄瀛夜，開尊對暮春。燈前誰共語？天畔爾相親。月影清依客，鍾聲遠傍人。屈伸應未定，雙淚肯沾襟？

中秋舟中對月

天地秋飛鏡，嫦娥夜捲簾。詎知江海上，却助淚痕添。圓擬河兼湧，高應露並沾。玉毫瞻白兔，短髪迴同纖。

草堂即事

射策苦逡巡，歸來祇病身。人誰如鮑叔，予媿似蘇秦。道在寧爲病，年衰轉爲親。一區楊子宅，猶似去年春。

贈琴士

寒日攜琴至，殷勤何太頻。曲中變流徵，座上有陽春。更喜通書遠，兼憐抱藝貧。子期千載後，誰是賞音人？

送高廉卿

春去意紛紛，關河此送君。橫經臨璧水，鼓瑟向燕雲。柳緑鶯聲喚，山青馬首分。交遊多鳳舉，好與細論文。

登第後作三首〔一〕

走馬東風陌，春遊處處通。看花臨上苑，錫宴到南宮。千里泥金信，三回辨玉功。夔龍吾有托，稱報矢心同。

〔一〕 登第後作三首：「三首」二字底本無，依全書通例補。

二

五夜趨宮禁，鈎陳儼帝傍。金閨憐晚入，華蓋鬱相望。觀轉窺鳷鵲，池臨上鳳皇。願言期獻納，端穆侍今王。

三

十載青燈客，朝登白玉京。千金非駿骨，三策濫鴻名。眼見交遊重，身緣感激輕。它時麟閣畫，元是一書生。

大興隆寺避雨二首

寶地晴遊遍，衢泥到竹林。龕燈珠盌正，花木石堂深。明電摇清梵，重雲接暝陰。[一] 微涼如可托，願證不塵心。

[一] 重雲接暝陰：「暝」底本作「瞑」，形近而訛，徑改。印案：「暝」義日色昏而不明，「瞑」指目力昏花。此句寫天氣陰暗，作「暝」是。

二

殿外雲吞蝀，城頭雨帶煙。相期成避暑，一笑似逃禪。砌草青堪采，池蓮争可憐。陶潛元愛酒，納履繡迦前。

南城遊覽歸途有作

玉殿清暉麗，金鋪夕照微。光風泛池藻，香氣襲人衣。宛轉那能記，徘徊未忍歸。仙槎天畔石，重覩舊支機。

□入左掖□□□

象魏麗中天，彤庭肅窈然。□□□□□，□□月花圓。闕闕春常在，宫宫意可憐。□□□□□，直過御橋前。

過泗州

徐泗望徘徊，清淮楚郡開。山迴陵自抱，雲合駕曾來。追王崇周典，登歌陋漢臺。乾坤基帝業，將相會群材。

贈陸子文

可愛陸公子，湖山早定居。牀餘三尺劍，筆自八分書。門枕江流近，庭涵海月虛。時聞車馬客，往往到幽廬。

秋夜宿上方山治平寺三首

省斂朝浮櫂，逃禪夜入山。徑通雙浦細，門掩萬松間。洗鉢龍猶伏，翻經鶴自還。上方知近遠，昏黑此躋攀。

二

下榻成流憩，懸燈坐夜深。林疏風落木，村迥月傳砧。□□□窗小，雲生水殿陰。擁衾正愁絶，謾擬越鄉吟。

秋盡風逾壯，山高月易低。遥空無鴈過，高樹有鷄啼。紺殿松陰合，珠壇竹色悽。經行吾亦偶，不用苦留題。

送王履約赴寧波

驛路惜離群，尊前忍送君。移舟淹别浦，把袂悵春雲。折獄才無敵，明經世所聞。餘閒游翰墨，傳玩右將軍。

靈巖山覽眺

荒徑倚秋空，千年弔故宫。琴臺堪一上，箭瀆杳難通。池在含雲碧，花留映水紅。尚思環珮轉，聲度屧廊風。

伍大夫廟

遺廟臨盤水，高臺儼故丘。奔吴江上夜，覆楚郢城秋。霸業消俱盡，江聲咽不流。至今英爽在，白馬海潮頭。

虎丘 一名海湧峰

海湧依城近，山藏讓寺雄。龍文沉劒氣，虎迹起松風。明月諸天近，精靈五夜通。千人環坐處，説法憶生公。

洞庭山寺夜宿次王太傅韻

路委山藏寺，肩輿傍晚過。旛幢懸日月，樓殿起星河。澗下泉流細，堦前葉落多。辭榮王太傅，吟筆倚松蘿。

送袁邦正兼訊令弟永之

萬里春相送，承明期獻書。吴門遥望汝，漢署杳愁予。步月隨天仗，穿花入禁廬。懸知霄漢上，兄弟並簪裾。

送盧職方校文江西兼簡居文升

最愛盧司馬，持衡出漢庭。鳴時非作賦，華國本明經。一水浮空去，千山入望青。豫章從此夜，奎壁動雙星。〔一〕

至丹陽贈谷嗣興

治邑先江左，君今亦剖符。琴中流白雪，花外引朱鳧。歲月頻堪問，江湖遠水孤。櫂舟多暇日，近載孝廉無？

元夜與吴中諸君宴集張將軍宅内

上元良宴會，畫閣對將軍。燈火輝華月，笙歌駐彩雲。開尊元好客，抽筆況能文。軒蓋多陶謝，何辭醉夜分？

〔一〕奎壁動雙星：「壁」底本作「璧」，形近而訛。説見卷二翔雁贊校語。

新髮

白髮誰相喚？秋來雙鬢生。壯心臨鏡減，愁眼傍簪明。爾豈無公道，予寧有世情。年華侵四十，鄧禹笑勳名。

月蝕寄任麟石侍御時解綬閑居

既望垣西月，何如初出時？秋光應忌滿，天意杳難期。鏡掩娥誰妒？弓張兔自疑。世人方共仰，好與日争馳。

送傅元功按河西

宵衣西顧日，馳馬向凉州。隴阪高無極，胡雲暗未收。引旍兼出將，簪筆可封侯。會見黄河水，常懸漢月流。

懷雪堂卷題贈袁氏

昔賢惇素節，卧雪動經旬。原憲身非病，顔淵道未貧。自應甘隱逸，真是脱風塵。猶使千年下，餘光照後人。

聞警

榆塞傳刁斗，經年未罷兵。竟令青海箭，〔一〕復度白登城。拊髀勞明主，征騎選禁營。〔二〕軍中有頗牧，〔三〕萬一早留情。

諸將

羽檄飛秦塞，兵符出漢宮。嫖姚終服虜，魏絳謾和戎。寵錫非今日，勳名已上公。天王猶按劍，早獻朔方功。

〔一〕竟令青海箭：「竟」，明詩綜卷四十作「遂」。
〔二〕拊髀勞明主征騎選禁營：此聯，明詩綜卷四十作「四野空多壘，三軍執請纓」。
〔三〕軍中有頗牧：「軍中」，明詩綜卷四十作「轅門」。

墨竹題贈楊夢羽

子雲百世士，至性避囂紛。檢篋留玄草，開軒對此君。琴書晴自潤，風雨静疑聞。佇看庭階下，時應起鳳群。

鴈

漂泊塞鴻孤，回翔萬里途。聲寒沉鼓角，夢遠到江湖。朋侶予方念，風霜爾亦紆。上林傳羽獵，一札寄清都。

上谷秋興三首

斧鉞臨荒寒，關河屬暮秋。雲黄遥鴈滅，月黑暗螢流。烽火無傳箭，烟塵杳上楼。平生弧矢志，功豈在封侯？

二

曾聞班定遠，更數霍嫖姚。虎穴收功駿，龍庭轉戰遥。歌傳青海曲，捷報紫宸朝。今日韚門將，誰能奪虜標？

三

笳逐黄沙起，鵰盤白草飛。虜驕氈作帳，戍苦鐵爲衣。戰骨多應朽，遊魂遠未歸。邊城雲晝合，寒日淡無輝。

憶書

風塵殊未定，三月杳音書。雲塞堪傳鴈，霜臺不受魚。頻搔雙鬢短，獨對一燈疏。祇有盈觴酒，煩紓暫慰予。

梅夢紀徵

宛宛梅花瓣，連枝掌上生。清香浮夜夢，春色滿邊城。詎是調羹手，方懷種玉情。因將三弄曲，先寄七弦聲。

星見

星見常當午，今年與昨年。舜齊惟斡斗，楚問欲呼天。彗尾纔西滅，旄頭尚北懸。聖朝多感格，倘見五珠聯。

桑乾河

杳杳桑乾水，霜沉宿霧收。瞻言去馬邑，何日過盧溝？雄撼關雲動，清涵塞月流。巡行今幾度？回首亦并州。

八月十二日

去歲當今日，生孫喜上京。秋風吹使節，彌月向關城。鑄鑑嘗徵夢，探環擬解行。昆吾古臺畔，世業是書聲。

中秋雲中對月

此夜燕山月，孤城亦自圓。桂宮曾一上，兔杵似今懸。明逼銀河淺，清分玉女妍。金尊休借問，正照漢營前。

彭城謾興五首

風塵重攬轡，驛路暫維舟。遠道通南服，雄圖屬上游。青山還抱郭，濁浪欲吞樓。龍戰今常定，鷗鷺謾未休。

二

寶劍曾留地，烏騅不逝年。楚王元力屈，季札已心懸。古渡沉流水，高城倚斷煙。有懷方伏枕，無寐欲鳴弦。

三

城郭千年在，江山百戰餘。徐君無起日，彭國竟遺墟。鼓角催舟楫，風雲護簡書。經行有詞賦，慨嘆豈離居。

四

山上雲龍望，亭攀放鶴回。禹功鐃斷石，漢業有荒臺。興與幽偏愜，囂緣静不來。雖非謝公賞，詎是景侯哀？

五

九曲通星宿，雙洪跨石梁。懸流噴日月，競渡戒舟航。常擬蛟龍鬭，空憐燕雀翔。無須經灎澦，亦足畏瞿唐。

贈薛西原二首

海内聞吾子，中園獨著書。邅回鳴鳳羽，偃仰卧龍廬。與物心無競，游情日晏如。翛然抱玄覽，聊復賦閒居。

二

種藥圍沙砌，開渠傍石田。相如今謝病，楊子自談玄。遶徑行穿竹，臨池坐采蓮。何年税塵鞅，共結静中緣。

東湖

東湖開泱漭，水色净秋襟。謾引滄洲興，寧如鷗鷺心。客懷閒自適，雲影迥虚沉。雅調徵流水，予將弦素琴。

秋日山亭二首

暑伏將捐扇，凉生頗耐衣。露清銜鶴下，雲白背人飛。元化無停軌，浮生未息機。坐驚華髮改，始覺素心違。

二

臺敞凭軒望，亭虚轉徑通。蟲聲增蟋蟀，樹影散梧桐。嘯豈孫登並，悲應宋玉同。未辭嬰物累，仰愧古人風。

七夕二首

七夕坐澄宇，清風生竹林。靈踪不可見，明月迴西沉。〔一〕感嘆情何極，徘徊夜易深。迢迢一水上，又是隔年心。

二

荷風香冉冉，花露湛微微。期是雙星會，行應幾日歸？相逢還問夢，未別已沾衣。是夕明河下，偏驚烏鵲飛。〔二〕

冶父寺

寺僻沿谿入，堂虚歷磴遊。人天分上界，佛日麗中秋。雙劍今何在？千金不可求。驍騰想俠客，揮霍動諸侯。

〔一〕明月迴西沉：「迴」，三巡集稿作「向」。

〔二〕「相逢還問夢」至「偏驚烏鵲飛」：此四句，三巡集稿作：「明河天外落，烏鵲月中飛。正自牽懷抱，寧須問是非。」

居巢中秋對月

往歲榆城月，今年湖上看。分明映丹桂，彷彿辨青鸞。水闊龍虚抱，林疏鵲未安。碧空雲盡捲，高照海天寒。

包城寺十六夜對月

龍象沉金色，蟾蜍吐玉輝。關山一葉下，客路片雲飛。桂似南枝減，〔一〕潮應汐勢非。無增須究竟，返照可皈依。

過香泉寺

天地調真息，陰陽會秘符。温泉留此地，暘谷到江湖。鑑影清沉璧，翻瀾細迸珠。紺雲蒸夜氣，甘露滿浮屠。

〔一〕桂似南枝減：「桂」，底本刓缺。據三巡集稿補。

登隋故城觀音閣柬徐芝南侍御

東幸無歸日，離宫秋草生。今登雲閣望，返照海霞晴。池曲纔通水，臺高尚倚城。斷橋明月夜，何處聽歌聲？

過瓊花觀

仙館開高宴，名花失故枝。芳華欣賞處，薜石半縈絲。錦纜無消息，雲屏杳夢思。醉游須盡日，摇落況當時。

熙武堂簡呈柳泉中丞

軍壘虚秋苑，賓筵敞暮天。風塵净寰海，露布到甘泉。清酌懸燈下，玄談促席前。三軍同燕息，莫咏出車篇。

冬日送王秋曹赴太平

比部南行日，天寒雪欲飛。笙歌開祖席，旌節引征衣。木落江流穩，潮平浦樹稀。光塵違屢會，相望獨依依。

獨山書院奉飲柳泉中丞

枉駕攀熊軾，懸燈啓象尊。化行鍾子國，秋入楚山村。殘菊黄金暗，雕盤白玉温。瑶琴在東序，流羽謝雍門。

梅岡晚隱壽徐封君

冰雪西湖上，丰神東閣邊。臨風拚勝賞，到處入春弦。臭味元相似，棲遲豈獨偏。春來有繁實，已薦御羹筵。

冬日同涂水部良翰登文遊臺，臺以蘇子瞻、王定國、孫莘老、秦少游嘗游得名

淮海高城畔，登臨霽色開。異時懷四子，落日對孤臺。霜氣催貂服，湖光隱玉杯。相逢蒼水使，何謝古人才。

清江道院簡諸同遊二首

亭幽棲鶴羽，水曲隔人家。雲引風生葉，霜凝露作花。爲尋玄圃客，共卧赤城霞。歸徑疏林畔，西南見月華。

二

苔合碁存局，池深竹覆亭。聽琴凭月宇，移燭近雲屏。鼎内金花紫，階前瑶草青。相攜恣遊賞，莫謾擬流萍。

鶴臺

嚴切棲烏地，飄蕭鶴一群。坐深明月下，清唳向風聞。頂麗丹砂貯，衣輕皓雪分。自憐仙化羽，日望故山雲。

園竹

淇澳懷虚遠，瀟湘望轉勞。清陰消暑氣，爽籟滿庭皐。籜覆龍鱗細，枝摇鳳尾高。王猷休徑入，俗客擬粗豪。

瓶梅

宮蕋含瓊蕚，仙姝遲鏡粧。一枝移貯水，虛閣迴生香。摇落繁霜候，葳蕤疊雪芳。歲華雖晚殿，春色已孤揚。

盆山

一簣伊誰覆，群峰儼並横。轉看巊岫上，疑有水雲生。子晉吹笙坐，麻姑跨鶴行。逍遥展弦帙，恍惚對嵩衡。

三月四日子房山閣對雪二首

高閣凭欄望，[一]岧嶤接故豐。徑當芳草入，雪復暮雲同。帶雨迷黄石，廻風掩赤松。[二]筵

[一] 高閣凭欄望：此句，三巡集稿作「覽眺臨虛閣」。
[二] 廻風掩赤松：「掩」，三巡集稿作「亂」。

前春色在，瓶杏一枝紅。

二

風色侵華蓋，巑容換紫芝。詎知白雪興，〔一〕翻與晚春期。山失成龍氣，臺移戲馬時。倘非近雩醉，客鬢旋生絲。

漂母祠

楚市多豪俠，王孫誰爲哀？千金能報母，大將况登臺。古塚侵沙没，荒祠向水開。往來負劍客，瞻望幾遲廻。

歌風臺

楚澤斷蛇去，秦原逐鹿過。重來湯沐邑，醉唱大風歌。世遠翠華杳，秋深芳草多。浮雲暮不止，悵望意如何？

〔一〕詎知白雪興：「詎知」，三巡集稿作「可憐」。

濟上聞仲兄訃對張兄〔一〕

隔歲家空憶，歸途爾爲攜。解顔纔一笑，灑淚却雙啼。棣萼霜何苦，鴒原日易低。非君能逆遠，誰慰濟州西？

扈駕回次沙河李園宴集

静與春芳適，閑耽野興賒。移尊仍藉艸，攲帽故依花。暫遠鳴鑾地，初旋傍斗槎。星輝摇不定，醉眼即吾家。

湖上

龍艦移中苑，霓旌接御堤。總看春色麗，却在帝城西。鷗白輕相逐，蒲青弱未齊。昆明殊漢武，疏鑿到蒸黎。

〔一〕濟上聞仲兄訃對張兄：此題，三巡集稿作「姊丈張端儀逆余濟上始聞仲兄訃音」。

宣武門左宴集和答許廷議

直閣臨初夏，開筵集二難。花叢移促席，瓜蔓轉欹冠。纖月當尊小，明河覆座寬。追隨奮鵬羽，向笑一枝安。

井陘道中雨行

迢遞經恒野，崎嶇薄井陘。晚風吹雨過，山色入雲青。車路愁方軌，旗亭可建瓴。太行真地險，擬勒北山銘。

韓信廟

帶礪山河在，風雨世代移。〔一〕淒涼烹狗語，飄渺□□□。〔二〕日慘煙常合，林深響易悲。空山陰雨夕，疑復見旌旗。

〔一〕風雨世代移：「雨」，三巡集稿作「雲」。

〔二〕淒涼烹狗語飄渺□□□：此二句，三巡集稿作：「懸車憐故壘，駐馬弔荒祠。」

重陽次日宴河汾書院二首

周雅稱多士，河汾簡衆材。籍聯桂枝占，尊接菊花開。晴日移歌席，輕雲覆講臺。所歡文運協，非復重卿盃。

二

文字秋仍飲，笙歌暮謾傳。佳辰元昨日，雅會亦前年。絳帳筵相映，黄花燭並懸。宛然分鴈序，珍重鹿鳴篇。

黄葉

黄葉那堪掃，蕭蕭山木疏。旅遊值摇落，燕坐杳愁予。風急驚龍管，雲長滯鴈書。但憐秋日好，適意負暄餘。

寄戴屏石

戴聖耽經術，遺文究萬篇。轉簪瞻魏闕，攬轡下秦川。舊著金沙賦，今歌玉井蓮。盈盈間一水，北斗思空懸。

寄李憲副五瑞

重會京華日，只今三載餘。相逢謾杯酒，一别滯音書。杜曲花迎旆，周原鳳引車。揮毫多麗藻，肯讓漢相如？

十月望日貢院武試對月

舊眺樓仍直，重來月倍明。清華帶霜雪，寒色滿山城。獵擬長楊賦，屯非細柳營。中天懸寶鏡，文陣正縱横。

松子嶺

松嶺度寒曛，真穿虎豹群。太行窮地紀，上黨拂天文。千里中原隘，三河下界分。雙旌颭飛鳥，縹緲入層雲。

曉發沁陽

歲暮亦云已，驅馳方自今。無朋孤燭夜，多事萬方心。積雪緣山嶠，橫煙隔浦林。迢遥仍獨往，寒色滿塵襟。

紫崮

驅車紫崮下，崮色换征衣。寒水虚相映，朝霞晴與飛。仙芝須細辯，靈鳥故常依。似入天台路，脩梁度采薇。

迎春日作

明星猶燦夜，彩杖忽分春。迢遞皇華使，蹉跎滄海身。鄉心偏繫客，書信不逢人。婉孌青陽色，相撩謾太頻。

長平驛

賈魯名空著，公衙變故莊。松聲虚振閣，山色冷侵牆。畫戟今零落，瑶琴亦杳茫。年年雙燕子，依舊傍雕梁。

自聞喜至夏縣

三晉驅車遍，迢遥汾水東。朝經虞舜井，暮過禹王宫。柳色當春變，山形與舊同。願言歌蟋蟀，千載見唐風。

同何瑞山登海光樓用壁間韻

隔歲相逢處，高樓並倚時。池花翻白玉，盤菜饌青絲。才笑今逾拙，心憐舊總癡。春杯須醉把，明日有離思。

望王官谷

未入王官谷，空懸處士棲。山川亂春草，巖穴阻丹梯。靈境臨岐杳，仙源入望迷。曾聞碧泉水，常掛草堂西。

河東道中

蒲坂水仍抱，首陽山故連。重華不可見，孤竹轉堪憐。暖色薰楊柳，春聲换杜鵑。河流日滚滚，萬丈禹門前。

春雨二首

河上榮光散，却看春雨來。輕雲忽自裊，尊酒爲誰開？物色寒猶斂，鄉心静轉摧。忍將萬里眼，更上九層臺。

二

縹緲凌晨亂，蕭條向夜聞。燈花青共落，壺漏杳難分。怨調流商軫，離思入楚雲。但添芳草色，轉散碧鑪薰。

后土祠

春雨汾陰道，秋風漢帝辭。蛟螭上苔蘚，龍隼失旍旗。雲薄虚沉水，煙寒静裊絲。佳人今不見，感慨亦當時。

龍門四首

太乙盤元氣，洪流遏鯀功。天吴常九首，星野一孤蓬。山斷懸河下，源分積石東。至今歌禹德，明祀萬方同。

二

細草連秦甸，輕湍瀉晉沙。痕圓上楊柳，浪疊沸桃花。玉女支機石，靈源傍斗槎。擬隨張博望，啣尾櫂青霞。

三

星海通銀漢，天津隔玉門。幾時離西域，九折下中原。日月互流轉，煙雲紛吐吞。眼看雙赤鯉，龍化到崑崙。

四

殿古盤蒼檜，樓高接絳霄。險疑巫峽水，喧似浙江潮。鳳鳥吹笙引，馮夷擊鼓招。漢京如可見，雙闕鬱岧嶤。

途中逢景蒲津楊舜原贈言二首

弭節邀楊綰，兼程候景差。人皆欽雅度，我久避詞華。負弩經枌社，開尊及杏花。懸知蒲坂側，雙繫木蘭槎。

二

西楚多名郡，南徐舊帝都。一江雙建鉞，千里各懸符。匡嶽風生樹，維揚玉映湖。聞君本中表，並美見雄圖。

冷泉關寺二首〔一〕

寺古棲靈石，關高度冷泉。可知性火在，不向客心然。〔二〕石檻朱欄繞，銀瓶素綆牽。相如多肺病，暫借上方眠。〔三〕

二

最愛寒泉水，〔四〕常依老衲家。湛雲沉貝葉，蒸露浥金沙。倦倚祇園樹，〔五〕清餐乳竇花。六塵應盡洗，去駕白牛車。

柳絮

飄颻楊白花，客路惜春華。醉憶吴姬館，吟憐謝女家。帶泥依燕壘，傍嶼占鷗沙。莫作浮

〔一〕冷泉關寺二首：「二首」二字底本無，依全書通例補。

〔二〕可知性火在不向客心然：此二句，三巡集稿作：「謾憐寒沁齒，已慰渴垂涎。」

〔三〕暫借上方眠：「暫」，三巡集稿作「欲」。

〔四〕最愛寒泉水：「最」，三巡集稿作「可」。

〔五〕倦倚祇園樹：「祇」，底本作「祗」。三巡集稿同。皆形近而訛，徑改。印案：「祇園」爲「祇樹給孤獨園」之省稱，是釋迦牟尼在舍衛國説法時與僧衆的住所，佛教典籍作「祇」，不作「祗」。

萍草，東西趁水斜。

寄答王巖潭

巷接勞相訪，途長思獨牽。殞星余燕石，切玉爾龍泉。宦達重遷秩，書回又隔年。西征多贈略，時拂繞朝鞭。

五日晉苑泛舟

蒲艾浄蒼蒼，南風引晝長。筵臨華日敞，樹曳錦雲凉。樓閣廻宫陌，笙歌接苑牆。凌波喧葆吹，彩鷁宛中央。

婁煩寺

仲夏婁煩寺，風光宛似秋。地偏連朔野，形勝是并州。山鳥鳴笙墮，池龍洗鉢收。昨宵有雷雨，雲氣濕鍾樓。

雨後看山柬許户曹

暮雨散無迹，南山倚座端。層霄開疊巘，幽賞見千盤。潤色青堪把，清華秀可餐。巍巍伯牙志，一曲爲君彈。

立秋

夜半西風入，凉雲滿晉樓。蟬聲帶秋響，螢火傍宵流。已抱張翰興，能禁宋玉愁。年華浪抛擲，歸思繞滄洲。

雨後中秋對月

孤城今夜月，秋色净金波。寒引關山闊，清懸砧杵多。桂蒼高下葉，榆白細横柯。戎馬無傳箭，予堪達曙歌。

過陶村

雲卧北窗上，瑶琴止一弦。孤松獨撫處，五柳自成篇。人是羲皇世，編存甲子年。脱巾時漉酒，但醉菊花前。

開先寺

雙樹臺池在，三車兵燹餘。山開猶梵榜，泉繞自僧居。雲裏尋瑶草，苔前認石書。無須增轉語，法界本空虚。

乘月江行夜泊白沙驛

春江去不極，朗月亦東流。虚白涵天地，清寒犯斗牛。水精擎璧獻，龍女弄珠游。杳杳滄洲夜，悠然見驛樓。

吉州至日二首

日御廻黄道，星槎近赤方。履長頻作客，憶遠罷升堂。淑氣浮寒水，丹霞啓夕陽。梅花消息好，開擬嶺雲傍。

二

暖律吹葭管，清歌動竹枝。向離經楚域，建子對周時。途遠隨雙劍，形勞問五芝。塵踪成獨往，陽長慰吾私。

渡十八灘二首

亂流日南度，逆浪泛風沙。舟轉江浮葉，灘洄石激花。十年曾日下，萬里復天涯。頗覺南中勝，還憐奉使槎。

二

舟檝緣灘瀨，川原紀驛亭。一江贛水緑，兩岸楚峰青。博望通夷嶠，君平認客星。支機石應近，五色動虚溟。

夜泊石潭寺

石潭深不極，靈刹晚相依。明月中湖滿，浮雲遠樹微。已逢鳴磬侶，真傍釣魚磯。留滯江南客，歸心向此飛。

穀原詩集卷之三下

五言律詩

瑞州迎春日作

春日簇春盤，青回細菜看。宦踪真作客，文印濫登壇。旋覺琴音潤，仍憐劍氣寒。還因曝背意，極目向長安。

候館見梅漫興

素質耽幽壑，鉛華謝豔姿。襟期誰汝共？况味爾吾師。玉篴何相妒，瑶琴已受知。臨風三嗅立，車馬故移時。

渡鄱湖二首

南紀緣江介，重湖蘊地靈。十洲連貝闕，萬寶秘金庭。天勢圍同碧，雲容漾轉青。辛勤懷四載，飄泊寄孤舲。

二

氣薄衡廬潤，波涵翼軫摇。三江同貢賦，九派異風潮。似接秦皇島，應連漢武橋。石華如可拾，乘月坐吹簫。

别館即事呈寮友諸公二首

晴旭苦炎暄，塵編坐自翻。蟬聲切雲響，螢火並星繁。睠此幽深館，寧忘慷慨言。□尋想仙侣，咫尺阻華軒。

二

柏署鳴驄迹，篁留飛鳳吟。謬言司校閱，暫爾寓登臨。竊抱遺珠嘆，常懷獻玉心。地偏芳草合，披拂有朱琴。

昭聖皇太后挽章二首

慈極空遺誥，僊輿去不還。千官臨内殿，萬姓哭深山。雉扇秋新掩，龍髯歲久攀。併將江上淚，霑灑泰陵間。

二

先帝留弓劍，千秋傷若何？竟違西内養，還葬北山阿。〔一〕玉殿涵霜露，玄宫㒵薜蘿。兩朝侍臣在，哭向白雲多。

滕閣宴别徐芝南少參

山城日欲下，高閣暮雲懸。水細分江杳，沙深隱樹偏。暝隨漁火入，寒與鴈聲傳。多少凭欄興，翻增離思牽。

〔一〕還葬北山阿：「山」字，皇明詩選卷八作「田」。

九日薛樓覽眺却以事阻開尊有作

樓上城秋迥，佳辰興不違。江聲深入座，雲氣近浮衣。醒眼花饒笑，歸心鴈背飛。長歌太無那，木葉向人稀。

武陽道中

短劍拂霜華，褰帷道轉賒。絶流度殘月，啓曙辯平沙。日色翻鴉杳，江津帶鴈斜。鷄嘑蒼竹裏，知是幾人家？

辛丑元日對雨二首

南國春城暗，朝來見雨飛。頌花寒不減，歌鳳意多違。漸覺容顏改，常憐書信稀。百年今已半，猶自不知非。

二

江雨鳴還止，江雲低復斜。應風先茁草，融雪不成花。謾惜淹官序，寧知閲歲華。炎蒸襲水土，天地可爲家。

立春日弋陽邸内試燈

霽景散風塵，春回物候新。雲疑寒釀雨，月解晚隨人。彩杖迎陽淺，纖歌度夜頻。憐予太潦倒，三對試燈辰。

元宵對雪

風雪夜漫漫，江城燈火寒。自添黄竹興，誰醮紫姑壇？雲幕懸瑶瑟，星橋倚玉鞍。狂歌今且醉，凄斷夢長安。

李進士子安使滇蜀還，雨中過訪，上藍寺留飲，同兩熊貢士覽詠贈言二首

細雨濕金沙，禪房一徑斜。喜逢天北使，近轉日南車。蜀國蠶叢路，滇池博望槎。聞君話形勝，雲灑送流霞。

二

閒適真如境，虚空不礙心。雲來還弄影，風會各成音。花氣侵簾細，鑪煙佐酒深。瑶篇慰流覽，暝色下高林。

七夕

鵲橋歸竟夜，牛渚别經年。轉覺銀河遠，翻憎玉貌妍。霓裳渡窈窕，雲路杳風煙。扶木瑶華曙，傷心秋水邊。

再入東林寺同陶、廖、羅三子

散步臨流水，披襟送落暉。重來亦偶到，一笑已忘歸。雲白棲龍象，苔蒼染衲衣。無生如可學，願采北山薇。

登滕王閣四首

高閣俯微茫，凭欄覽四荒。浦雲棲畫栱，山月落雕梁。尊底牙檣集，天中羽蓋張。逡巡揺彩筆，雄藻謝三王。

二

倚檻悲塵界，停杯起浩歌。淳風散墟里，斜日下山阿。鴈去天邊盡，煙浮水上多。登臨偏送客，更奈别愁何。

三

杳杳餘霞落，盈盈返照孤。天疑浮遠樹，沙信斷平蕪。曠覽非詞客，狂歌詎酒徒？行藏君莫問，踪迹半江湖。

四

坐久澹無慮，悠然片月生。疏星雜漁火，繁露濕江城。向夕横燕望，今宵習楚聲。因憐竹枝好，翻作豫章行。

晚宿豐安莊寺

紫衲幾僧在，蒼苔雙樹陰。晚來重問訊，寒色正蕭森。日落梵煙暝，風飄林葉深。懸燈對虛寂，禪榻夜沉沉。

宣威堂避暑簡方益齋閫帥

幕府絶囂紛，相將坐夕曛。葛纖疑灑雪，花爛欲蒸雲。寶纛分棋局，瑶琴引劍文。言懷舞雩興，共訪右將軍。

送楊胥江僉憲考績北上三首[一]

久客懷歸路，離筵鴈復鳴。愁心若江水，日夜亦東征。雲引吴天杳，波涵楚樹明。把杯無限意，併入櫂歌聲。

〔一〕送楊胥江僉憲考績北上三首：「績」底本作「續」。印案：「考續」不詞，形近而訛，徑改。

二

一別含香省，憐君報政過。跂予滯江漢，經歲望星河。興入滄浪遠，愁添白髮多。如隨鄜時祀，好寄泰壇歌。

三

迢遞閶門路，逶迤星紀周。有懷頻入夢，新思澹生秋。野曠胥臺出，風恬震澤流。知君幾載酒，深渡百花洲。

贈答一山王孫

大雅希聲久，斯文諒在茲。洽聞吴季札，麗藻魏陳思。白玉擒唫管，黄金裊樹枝。陽春如有作，應寄郢中詞。

用韻答王生汝敬

稍轉竟誰料，無營默自誇。猶堪如尹鐸，不是去長沙。瑚璉懷宗器，風塵傍鼓笳。千年龍劍氣，重見識張華。

五臺山行雜興四首

群山紛迤邐，先上最高臺。三百六十寺，沿廻相向開。鐘聲鶯並轉，塔影月初來。重以風塵念，幽懷不可裁。

二

春事餘多少，兹行亦壯遊。五郎溝自斷，七寶樹常留。風力因山勁，谿聲帶雪流。棧門窺法藏，深閉水西頭。

三

危石倚清凉，紅塵隔上方。山深春草短，禪定幻形忘。雲葉開金象，天花獻寶坊。世人那可住，浩劫本空王。

四

竹林凭險絶，山木澮清華。抱膝無穿草，翻經有墜花。春雲流石洞，夜雨濕金沙。塵想翛然盡，歸依大士家。

春暮即事

多事日經營，風塵白髮生。一參行省政，三入代州城。青草寒猶短，浮雲晚故平。中宵雄劍動，慷慨起孤征。

塞下曲四首

烽火照雲中，分兵下大同。材官六郡長，劍客五原雄。笛弄關山月，旗翻瀚海風。向來弧矢志，不負遠臨戎。

二

萬里會兵符，將軍捋虎鬚。關高臨倒馬，谷隘指飛狐。河外三城戍，山前八陣圖。照天傳炮火，刻日破東胡。

三

邊地柳條新，征人淚滿巾。封侯非骨象，出塞任風塵。繡甲擐三屬，琱弓挽六鈞。還看馳露布，一夜達楓宸。

四

八月已飛霜，雲寒古戰場。秦城高關塞，漢受左賢王。獵火分營壘，鐃歌入帝鄉。笛中楊柳曲，哀怨減伊涼。

塞城七夕

共乞穿鍼夕，誰憐倚杼心？流霞催結帶，零露助沾襟。關塞孤城迥，星河此夜陰。迢迢天漢上，亦有白頭吟。

寄李武川憲使

十年君不見，相對塞城秋。再拜移時語，重來竟日留。秦官曾柱史，漢制亦諸侯。無使班都護，專聲瀚海頭。

晚坐

萬木蕭蕭裹，庭陰夕漸收。雀喧偏傍晚，鴈度已驚秋。落日秦城外，悲笳瀚海頭。明珠懷好在，肯暗向人投？

曉行

戒曉雙旌孃，〔一〕雞聲動塞城。貝裝方結束，劍氣早縱横。霜雜輕塵滿，煙浮遠樹平。寄言遊俠者，不是少年行。

〔一〕戒曉雙旌孃：「孃」，皇明詩選卷八作「發」。

塞上病懷

拊劍歌初罷，攤書枕並支。夢多心緒亂，役久歲華移。嬾慢詩無草，衰遲鬢有絲。中山叢桂樹，又負白雲期。

大井溝簡答張南墅年兄

邂逅邊隅晚，蕭條霜露侵。戰塵行處少，落木坐來深。諸將防秋地，孤郵薄暮心。殷勤一尊酒，須伴爾同斟。

春日忻口道中

迤邐關南道，春征尚苦寒。連天沙漠漠，落日雪漫漫。風色催貂暗，星文拭劍看。年來頻道路，總是爲樓蘭。

崞縣春夜卧雪

關雲不作雨，飛雪滿重城。烽火何時定，功名爲爾輕。韶華侵早艷，夜色度虚明。卧想中園草，池塘幾處生？

鴈門送常少參赴河南二首

邊城楊柳樹，折贈奈春何？草短含沙淺，雲黄近塞多。把杯殊造次，立馬各蹉跎。京洛繁華地，何時許並過？

二

欲去梁園客，追隨幾度春。出車新戰壘，避馬舊行塵。虜騎憑陵地，河橋悵别辰。共思談劍侶，好訪抱關人。

立秋日初度

百歲懸弧日，孤城量服時。玄龍不可繫，白帝豈予期。寒入元關塞，衰從已鬢絲。將憑歸鴈翼，好寄出車詩。

邊報訊諸將

次第雲州信，憑陵胡騎秋。風聲上羽檄，星彩指旄頭。虎竹符曾剖，龍沙地可收。乘時諸將士，唾手取封侯。

謝南池李僕卿惠扇

蜀箑傳迢遞，輕鮮錦不如。風隨雲葉卷，星傍月華舒。幽興流班賦，閒情想晉書。只今相贈意，珍重比雙魚。

落葉二首

山木蘀寒宵，年華迴莫招。虬形驚盡瘦，鶴夢醒無聊。繞砌隨風走，敲簾學雨飄。古來秋興客，楚賦最蕭條。

二

自是衰榮理，休憐摇落時。嘑猨深尚怯，宿鳥近須疑。地切清陰減，天高朔氣吹。上林珠樹好，却有萬年枝。

榆關十六夜對月簡諸同遊

既望城頭月，清光似昔圓。杵遲懸不下，輪側望疑偏。醉眼關山上，高樓霜露邊。無端横吹起，客思各悽然。

乍醒

乍醒廻更柝，新寒擁芰荷。啼鷄隔巷杳，諠雀傍簷多。卧想猶殘夢，行唫謾短歌。西樓月半没，曙色逼星河。

不寐

不寐應誰語？多懷轉自嗔。霜憐偏耐客，月妒巧窺人。莊舃孤唫夜，張衡四望辰。明朝清鏡裏，白髮幾莖新。

獨酌口號

兀坐謾招噱，東鄰麴大夫。醉鄉先世業，繡佛舊門徒。曾識春風面，同傾夜月壺。陶然形迹遠，歸臥影相扶。

湯媪

嬾賦班姬扇，寧當卓氏壚。熱中原不妒，履下可能汙。召屢承温旨，休應假沐符。雖當專夕地，無媿妾羅敷。

竹姬

冰簟宵征薦，瑶琴雅御同。肌膚誰秀潤？性格爾玲瓏。夢轉芸窗月，凉生蕙帳風。向憐隨帝子，灑淚楚江東。

覽王摩詰山水圖

善畫憐摩詰，清遊對輞川。毫端雲氣嬝，壁上水聲懸。北斗城應近，南山路轉連。菱歌時按拍，定有曲江船。

關巡雜詠十首

攬轡沿邊郡，川原暑氣深。前驅分負弩，諸將總如林。斜日招摇麗，高雲巘嶼陰。出車聞六月，賦詠豈于今？

二

團扇摇輕羽，綸巾岸帛紗。人非諸葛侶，鄉是子龍家。車賦催頻劇，關河度轉賒。雙旌報飛將，馳騎背人斜。

三

靈曜西飛急，昔賢安在哉！水環燕社去，山對趙宫開。白玉增新市，黄金圮舊臺。悲歌問遺俗，頗牧倘歸來？

四

玉帛趨群望，冠儀儼上公。地形幽薊迴，祀典岱嵩同。飛石誣虞制，崇壇表宋功。肅瞻憶雲朔，氣勢本來通。

五

倒馬關逾峻，盤紆度險艱。諸峰廻巀嶪，亂水瀉潺湲。戍古凭巖立，垣長接塞還。宋臣遺迹在，插石箭痕斑。

六

迢遞浮圖峪，飛狐險至今。千巘盤地軸，一徑入雲岑。石墮晴雷轉，林深午日陰。尚聞戎馬黠，比歲此侵尋。

七

斜日四山暝，奔雲萬馬過。雷聲吒鼙鼓，雨勢走江河。懸壁翻濤下，連峰亂靄多。將軍依大樹，沾灑把琱戈。

八

荆蔓緣山僻，松花滿目鮮。當關憐鎖鑰，曳屐賸攀緣。日下東瞻近，雲中西望偏。控弦諸將士，敵愾異它年。

九

晚叱龍泉馭，宵期鷲嶺棲。徑真穿虎豹，旌忽裊雲霓。燈火燃愁燼，風雷去不迷。誰憐習池侶，醉唱白䩨䩦。

十

黍稌連阡陌，占年慰此遊。麥風迎蓋拂，槐雨抱簷流。夜氣消殘暑，邊聲静早秋。論功應有日，先拜富民侯。

寄陳澹泉二首

弱冠心相契，百年金石期。君身常似鶴，余髩亦成絲。秋雨聯牀夕，晨星把臂時。最憐東省宴，同聽鹿鳴詩。

二

襟抱原瀟灑，行藏亦孝廉。誰言陳仲子，却似晉陶潛。業有遺經續，官無贉産添。相逢對春酒，良夜坐厭厭。

中秋晚陰既而見月二首

今夕關城月，誰排閶闔雲？清光忽半墮，秋色正平分。虚鑒河山影，寒侵星斗文。坐看丹桂樹，風送細香聞。

二

徙倚瞻瑶闕，葳蕤風露微。氣深螢自伏，輪滿兔初肥。白帝遵商陸，青娥御羽衣。明河清更淺，携手可同歸。

完縣有作

壯哉非昔縣，遺迹儼仍留。十月燕霜落，千秋唐水流。伊耆猶表氏，曲逆故封侯。試訪門前轍，誰多長者儔？

再經唐河

沙岸浩如銀，重來杳未真。灘洄分燕尾，洲起散龍鱗。衰草寒煙外，疏林野水濱。堯封已千載，遺俗至今淳。

贈龔性之還鎮江

春伴朝正客，飄飄下紫雲。專城猶暫借，雙闕更遥分。政美流吴詠，騷深逼楚文。他鄉清夜酌，契闊此逢君。

讀史感懷三首

鑒往悲陳迹，千年似匪遥。事機牽制失，氣勢坐談銷。大典須前憲，彌文豈后標。翻憐賈生淚，自灑漢文朝。

二

議激疑忠憤，機深似老成。厲階休作梗，直道未終傾。讜論東京重，清談西晉輕。静言懷邃古，哲士有遺榮。

三

言念龍驤士，殊存豹隱姿。宣尼回晉日，李耳去秦時。殷著三風誡，周歌十月詩。迢迢江漢上，亦有鹿門期。

故關覽眺

故關望不極，懸戍入雲躋。六月邊聲迥，層城暑氣凄。屏燕新鎖鑰，通晉舊輪蹄。珍重增兵意，承平乍鼓鼙。

寄答劉白石

相會愜良晤，分攜望轉賒。已憐才冠世，况是賦成家。暑伏秋蟬響，雲回晚電斜。想同襟抱在，側憶幾烏紗。

贈別許嵩洛

雅談殊不猒，飛旆杳難攀，誰念周南客，言辭漢闕間。秋風吹劍珮，白露滿河關。想慰東人望，遥從濮水還。

寄近山傅侍御

闊別時何易，還吹閶闔風。蒼鷹方厲節，驄馬正行空。宛轉叢臺北，迢遥漳水東。停雲日在眼，音翰若爲通。

寄趙龍巖

海上報書來，朝天使未回。轉因瞻闕意，翻重倚廬哀。淚盡摧秋草，心傷到夜臺。應知遺訓在，萬里强須裁。

萬壽聖節易州有作

玄鳥降祥期，蒼龍望闕時。東朝方視膳，北斗永爲巵。録獻千秋鑑，歌稱萬壽詩。小臣行役處，瞻拜極恩私。

寄萬青之且邀北上

問訊京華路，纔看尺五天。南雲應自送，北斗正同懸。夜氣浮玄嶽，秋雲冷碧田。遲君聽過鴈，莫負菊花前。

中秋簡謝陳、曾二部使

把酒高臺上，青天片月流。予行還幾日，相對復中秋。風笛催羌管，霜砧滿塞州。征人方苦戰，莫照黑山頭。

陳水部招同曾度支山亭宴眺

物候中山異，風濤萬樹鳴。招隨蒼水使，來聽碧泉聲。川上秋雲薄，林端晚照明。還邀曾計府，崖石共題名。

自成晉歷九原、原平、崞縣雨不絶

關河曠所之，塵路苦驅馳。何意霓旌度，常疑陰雨期。一方憂旱日，六月出車時。謾擬東山賦，農祥喜在兹。

過甘莊下視鴈代諸山有作

極目川原遍，雙眉紫翠間。水光全貼地，嵐氣半沉山。白鳥雲邊没，青驪樹杪還。伯牙琴興劇，何日乞身閒？

松風

靜坐發清聽，悠然滿北堂。不知聲自起，竟使意難忘。瀟灑横枝下，飄飖偃蓋傍。端居生爽豁，琴瑟杳虚張。

九日玄岡道中遇雪

佳節兼行役，陰陰雨雪期。轉牽竹葉興，况是菊花時。密灑衝南鴈，微凝阻北枝。偏憐秋色裏，點綴鬢如絲。

甘菊

甘菊麗秋光，儷經貯古方。候時殊百草，殿歲絶群芳。細葉含風翠，繁花浥露香。願言日采捋，何謝紫金霜。

寄奉谷少岱兼簡徐子

謝病江城宰，結廬泉水邊。山川憐契闊，音翰慰聯翩。彩筆當年夢，玄文近日傳。自逢徐孺子，高榻解曾懸。

懷寄張南墅

天畔張開府，秋來誰共攜？四愁新賦詠，三捷舊封題。草斷秦關遠，雲連隴樹低。賜環應在眼，心逐夕陽西。

閏九日獨酌

最愛重陽候，仍逢九日天。風高聲萬籟，月閏魄雙弦。赤實猶堪佩，黄花益可憐。歲華成荏苒，獨酌塞城前。

正月晦日雪中過魏侍御

微霰灑春城，飄飄近蓋輕。知時蓂盡落，應候柳初榮。客訪青驄迹，歌停白雪聲。王猷情不淺，逸興坐來生。

寒食二首

節序催寒食，翻憐風雨多。莓苔依砌上，鶯燕背人過。觸目太無賴，羈懷可若何？南山招隱曲，吟望杳煙蘿。

二

它鄉百五候，風雨喚愁生。遥引松楸夢，空深水竹情。煙輕縈碧樹，雲冷結重城。謾折青門柳，徒添白髮明。

三月三日

上巳懷辛巳，傷心失怙年。忍看曲水宴，重感蓼莪篇。百歲徒終慕，三春秖自憐。此時瞻故國，寸草亦悽然。

宿阻胡堡

覽勝非今日，窮探更此遊。晚陰沉瀚海，朔氣薄雲州。烽斷千山夕，槎迴八月秋。有人占紫氣，今夜斗邊浮。

宿威胡堡

星倚天街北，地連河水東。悲笳催蟋蟀，長劍拂崆峒。樓櫓黄雲合，關山白露通。叮嚀問諸將，挾纊倘相同。

雙溝墩晚眺

草木當摇落，山川望杳哉！地形偏北下，斗柄直西廻。列戍浮雲外，雙溝斷磧隈。登臨堪歷數，今上最高臺。

丫角山

膏沐凋風色，雙鬟倚暮天。飛蓬搔首日，化石望夫年。梳月釵飄燕，盤雲髻拂蟬。自傷秋水影，心落玉臺前。

紫騮馬

瑪勒赤茸鞦，彎弓控紫騮。嘶風沙苑夕，奔電柳營秋。脯抹臨天厩，床登近御溝。由來龍種異，須向大宛求。

寶劍行

寶劍礪干將，韜衣玉貝裝。白虹宵貫斗，紫電曉含霜。五色呈秦客，三金獻越王。鹿盧須自把，庶以備非常。

河汾書院招飲簡翠巖道長

千古河汾地，笙歌金石流。招隨驄馬使，共醉碧瓊甌。月影移東閣，鐘聲起北樓。不辭歸路晚，迢遞話防秋。

冬日晉王燕喜内殿，殊煖，花果敷垂。黄侍御辭，將出按，因同賦詩二首〔一〕

别殿笙歌奏，華筵煖似春。清尊隨帝子，寒日儷花神。地近牽牛渚，期逢鳴鳳辰。玉驄有

〔一〕因同賦詩二首：「二首」二字底本無，依全書通例補。

遠道，把袂共逡巡。

二

摇落玄陰候，離宫珠樹開。天潢連太乙，地脉接蓬萊。賓洽談碁並，杯深投矢催。梁園堪獻賦，積雪尚皚皚。

端居

麗景催韶序，端居玩物華。青回全茁草，香吐欲開花。日晷遲遲上，風旌裊裊斜。坐深聞谷鳥，春滿萬人家。

奉和翠巖食石片魚之作

細愛銀絲膾，香添琬液筵。謾追遊藻詠，欲續化芹篇。鄭校憐真給，荆臣泣早捐。自珍石片小，何羡武陽鮮。

貢院宴集，因談往夢，翠巖有作，次韻以謝

張燈開夕宴，緩帶續春遊。十載掄才地，雙珠報夢秋。龍銜星似貫，鳳吐月如甌。泰運關文運，朱衣諒與謀。

東臺宴敘即事

時平寡紛劇，良晤接春巵。歌度高臺敞，陰凝弱草滋。晚風初撼樹，疏雨忽垂絲。明日東城陌，鶬鶊滿綠枝。

奉送黄翠巖出塞[一]

春草寒猶短，霜旌遠勞軍。行瞻秦塹雪，佇戀晉祠雲。能事須兼武，雄圖雅屬文。鐃歌新入調，候騎日相聞。

[一] 奉送黄翠巖出塞：「奉」，皇明詩選卷八作「贈」。

再上鴈門

宵征一何劇，遠道赴前期。霽雨餘寒色，韶華已暮時。山涵積凍雪，花發向陽枝。路草離離去，塵心有所思。

西岡題贈内姪陳生和甫二首

縱情靡所好，雅志在閑居。禮曹近通籍，芸窗還著書。臨流撫瑶軫，何日赴公車？窈窕西岡上，青山對結廬。

二

伊予尚玄晏，結綬四遐征。兹覩躬耕地，言牽高卧情。任人題鳳字，堪我絆鷗盟。始知巢許輩，脩然塵慮輕。

北城宴送沈都督

城迴臨初夏，攀留共舉杯。鴈門連斥堠，雉堞儼樓臺。地極重關險，風從萬里來。醉歌堪自慰，正倚出群才。

曉渡汾水將赴晉祠告成

簫鼓渡方舟，〔一〕旌旗夾岸浮。山明汾曲曉，雲白晉祠秋。桐葉飄宫井，蘋花薦酒甌。願言崇報祀，不是重遨遊。

太原臺中即事

返照横煙暮，高臺發興頻。輕雲將作雨，殘暑故隨人。座擁新秋色，城依古水濱。晚凉風更起，獨岸小烏巾。

邑中諸大夫邀宴晉溪太傅别墅

懸甕山前路，乘軺雨後來。嘉禾歌萬寶，崇構上孤臺。饌熟香秔入，堂深緑野開。昇平原有象，共醉紫霞杯。

〔一〕簫鼓渡方舟：「簫」，底本作「蕭」。按：清雍正山西通志卷二百二十三收録此詩作「簫」。據改。

望東莊東高憲副

跂望東莊近，幽深似輞川。平田白鷺下，曲徑緑雲連。[一] 避俗林和靖，談經漢服虔。懸車何太早，應戀此林泉。

贈潘春谷少參

潘安千載上，吾子接芳華。白雪今詞客，朱衣舊法家。遊秦方岳重，卧晉歲時賒。擬著閒居賦，無令早鬢花。

贈張南垌度支

改服辭臺史，持籌入計曹。未酬南國志，誰念左司勞？驄馬歸來早，滄洲偃卧高。寥寥張仲蔚，門掩半蓬蒿。

[一] 曲徑緑雲連：「連」，底本刓缺。按：清雍正山西通志卷二百二十三收録此詩作「連」。據補。

贈李西峪僉憲

天王南狩日，宮府備官儀。詎使鳩爲理，翻令鳳見欺。九重違北闕，三徑老東籬。未許排雲叫，空傷貝錦詩。

陪祀永陵

翊聖功常在，遊僊夢未歸。載驚玄燧改，重念紫宮違。露氣悽明殿，鑪煙繞綴衣。鷄鳴今夜月，壇樹迥餘暉。

遊九龍池

池水開丹地，源泉噴九龍。暗浮東澗藻，晴蘸北山峯。日月垂宸翰，風雲護御松。十年臺史日，扈蹕幸相從。

春享陪祀

清廟晨初啓，新陽煖自分。青回東觀草，紅綻北宮雲。禁漏三更徹，僊韶九奏聞。瑞華靄春色，縹緲注鑪薰。

立春日雪

東風吹朔雪，入夜滿長安。忽謾楊花過，飄蕭蕙草殘。燕醪傾自得，郢曲和應難。紫陌春遊客，清輝擁騎鞍。

元夕過隆福寺

精舍依城陌，來遊已昔年。載弘東度偈，曾施内粧錢。清梵流雙樹，名香徹九天。千燈輝自照，夜夜吐青蓮。

省中春日

帷幄陪樞府，韜鈐忝佩刀。上春秦月令，東省夏官曹。麗日遲遲度，晴雲冉冉高。委蛇歌退食，虚薄豈知勞。

送李伯承還新喻

謁帝春風裏，雙鳬回望新。關河通梓里，星斗下楓宸。路繞匡山色，舟横楚水春。金門供奉客，遲爾謫仙人。

送張崇質尹東光

尺五天南路，重經郭隗臺。王畿得茂宰，科目有遺才。地屬滄瀛會，城當驛路開。歲時朝北斗，還引赤鳬來。

送張彦亨令海鹽

綰綬辭燕闕，分符向越城。郎官原應宿，詞客舊知名。岸草過春歇，江雲入夏生。操刀知善割，佇報政聲成。

送劉進士子旭督餉南還

逢君塞垣下，朔風吹鐵衣。言足三軍食，還指大河歸。題柱情多感，籌邊願未違。天王念行役，四牡早騑騑。

送從子守穀令上蔡

爾拜淮西令，余提塞上軍。相逢懸墨綬，不遇嘆青雲。沙擁河流淺，春晴樹色分。行行須努力，爲政好音聞。

冬日過飲外氏贈諸内弟四首

貳室經年外，肩輿載爲過。酒斟新釀滿，菊綴宿枝多。相對情無厭，頻來意若何？寒宵深不寐，五噫謾成歌。

二

衰白非當日，門楣似昔年。鹿車還共挽，鳳管正相連。自是青門叟，休猜陸地僊。朱陳今不忝，契誼況諸賢。

三

爲篤如賓侶，深懷玉鏡臺。乘龍非自許，結駟並歸來。樂奏高筵啓，燈懸舊館開。丈人石不朽，想像幾徘徊。

四

重枉招邀數，相期笑語真。夜深月似畫，歡洽座生春。皓髮堪歸漢，淳風似避秦。願言共來往，常岸老綸巾。

暮春高甥園賞花遇雪二首

草滿芳堤路，名園得賞心。酒從嬌客飲，雪入暮春陰。柳絮飛相雜，梨花坐並深。醉來揮彩筆，先續郢中吟。

二

爛熳荆花樹，初看火欲然。轉隨東郭履，翻詠北風篇。蔡琰還朝日，王嫱出塞年。無須輕傅粉，寒壓錦貂蟬。

送客過北城園

年來覺疏懶，竟日不尋芳。有約邀山簡，隨緣看海棠。地偏苔入徑，歲久樹爲墻，宴坐忘歸路，春郊晝轉長。

東郭賞花

林居幸多暇，又及賞花辰。送酒香浮琖，凭欄春映人。清酣眉乍蹙，紅暈臉初勻。莫厭歌金縷，宫粧朵朵新。

南宅内牡丹

載啓花朝宴，中樓錦瑟張。高才非李白，異品有姚黄。日映疏疏景，風傳冉冉香。言承環膝喜，春在頜孫堂。

初夏恰容園賞芍藥

耽酒那辭酒，留春忽送春。花枝還照眼，茅屋恰容人。徑草侵沙軟，園蔬着雨新。鷦鷯棲止處，亦自遠紅塵。

文陽精舍卷題贈胡弘甫

江上開精舍，飄飄出世情。爾多點也興，予有喟然聲。伐木鶯初囀，研硃露自清。無須慕大隱，霄漢待縱横。

送李連山奉母上京并簡北山符臺

秋水潦方平，迢遥賦北征。鴈來寒氣早，鵲噪晚風清。千里歡承母，三年遂省兄。羨君雙彩袖，對舞鳳凰城。

穀原詩集卷之四上

七言律詩

初入京作

飄飄書劍早辭家，野店山橋緑柳斜。萬里雲程隨計吏，九天春色到京華。香埃高結清都霧，麗日晴熏上苑花。雲裡帝城霞似綺，恍疑銀漢泛靈槎。

送少宰蒲汀李公赴南都

蓋世才華李謫仙，秋風遥上渡江船。持衡早立金陵上，侍草曾臨玉署前。鳷鵲觀高瞻禁月，鳳凰臺古眺江煙。雲霄莫自懷宸極，喉舌行看近御筵。

過天津

孤舟近傍帝城迴，一水常通滄海開。正是暮雲回首處，猶憐春色逐人來。鯨波飄杳摇樓閣，蜃氣分明上敵臺。乘筏謾追尼父嘆，題橋深愧茂陵才。

秋日謾興

拍天潦水未全消，入夜淫霖轉更驕。眼見江湖行陸地，心隨雲漢切宸霄。泥中短草猶争發，檻外長松不自凋。玉露清秋思往昔，那看村落日蕭條。

村居九日寄贈嚴兵憲

三秋霜露感年華，九日風煙奈菊花。地僻但聞木葉下，天空初見鴈行斜。狂惟嗜酒悲元亮，興阻登山憶孟嘉。賴有朱潘惇雅俗，却隨鄉社到人家。

江上望金山寺作

江水浮空煙霧愁，暫停蘭楫依江樓。西浮湘漢來三蜀，東下滄溟散十洲。翠擁芙蓉金露滴，青溼螺殼紺雲留。黿鼉自識山僧語，鵁鶄雙催估客舟。

舟中九日將赴丹陽有作二首

裊裊黄花寒自開，盈盈彩鷁早相催。風光似阻淵明興，霜露空深宋玉哀。北極轉高虚望入，南雲獨往不飛回。天涯佳節悲生事，江上狂歌對酒杯。

木落江清初授衣，感時翻恨未忘機。花枝此日多惆悵，淚眼中州有是非。砧杵疏林秋覺杳，帆檣極浦夜何依？蕭騷蓬鬢愁多少，目送寒雲鴈自飛。

送張石川

朝天萬里上燕臺，苑月宫雲喜再來。叱馭王郎元爲國，援琴曾子尚餘哀。湖邊雨霽沙還靜，江上潮平棹自開。皂蓋暫須隨五馬，青霄會見接三台。

六月六日同陳嘉定、鄭長洲、張將軍宴游司寇白公園亭，歸舟有作，柬謝洛原主人四首

碧嶂丹崖溽暑收，停橈舉屐晚淹留。虚堂錦席飛傳斝，曲徑瑶花裊對樓。菡萏細飄香可

御，薜蘿低結翠疑流。聽歌調笑移光景，新月疏林照客舟。

引泉鑿石開芳園，谷轉溪迴真避喧。池俯千章柟桂直，畹分百畝蕙蘭繁。洞雲凝潤濕生袂，山月流光寒落尊。雅集不知松徑暝，醉聞林鳥群飛翻。

危岩紆陟酒移頻，别館重開饌列新。篁展琅玕清散暑，杯浮琥珀艷生春。臨風坐嘯揮紈扇，倚石行吟岸角巾。隔水乍聞喧鼓吹，仰天不覺上星辰。

諸公落月回藍輿，燈火沿溪亦返予。〔一〕竹徑檜籬夜色暝，山堂水閣星光虚。友朋此夕醉清夜，風雨東山思敝廬。半啓船窗就客枕，僕夫明發將何如？

送陸給事校文浙江還朝

八月觀潮江上歸，懸旌還向帝城飛。曙分宫殿趨青瑣，日履星辰近紫微。京國早傳王吉疏，庭闈莫滯老萊衣。閶門楊柳明春色。青眼相看願不違。

〔一〕燈火沿溪亦返予：「予」底本作「子」。印案：本詩「虚」「廬」「如」爲韻，「子」韻與之不叶，作「予」是。應是形近而訛。又案：此詩首二句，上句寫「諸公」，下句寫詩人自身，「亦返予」者，謂予亦返也。亦可證。據改。

己丑元日

孤身此日懷鄉國，萬里春風悵酒巵。幾見江城回北斗，重逢花樹變南枝。漢京冠蓋填閶闔，吴郡雲霞自歲時。稍喜宜人得風土，盤中細菜已如絲。

病中牡丹盛開感懷有作

春深抱病簾垂地，庭下花開獨黯然。正怯春寒憐麗質，况經長日度流年。娟娟倚檻渾無賴，嬝嬝依人殊可憐。擬薦金盤充貢入，東風摇曳玉欄邊。

五日

前歲今朝近御顔，綵絲紈扇例隨頒。三年書劍淹江縣，萬里旌旗憶殿班。王粲登樓成獨賦，賈生前席擬先還。虞弦仰見薰風盛，象魏重瞻霄漢間。

胥口

行春胥口此初經，湖上晴看兩洞庭。萬里南來探震澤，三江東下奠坤靈。水花過雨紛浮碧，山色連天儼□青。欲泛仙槎破煙霧，直凌霄漢問雙星。

贈送五嶽山人黄勉之

春聲黄鳥正相求，五嶽山人賦遠遊。應畢向平婚嫁願，却牽司馬著書愁。牢籠萬態隨雙劒，長揖諸侯到九州。江上送君歸興杳，吾家茅屋傍青丘。

從弟宅内牡丹

去年花下姑蘇客，今日尊前季弟拚。芳草池塘非昨夢，故園月色好同看。東籬謾想陶潛菊，南國虚傳屈子蘭。但使常依春作主，終將持獻玉爲盤。

草堂對雨

樹杪陰雲低不飛，庭前春雨漸霏霏。潤枝固喜能沾濕，破塊將無尚細微。絲裊苔堦堪對酒，粟生草閣欲添衣。早厨自信蒸藜足，曲徑誰知俗客稀。

春雪

春王三月歲辛卯，雪逐風飛寒夜生。送酒尚憐猶料峭，臨粧應恨太輕盈。乍隨柳絮紛相向，却壓桃花獨自明。凄斷正愁雙燕失，尋常莫放一鶯鳴。

送張侍御子良視學南都

儸槎杳杳引文旌，驄馬蕭蕭向石城。江上奎光浮水動，座中雲氣對山生。横經並選周多士，擬賦先傳漢兩京。諫章定隨詩草富，太微元傍紫微明。

送翟青石兵備鄜州

十年臺省復西秦，玉節金符照隴新。瑣闥夔龍元並侶，塞垣頗牧本無倫。城臨北斗開周甸，路接南山繞漢津。應有詞章陳麗藻，豈唯籌策息風塵。

送鄒養賢尹新鄉

早識鄒陽雙眼青，幾年燕陌對談經。上書迤邐回閶闔，看劍凄凉滯驛亭。天上朱梟常傍水，江邊赤縣乍涵星。臨岐尊酒愁分首，元是凌雲彩鳳翎。

秋日天壇宴集柬諸同遊

上帝靈居敞碧霄，仙宮遊宴荷同招。安期細宴如瓜棗，蕭史頻吹跨鳳簫。瑶草不隨秋草變，蘭香暗逐菊香飄。蓬萊真接青鸞駕，河漢虚傳烏雀橋。

送官舜鳴刺深州

符分半虎下彤闈，不盡離觴悵夕暉。沱水自隨征斾轉，燕雲乍背客旌飛。傳經並許如劉向，作賦誰憐似陸機？獨擬趙張千載上，翩翩五馬本王畿。

送谷嗣興尹宜興

分符舊是丹陽尹，移節今嘗陽羨茶。豈止食芹懷獻闕，曾看種樹見開花。窮經杜預真成癖，染翰鍾繇已作家。山水蘭陵天下少，應傳詞賦到京華。

秋夜與李伯華共卧

邂逅君如李謫仙，殷勤誦示客遊篇。金龜换酒寧須惜，宮錦爲袍亦固然。殘月轉簷河欲没，疏燈伏枕壁猶懸。慚予淺劣迷音調，流水空揮玉軫弦。

送陳給事應和奉使琉球

手持丹詔下明庭，萬里浮槎動使星。瑣闥轉看天北極，樓船直指地東溟。扶桑日映僊旌赤，斷石雲連瑞節青。山海殊方亦堪紀，應隨咨訪續遺經。

冬至奉天殿侍班

葭管吹春衡玉凉，[一]朝臨萬國侍君王。身依華蓋聆天語，珮委丹霄近日光。制下兩班聲裊裊，曙分三殿色蒼蒼。嵩呼已徹鳴鞭起，僊樂還聞滿建章。

[一] 葭管吹春衡玉凉：「管」底本刻作「菅」，形近而訛。印案：葭管亦稱律管，爲裝有葭灰之玉管，古人占驗氣候之器。本詩寫冬至氣象，首句「葭管吹春」即謂春氣已動。據改。

臺署即事

臺柏蒼蒼覆院陰，重關深瑣晝沉沉。三驅早見開湯網，五覆應知繫舜心。消日朱弦頻自鼓，避人驄馬並相尋。清時無補栖烏署，白玉真慚弁豸簪。

臺中對雨柬謝陳道長美中

鬱蒸正苦歌雲漢，蕭索真憐慰酒杯。雨氣忽隨驄馬入，雷聲更抱晝簷廻。爲霖商野須同志，執法虞廷媿匪才。生色殊方應共轉，幽懷此日好常開。

送錢中舍奉使便道省覲

瑶池更報蟠桃熟，星使遥將錦纜牽。謾羡乘槎曾傍斗，即看舞袖正當筵。銀絲入饌江魚細，玉板堆盤竹笋鮮。牲鼎擬知留愛日，簡書無使滯經年。

寄贈鄒新鄉

海内弟兄君我憐，飛鳧晚傍黄河邊。懸門杜客有雙鯉，沽酒索囊無百錢。隔歲音書頗問訊，何時舄履相周旋？充庖笑半衛園竹，寄我望先嵩嶽篇。

贈王太史

輞川仙子舊樓居，聞説山中已著書。東過華峰瞻玉女，北遊燕陌珮銀魚。乘驄我自趨臺署，秉筆君常入禁廬。門巷幸鄰希會面，他年相憶欲何如？

雙壽卷爲廖太史題贈

衡嶽天南倚翠屏，雙星江漢迴熒熒。金針自繡鴛鴦譜，玉簡應傳道德經。短髮莫憐頭共白，方瞳須信眼俱青。瞻雲太史頻回首，雨露新沾過洞庭。

張太常宅内竹蘭叢中，是日並頭蓮花始放，余偶過賞，爲賦四韻

奉常宅第偶過看，並蒂芙蕖醉可搴。鼓瑟湘靈元傍竹，珮環漢女欲徵蘭。金僊高麗雲霞掌，绛闕雙擎沆瀣盤。好協宫商追雅曲，争歌芝鼎侈郊壇。

送楊子夢羽奉使脩謁鳳陽皇陵

閉户楊雲罷草玄，清秋奉使泛吴船。河山故抱興龍地，父老應傳逐鹿年。弓劍鼎湖靈自秘，松楸原廟思常懸。須知紫極愁霜露，早對丹墀慰九天。

奉壽東萊閣老毛公

清朝勛業開黄閣，白髮煙霞茹紫芝。海内尚思還謝傅，山中真見有安期。盤杯共獻金莖露，庭砌圍看玉樹枝。心膂四朝曾寄托，寧能不動五雲思？

秋日過居庸關

北門天險設居庸，嫋嫋干旌映日紅。口轉雙泉猶望闕，嶺盤八達已臨戎。[一] 霜清戍逼黄花鎮，日近雲浮紫極宫。[二] 聖代車書真混一，寄言諸將謾論功。

[一] 北門天險設居庸嫋嫋干旌映日紅口轉雙泉猶望闕嶺盤八達已臨戎：自「庸」至「望」十四字，底本漫漶莫辨，據三巡集稿補。

[二] 霜清戍逼黄花鎮日近雲浮紫極宫：此二句，三巡集稿作：「霜清戍逼黄花近，雲起山連紫閣通。」

出塞二首

風急天高動鼓鼙，黄雲白草照旌旗。單于秋牧榆林塞，烽火宵傳花馬池。聲斷悲笳胡鴈起，氣沉明月漢軍知。長驅烏合腥羶壘，安見鷹揚節制師。

沙磧偏吹八月風，將軍盡挽六鈞弓。漢家故重麟臺畫，秦塞元防瀚海戎。〔一〕但使軍儲供口北，〔二〕無須兵馬掣遼東。乘槎虚擬河源使，投筆誰收都護功。〔三〕

上谷書院作〔四〕

甲士如雲偃戰戈，青衿白晝坐弦歌。年來塞下煙塵少，春到池邊芹藻多。〔五〕劉向傳經吾未有，楊雲識字爾如何？磨崖未暇鐫□石，□羽先堪款葛蘿。〔六〕

〔一〕漢家故重麟臺畫秦塞元防瀚海戎：此二句，三巡集稿作：「賀蘭自限桑乾水，韃靼常讐兀罕戎。」

〔二〕但使軍儲供口北：「北」上六字，底本漫漶莫辨，據三巡集稿補。

〔三〕投筆誰收都護功：「功」上六字，底本漫漶莫辨，據三巡集稿補。

〔四〕上谷書院作：此題，三巡集稿作「過上谷書院示諸生」。

〔五〕年來塞下煙塵少春到池邊芹藻多：此二句，三巡集稿作：「雍雍謾許東京盛，濟濟虚聞西土多。」

〔六〕摩崖未暇鐫□石□羽先堪款葛蘿：此二句，三巡集稿作：「真看禮樂通関塞，無使宮墻倚薜蘿。」

甲午元日寄贈臺省諸寮友[一]

往歲元辰太乙壇，合簪共薦五辛盤。獨憐紫塞行驄馬，常恐清朝負豸冠。柳媚新春應弄色，山驕積雪尚凝寒。乘時俱奮雲霄上，撫景今依斗柄看。

雙巖中丞宴對觀射[二]

幕府逢春倒玉缸，材官列隊散金鏦。輕風扈歲遊芸閣，麗日回陽上瑣窗。戰將未抛金鏁甲，鳴驄故傍碧油幢。摴蒲戲客先成醉，獵較經心詎可降？

大同城登乾樓

高城登眺俯雲州，水抱紇干山下流。紫塞應餘秦鬼哭，朱旗常閃漢兵愁。悲歌王粲寧懷土，長嘯劉琨故倚樓。煙火萬家今代北，勳名諸將更何求？

[一] 甲午元日寄贈臺省諸寮友：按：本詩正文，底本有二十八個字漫漶莫辨，均據三巡集稿補。

[二] 雙巖中丞宴對觀射：三巡集稿題上有「元日」二字。

尉遲敬德祠有作

閤頹遺像凋生色，池古荒祠俯碧泉。天馬千秋空渥水，雲龍一代已凌煙。應騎箕尾青天上，却見旄頭紫塞前。〔一〕旗鼓倘仍懸大將，犬羊寧復寇頻年？

上谷臺中牡丹

春到花枝開不稀，姚黄魏紫盡芳菲。清華擬貯黄金屋，弱麗愁勝翠羽衣。浥露偏憐颦處好，行雲應笑夢中非。一尊獨賞高臺上，何謝欄干曲曲圍？

春暮登鎮虜樓〔二〕

上谷城邊臺十尋，輕寒薄暮尚相侵。遊絲半拂青林杳，〔三〕飛絮翻沉碧水深。〔四〕塞草自生

〔一〕應騎箕尾青天上却見旄頭紫塞前：此二句，三巡集稿作：「可憐會和風塵際，最愛飛騰戰陣前。」
〔二〕春暮登鎮虜樓：「樓」，三巡集稿作「臺」。
〔三〕遊絲半拂青林杳：「杳」，三巡集稿作「杪」。
〔四〕飛絮翻沉碧水深：「深」，三巡集稿作「潯」。

春漠漠，關雲不動晝陰陰。臨觴且盡終朝興，倚檻無牽萬里心。

四月晦日，關中楚職方、東平李水部、濟南劉司農玉虛觀宴集二首〔一〕

朋友殊方俱是客，乾坤孤況正思家。襟懷莫逆堪同放，詞賦無能敢自誇？齊魯山川吾土俗，咸秦人物爾京華。重看摇落憐蓂草，相對何須問暮笳。

次第年俱四十餘，逢時感激擬何如？含香暫别金華省，〔二〕攬轡叨乘紫塞車。〔三〕轉樹黄鸝音始變，當階朱槿葉全舒。好將雅興傳鸎鵡，謾待離思寄鯉魚。〔四〕

八月九日應州對菊

常年花開愁後時，今年花開忽滿枝。應愁至日防風雨，故遣先秋照酒巵。青眼捋鬚還自

〔一〕四月晦日關中楚職方東平李水部濟南劉司農玉虛觀宴集二首：此詩，三巡集稿題作「四月晦日關中楚職方東平李水部濟南劉司農觴予雲中玉虛觀致謝二首」。

〔二〕含香暫别金華省：「暫」，三巡集稿作「君」。

〔三〕攬轡叨乘紫塞車：「叨」，三巡集稿作「余」。

〔四〕按：三巡集稿此首詩前有序數「二」，下小字注云：「是年李四十五，次楚，次余，次劉，差少一歲云。」

笑，東籬有客重相思。風光流轉殊多意，宋玉無增搖落悲。〔一〕

九日宴集對雪

繞砌花枝同索笑，浮城雪片亦相尋。風雲豈妒三秋節，天地常横九日陰。未下殊方聞鴈淚，已非往昔釣鰲心。〔二〕關門令尹應占氣，多病相如欲掛簪。

入居庸關〔三〕

去年木落迎關吏，今日霜飛下塞雲。猿術未閑雲鳥陣，龍沙新散犬羊群。林疏疊障層層出，冰澌鳴泉細細分。投筆正慚班定遠，棄繻莫擬漢終軍。

〔一〕此詩，三巡集稿作：「常年花開愁後時，今年花蕋忽高枝。九日應妨細雨作，中秋先遣寒香披。捋鬚白眼憐相向，載酒青山憶獨隨。流轉風光亦多意，宋玉無增摇落悲。」收入穀原詩集時改動頗大。

〔二〕已非往昔釣鰲心：「昔」，三巡集稿作「歲」。

〔三〕入居庸關：三巡集稿題上有「冬日」二字。

臺内柏竹戲成口號

四柏森森俯寂寥，萬竿脩竹更蕭蕭。仙臺漢帝歌空在，瑶瑟湘靈怨未消。丹鳳四方須瑞實，玄霜千歲見危標。伶倫匠石如相遇，輪帛弓旌豈後招。

淮南道中

野曠江清秋思哀，蒼然平楚謾登臺。群山舊接八公繞，二水遥分雙闕開。鴻寶枕中丹鼎訣，茅人洞口緑錢苔。〔一〕叢蘭幽桂休招隱，鶴怨猿驚正欲廻。

廬江東行夜宿石塘館舍

巢湖湖南夕日曛，東行飛蓋趂秋雲。經過暫憩金城寺，割據曾懸石壘軍。煙火空林生暝色，鴈鴻别浦起歸群。晚來哀柝休争發，野曠清砧忍並聞。

〔一〕鴻寶枕中丹鼎訣茅人洞口緑錢苔：「中」，三巡集稿作「留」；「口」，三巡集稿作「長」。

早登泗州城望謁陵廟作[一]

泗州城南淮水流，泗州城北白雲浮。鼎湖草暗歲年暮，華表霜沉天地秋。明器式陳□象馬，光靈歘聚度龍虯。須臾日照江城樹，葱靄朝霞滿御樓。[二]

九日中都登樓簡謝江司農

帝城宫殿鳳原深，影下寒蕪起夕陰。劍佩萬年餘想像，樓臺九日共登臨。輕煙漠漠偏浮闕，落木蕭蕭故傍砧。賴有彩毫揮素節，莫憐黄菊對華簪。

游醉翁豐樂山亭奉同崔東洲三首

宦遊無奈賞心違，此日招攜歷竹扉。山色濛濛侵坐濕，泉聲淼淼隔林微。已看俯仰成今

[一] 早登泗州城望謁陵廟作：「城」，底本無。據三巡集稿補。

[二] 本詩第四至第八句，三巡集稿作：「華表月沉天地秋。明祀時陳間稷黍，光靈宵聚紛龍虯。須臾海日辨江樹，葱靄朝霞横御樓。」

古，莫向醒酣辯是非。一自謬通金馬籍，至今寂寞釣漁磯。

亭留豐樂憐遺迹，山接琅琊亦俱瞻。霧隱深林昏並入，天連遠水浄相兼。虚簷落日頻移蓋，空閣迴風半下簷。六轡青驄慚獨攬，五花彤管羨常拈。

嵓下幽亭帶澗斜，山昏游興阻琅琊。疏燈欲亂三星色，殘菊猶存九日華。已共神仙餐石髓，真從霄漢泛靈槎。須臾海月懸鈎上，細印青莎錦石莎。

過烏江謁項王廟

岸分采石俯黿鼉，廟倚烏江裊薜蘿。祇爲瑶圖歸赤帝，[一]遂令寶劍送青娥。關前九戰收秦璧，夜半諸軍變楚歌。叱咤已隨雲鳥盡，興亡無使是非多。

維揚閱武

金鼓聲喧江上城，朔風獵獵動干旌。陣雲晴覆芙蓉苑，兵氣寒沉虎豹營。授鉞虚聞閑將略，登壇真覺愧書生。剽輕易作鷹揚氣，白馬連翩紫絡纓。

[一] 祇爲瑶圖歸赤帝：「歸赤」二字，底本漫漶莫辨，據三巡集稿補。

至日舟上

湖上晴雲覆畫檣，斷葭衰草共蒼蒼。玉衡初轉南流影，衮鉞遥瞻北極光。江岸梅花應照眼，谿園楊柳自牽腸。壯遊獨滯孤征棹，一綫新愁逗日長。

自高郵向寶應湖中作

寒日輕帆下五湖，霜清水淺見菰蒲。傍舟雲氣常虚白，隱水珠光乍有無。鄠杜舊開周沃壤，〔一〕潤瀍亦繞漢中區。可憐誰似張平子，摛藻殷勤賦兩都。

寄寄亭次韻簡呈張度支

歲暮孤舟杳托身，風寒高宴正宜人。梅花久滯江城信，楊柳將生淮浦春。亭著鴻踪吾亦

〔一〕鄠杜舊開周沃壤：「鄠杜」底本刻作「鄠社」。案：「鄠」爲「鄠」之俗别體。「鄠杜」乃一專有名詞，指鄠縣、杜陵（漢宣帝陵），周秦故地，古代名勝之區，古詩文常見。「鄠社」無講。「社」乃「杜」之訛字。鄠、杜二地名與對句中潤、瀍二水名形成工對，亦其證也。今據三巡集稿改。

偶，書傳鴈足爾須頻。不辭抱病開涓滴，同是清朝近侍臣。

臘月廿一日

年年此日慶生辰，好禮堂前佳氣新。臘送冰霜廻晚歲，宴開簫鼓接長春。大宗自表高陽裔，遺範猶存濮水濱。門閥轉高看不見，幾回雙淚灑風塵。

寄高玉華司農

東風江上歲華新，千里驅車意未申。祇想高臺歌送酒，忽看春草坐懷人。隔年幾枉青雲札，何日常親玉樹神。北上願須駐行色，重來倘許接光塵。

濠梁奉贈邊給諫

帝城屢接青春宴，江上相逢白鷺車。柳色近含敕使節，花香猶襲侍臣裾。臨風計日增瞻望，對酒論文遂起居。千古濠梁還此地，當年莊惠果何如？

武臺宴集奉答邊貞谷

漠漠陰雲鬱未收，蕭蕭沙苑慰相留。三春物候常逢雨，五夜壺觴迥似秋。流水入弦真有調，暗煙浮壘不勝愁。願言更訂金蘭約，未許輕分淮海舟。

寄曾前川給諫

千里書回正憶君，東風蕭瑟嘆離群。漢書流涕憐頻上，〔二〕楚賦招魂忍更聞？竹纜春牽匡嶽草，蓬窗晴落越江雲。轉看前席承宣室，無自哀歌九辯文。

徐州登黃樓

雲旌杳杳拂黃樓，樓下黃河振檻流。厭勝方隅元正色，遲回天地謾閑愁。帆檣盡繞青山郭，村落平分白鷺洲。今古幾人同躍馬，項王曾霸九諸侯。

〔二〕漢書流涕憐頻上：「頻」，底本刓缺。據三巡集稿補。

過呂梁洪

萬水東流天漢廻，徐方襟帶呂梁開。蛟龍不受青山縛，〔一〕風雨常驚白日來。寒捲細花翻亂石，潤牽纖草上孤臺。初平應爲揮鞭起，博望無增倚棹哀。

春陰

臺館陰陰暄氣微，一天風雨送春歸。梁間紫燕猶私語，樹裏黄鸝却暫飛。池水自牽芳草夢，山人元有芰荷衣。東風好爲留情在，無使韶華願竟違。

曉晴

雨霽虚窗風日清，簾前春色向花明。飛來山鵲何多喜，垂下蛛絲杳太輕。謾笑迂疏緣僻性，曾無俯仰愧平生。自將雅調揮瑶軫，盡是陽春白雪聲。

〔一〕蛟龍不受青山縛：「縛」底本刻作「縛」。據三巡集稿改。

夏日瑞巖觀宴覽次韻奉答大中丞約庵周公

瑞鬱僊壇流紫煙，巖廻帝里見晴川。幽泉過雨玻瓈浄，空谷籠雲錦繡鮮。駕枉畫熊㪷醴酌，詩成倚馬羨瑶篇。驕陽已覺輸三伏，曠覽誰能礙九天。巖有玻瓈泉、錦繡谷。

下邳中秋不見月作

逢秋幾處故園思，薊北淮南對月時。風雨似違今夜約，雲霄詎信隔年期。謾從天上論圓缺，擬怯人間照別離。我亦含情怕相問，懸燈獨對紫瓊巵。

黄樓集送王秋曹

層城危閣敞秋筵，枉矢空尊滯客船。潭水自沉龍乍伏，嶺雲欲動鶴初騫。離情杳杳停杯下，遺蹟茫茫俯檻前。相會可令容易别，歸雲落木正紛然。放鶴亭、伏龍潭，古蹟。

西關牛中侍盆内梅花

朔氣燕京頻苦寒，梅花忽謾傍朱欄。清香乍襲簪裾潤，春色先分桃李看。可愛韶華移禁苑，向來吟思繞江干。天涯歲暮休攀折，雅調幽弦試一彈。

除日

晚來爆竹滿階除，鐘鼓分更歲幾餘。千里關山青草夢，百年勛業紫宸書。隨人向夜紛花燭，候馬侵晨集珮琚。爲惜年光不成寐，青燈相伴曙星疏。

史司封恭甫謝侍御應午枉過柬謝

卜居晚傍禁垣西，疏懶尋常誰爲携？文雅只今稱二妙，黄昏能共問孤棲。晤談何翅金蘭契，轉盻那知星斗低。後夜月明具蒸黍，攀留仍擬到晨雞。

丁酉元日早朝和梁劍峰

天上青陽左个開，漏聲漸促鳳皇臺。鬱葱偏傍旌旗動，警蹕遥從霄漢來。轉聽鷄鳴催曉日，齊看嵩祝殷春雷。風光擬著青門柳，物色休占紫禁梅。

元夕同王虚庵北城歸馬上作

帝京春色鬥繁華，雲幕星橋總不遮。紫陌轉看傳玳瑁，黄金那惜换琵琶。月明故弄青陽色，燈彩齊開子夜花。迤邐珮環聲近遠，蘭煙晴潤五銖紗。

春日寄答舊刑曹楊丹泉太守兼簡前侍御蔣一别駕

千里傳書見面遲，春來花鳥太逶迤。參差碧樹雙□闕，宛轉青絲獨引巵。蔣詡尚稽驄馬駕，揚雄正□白雲司。匡時忝竊何須問，長日良宵劇夢思。

送王吉士出貳滁州

晚歲相逢淮海潯，青蘭白芷慰予深。陽春寡和非今日，霄漢常懸獨此心。岸草轉隨遷客暗，江雲應傍郡齋陰。玉堂猶爾虚前席，華髮無須變楚吟。

奉和杜研岡銀臺春日郊游之作

玉驄並轡眺春畿，楊柳青青欲染衣。雙闕蒼龍鬱相抱，千年玄鶴杳何歸？樹分廣甸牽晴色，草映斜陽起夕暉。繾綣不知侵薄暮，娟娟新月歷岩扉。

扈駕西山游碧雲寺東諸寮宷二首

西山西望鬱岧嶢，寶塔琳宫下洞簫。流水自隨僧舍繞，篆煙偏傍佛香飄。岩廻陰洞雪團蓋，磴轉危梁霞作標。幽砌晚凉滯歸馬，恍疑僊客坐相邀。

崎嶇細路入雲峰，宛轉流泉噴玉龍。夕照倒垂青薜荔，春陰高結翠芙蓉。鳥聲欲變中峰樹，鶴夢常醒下界鐘。扈蹕僊曹殊忝竊，暫游靈境亦相從。

送徐芝南按姑蘇

送君攬轡下滄洲，翻向姑蘇□□遊。海上青山猶似昔，鏡中華髮不勝秋。殊憐蹤迹違燕越，况愛才華並應劉。岐路清尊須盡醉，那看陰雨接皇州。

送劉生紹夫承司寇公蔭并省其伯父侍御還鄢陵

尚書舊曳星辰履，柱史今聯鵷鷺班。趨侍仲容元倚玉，怡誾楊寶獨遺環。名賢多在黄河曲，别業重開少室間。染翰已看摇彩筆，傳經應爲及朱顔。

眉壽齊封爲彭新塘賦贈

南極星光映楚墟，朝來太史報占書。籛鏗自住白雲幄，王母常乘青鳥輿。玉篆裊煙焚寶鴨，銀絲薦膾饌江魚。試看五色龍文合，宸藻雙懸柱史居。

中秋貢院同藩臬長貳登樓對月二首

去年鼓櫂泛滄洲，與客今登三晉樓。物候蒹葭牽逸興，人文奎壁動高秋。[一] 澹雲故避層城度，明月偏涵曲檻流。不有多賢共將引，他鄉風露奈并州？

樓上秋風吹鬢絲，露華清夜浥金巵。轉星莫謾憐燈燭，對月能無感歲時？關塞鴈鴻飛自遠，池亭猿鶴見應遲。却慚衡鑑叨陪地，尊酒相看慰所思。

秋夜

玉露蕭蕭秋夜深，燈輝香靄靜相侵。驚飛烏鵲翻松下，摇落黄花背石沉。戎馬堪流荒塞

〔一〕人文奎壁動高秋：「壁」底本刻作「璧」。三巡集稿同。今改。説見卷二翔鴈贊校語。

淚，尊罏況繫故園心。攬衣莫撫中庭柏，河漢微茫月色陰。

冬至

至日幾年非故國，兹辰千里復旌旄。已傳饗帝陳蒼璧，正憶迎陽御赭袍。霜氣虛浮汾水落，日華晴染晉雲高。未拚節序開清酌，先擬禎祥動彩毫。

次韻寄呈胡可泉先生

儷子乘槎滄海隈，伊予東望釣魚臺。頻年濫引青驄出，前月翻傳錦鯉來。雲裏觀峰攀日月，海中樓閣上蓬萊。晝態問俗經行地，多少瑶華玉篆開。

奉和瀋王

奉使虛憐賦采薇，好賢真見詠緇衣。醉沾廣宴金尊色，寒霽嚴城白雲威。未擬遊梁呈麗藻，何如聘魯挹清輝。鳴騶自傍黄華轉，鼓瑟非緣素願違。

對雪簡上潘王

山城歲暮雪翩翩，冰蓝瑶華殊可憐。學舞柳枝春尚怯，鬥粧梅蕚冷逾妍。僊人自醉青霞酌，玉女齊歌白紵篇。爲問梁園誰授簡，好將詞賦向人傳。

戊戌元日試筆

玉衡東指海霞明，裊裊罏煙翠霧生。測日表分猶曙色，相風旌轉忽春聲。朝趨雙闕還元朔，按入孤城是遠征。雲物不須占太史，年來應見泰階平。

人日水竹亭獨酌

千里相看水竹亭，故園風物杳雲汀。歲時忽謾逢人日，尊酒蕭條對使星。汩汩細泉初泮碧，娟娟翠篠欲摇青。流光荏苒重回首，塵暗當年種樹經。

河東書院東何瑞山

東風摇曳入山堂，點瑟回琴静自張。松露亦看流翰墨，嶺雲應是潤衣裳。飄飄對裊青蘿壁，宛轉高緣白石梁。岳麓武夷謾回首，奎文已映瑞池傍。

真宗汾陰行宫有御製碑、四金人

宋帝行宫汾水邊，翠華想像杳風煙。天書雲篆今何在？玉檢金泥竟不傳。伐石自鐫西祀日，渡河翻恨北征年。金人十二多零落，雙立猶看輦道前。

襄陵臺中即事二首

覆砌竹枝已自横，點池荷葉未全生。青錢宛轉穿鳧藻，紫玉參差接鳳笙。春雨欲來蒼靄合，晚風不動碧雲平。坐深轉見桃華發，誰厭山城二月鶯。

高山流水空妍唱，畫舫青鞋亦素期。對此轉添滄海興，憑誰爲詠北山詩。月明鸂鶒常雙下，風煖藤蘿盡倒垂。最愛泉聲當檻落，凭欄伏枕並移時。

清音亭

姑射山前泉水深，我來真欲洗塵襟。明珠散落苔華濕，蒼壁中含柳色陰。鶴馭鸞驂回絳節，泛宫流羽謝朱琴。更疑風雨蕭蕭夜，應有蛟龍細細吟。

奉問苑洛中丞韓公

謝病思從渭水歸，亦知心事近多違。雄圖自礪青萍鍔，雅調誰傳緑綺徽？四海風塵真轉劇，三關烽火未全稀。釣竿謾倚滄洲樹，天下蒼生忍拂衣？

度天門關〔一〕

崎嶇初入天門險，宛轉真看鳥道分。亂水西來應過雨，層峰北望果連雲。當關虎豹蹲蒼石，列隊旌旗覆紫氛。安得巖巒長倚塞，坐銷兵甲罷懸軍。

至静樂 天柱、蘆芽，山名。

星軺五月度婁煩，風氣陰森曉尚寒。天柱雲霄青并倚，蘆芽冰雪鬱相盤。胡兵暑牧仍沙苑，漢使宵征亦玉鞍。何日渡河驅雜虜，長纓先繫兩呼韓。

〔一〕度天門關：案：本詩正文中「真」「果」「連」「雲」「當」「蒼」「石」「覆」「甲」「罷」「懸」等十一字，底本皆漫漶莫辨，均據三巡集稿補。

岢嵐

隔嶺旌旗接鼓鼙，岢嵐元在萬山西。紫峰雲起連天塹，黄水冰消斷月氏。〔一〕城塞尚存秦故址，款夷曾閲漢雕題。年來黠虜憑陵甚，痛哭蓬垣幾寡妻。

自五所寨向寧武謾興

絶徼風塵通五寨，連年烽火接三河。勒銘自有燕山石，服虜誰清瀚海波？塞上威名傳李牧，營中豪傑望廉頗。胡兒莫更輕深入，敵愾將軍比舊多。

寄題五臺山寺

五臺山寺望杳杳，雲中並秀青琅玕。浩劫何年啓寶地，良緣隨處留珠壇。天花故帶梵燈色，石髓常充僧鉢飡。聞説跏趺對雙樹，清凉六月瑶笙寒。

〔一〕黄水冰消斷月氏：「氏」，底本作「氐」。三巡集稿同。印案：月氏是秦漢時古族名，活動於河西、祁連山一帶。「氏」底本刻作「氐」，應是形近而訛。徑改。

次韻留別同年寇太守子立

羨君彩筆早生花，一別常憐道轉賒。行色秋陰催漢節，離思宵夢落汾涯。已知西子翻鶩鯉，謾嘆東陵獨種瓜。寒鴈高翔天地闊，露華回首惜汀葭。

裹垣對菊

詞人獨重騷壇品，秋色深横法象臺。共歷冰霜元識面，曾參藥石故憐才。纖枝繁朵絲絲裊，艷蕋濃香細細開。索笑儘容烏幘岸，醉歌謾待白衣來。

九日謾興兼寄王介庵

殊方九日幾經秋，疏菊層軒伴客愁。博望久淹西使節，剡溪猶阻北來舟。關河入暮悲明鏡，時序迎寒戀敝裘。更憶往年對流水，重逢今日倚高樓。前歲是日候代在徐。

元夕同給諫張伯操飲司功任少海宅

風塵元夕净春城，燈火西堂太劇清。星彩似隨燈乍動，露華偏傍月空明。九關宛宛通魚鑰，雙闕沉沉起鳳笙。坐久那辭歸控晚，僊郎姸唱正含情。

九日彭城逢張石川

石川居士鳳鸞姿，隔歲無書繫我思。九日彭城逢舉櫂，十年吴苑别傳巵。寧親孝思憐終志，爲郡風流憶昔時。濟濮澶州經北上，甘棠自聽召南詩。

初至南昌，萱復齋大參將入秦，賦贈

秋江自倚高郵櫂，客路逢攀廬嶽車。去鴈來鴻各縹緲，疏燈尊酒對躊躇。朝廷向日多封事，關塞乘時有捷書。萬里風雲護行色，十年青鎖奮華裾。

庚子元日弋陽王府宴

朱門細雨灑霓旌，廣殿華筵度鳳笙。拂曙篆煙輕覆座，凝寒春色澹浮城。元辰正喜趨陪地，藩國誰兼著作名？更有文談接尊酒，真看錦瑟倚雕楹。

元夕至進賢，先日弋陽邸内試燈，簡上寮長諸公

上元燈火照春山，嘉宴晴開紫翠間。戲簇魚龍紛蔓衍，幻增花樹遞闌珊。笙歌齊送鞦韆落，舞隊雙分韎韐還。今夕孤城傷寂寞，銀河自接楚江關。

夜宿上清宮簡許工部

上清樓觀晚沉沉，三十六宫煙霧深。丹鼎自盤龍虎氣，洞簫時度鳳鸞音。含雲偃嶠春常滿，禮斗瑶壇夜亦陰。好唱步虚招子晉，似聞笙鶴北山岑。

袁州對雪簡何笋亭侍御

宜春臺邊同暮雲，宜春城下雪紛紛。初隨鳴雨喧相集，轉入飄風静不聞。銀燭並迴摇乍暝，金尊獨對散微醺。因懷驄馬江城夜，客况曾經可問君。

自萬載至上高雪不絶

一雪連宵行復深，松岡檜谷度珠林。梅花欲吐清相得，竹葉全欹冷不禁。入暮已憐多宛

轉，迷津謾訝太侵尋。調高弦絶元稀和，寂寞陽春並奏吟。

送大司馬東塘毛公征安南二首

樓船萬里渡瀘溪，寶劍金符手並攜。海上浮雲臨水近，天南斜日向人低。星辰環拱元俱北，江漢分流可獨西？絶域自應同正朔，先聲今已震雕題。

建牙樹羽獨登壇，曲洞廻溪幾伏鞍。司馬素閑雲鳥陣，將軍盡著鵔鸃冠。勛華擬見標銅柱，文物曾聞列羽干。况是王師無敵在，蠻煙瘴雨好加餐。

送夏松泉都憲赴南京

殿閣中天拂紫雲，樓船江上渡斜曛。留都自接夔龍侶，開府誰同周召勳。劒引熊轔青宛轉，香凝燕寢碧氤氲。鳳凰臺畔應回首，一水三山總憶君。

建昌對雨

炎方氣候殊中土，十月蕭蕭風雨多。心折雲霄常北斗，夢回身世尚南柯。竹枝曲好寧堪聽，桂樹叢深謾復歌。不用解嘲學楊子，將須歸去謝松蘿。

送胡仰齋工部、胡舊給諫

溽暑正增南土病，離情客況轉紛紛。懸杯已負青原月，解纜先牽采石雲。班接夔龍多舊侶，音諧韶夏總雄文。相逢應念風塵色，早枉瑶函慰客聞。

送青門沈逸人二首

休文謝病紛華遠，康樂耽幽雅詠多。江左遺風猶翰藻，大宗高迹亦煙蘿。招尋賸有青霄侶，慷慨翻憐白石歌。無使少微干象緯，恐防大隱抱雲和。

儷舟汗漫浮鰲背，宦閥聲華嘆鳳毛。紫塞談兵聞仗劍，晴窗作賦見揮毫。攀留玉樹湖雲杳，望入青門海月高。别路自衝洪甸□，何時同聽浙江濤？

次韻簡竇度支

碧草滄江幾度來，疏簾深酌好懷開。青春不負看花伴，白晝寧辭對雨杯？虚擬王猷多雅興，真憐安石抱雄才。放舟故慰衝泥怯，賭墅翻矜得儁回。

劒江逢芝南徐少參

日落劒江逢使君，欲行不行愁斷群。懸燈畏暑罷傾酒，止榜通霄仍論文。書寄曾題湖上月，袂分先望嶺南雲。明朝把柁中流去，緑樹青山次第分。

竹間亭圖爲一溪簡公題贈

竹間亭子臨溪水，翠色清陰覆玉琴。晴散圖書疑鳳引，坐深風雨有龍吟。王猷謾抱離塵想，安石元多濟世心。更羨年來繁露裏，階前茁玉轉森森。

獨坐簡答江午坡學憲兼呈楊源山選部二首

江城斜日墮殘枝，尊酒青燈感歲時。天上友朋書盡絶，雲邊鄉國夢虚疑。犬羊輕犯中原地，龍鳥誰懸大將旗。却笑腐儒多議論，空驚衰鬢半如絲。

悲秋江閣暮寒生，獨坐蕭蕭露氣清。倚玉雅懷山吏部，凌雲常想漢長卿。未賡高唱慚巴曲，轉念塵蹤滯楚城。欲附飛鴻先問訊，彩毫應草太玄成。

奉送微泉竇度支還朝

江頭携手慰離顔，忽謾高標不可攀。瑟調儘餘翻漢曲，棊枰贉憶對匡山。正思僊露金莖杳，忍望彤雲玉珮還。留滯誰憐多病客，應須清翰到人間。

中秋不見月作

露華常愛中秋夜，月影空懸終夕心。烏鵲繞枝仍不定，[一]清砧弄杵更誰禁？關山似帶風塵色，尊酒虚逢河漢陰。玉簝多哀休自語，[二]行雲輕妒忍西沉。

江閣別楊少室薛畏齋兩兵憲

斜日晴霞高自分，蕭蕭沙渚漸氤氲。初攀玉樹却憐我，好對黄花遲贈君。閣倚文章終有

〔一〕烏鵲繞枝仍不定：「烏」底本作「鳥」。印案：本句顯是化用曹操短歌行「月明星稀，烏鵲南飛；繞樹三匝，無枝可依」句意，故「鳥」應作「烏」，形近而訛。據改。

〔二〕玉簝多哀休自語：「簝」底本作「篴」。印案：「篴」不成字，應是「簝」之形訛字。「簝」，「笛」之别體字，據改。

賴，篴橫霜露乍堪聞。〔一〕深添淚眼連秋色，羽檄新徵出塞軍。

人日簡答楊少室兵憲

人日邀賓雲物新，疏梅翠篠弄晴春。問奇尊底元多字，貼勝屏間況此辰。荆楚歲時遺俗好，幽并烽火報聲頻。文儒重鎮江州上，萬里應無戰伐塵。

雪中石亭寺候尹洞山太史

出郭雲深雪覆沙，禪牀茗碗立袈裟。風前遲奏陽春曲，江上新停太史槎。應有篇章傳麗藻，豈唯邂逅慰清華。一尊欲倚祇園樹，〔二〕同嗅寒梅近水花。

登鍾樓東同遊諸公

高樓晴敞壓江干，晚暮扶携倚醉看。落木歸鴻紛過眼，朱門粉署下凭欄。羅衣故怯秋陰

〔一〕篴橫霜露乍堪聞：「篴」底本作「篴」。印案：改據同上中秋不見月作校記〔二〕。

〔二〕一尊欲倚祇園樹：「祇」底本作「祗」。印案：改據同卷三上冷泉關寺二首校記〔五〕。

薄，山色偏憐夕照殘。何事臨風重懷土，天涯時序又新寒。

遊白鹿洞二首

談經虚正諸生席，陟巘真廻五老峰。寒日猶懸青薜荔，晴天故削翠芙蓉。巖花徑委逢鳴鹿，硯水江涵有蟄龍。吾道亦南殊忝竊，回琴點瑟坐從容。

青衿日日遂攀躋，入室升堂繞石梯。亭畔浮雲移别嶼，橋邊流水過前溪。孫登坐嘯風斯遠，曾點歸歌日已低。潦倒緇塵太冗迫，振衣真想碧山棲。

送茝莊方少參入楚

黄鶴樓前雲樹蒼，送君西望楚天長。川廻幽渚憐鸚鵡，路轉晴峰羨鳳凰。寶瑟未歌湘女曲，香蘭先薦屈平觴。願言咫尺傳雙鯉，誰信音塵隔兩鄉？

次韻贈答王端溪太宰

六年不接天邊履，歌罷停雲自舉觴。招隱忽勞叢林曲，卜居欲傍輞川莊。仲淹近日多新説，王吉當年有諫章。白髮丹心應尚爾，可能清夢到羲皇。

朗溪書屋贈陳憲使

掛冠早遂中林隱，一畝宮墻溪上開。徐孺豈容懸榻待，侯芭應爲問奇來。窗前點易研花露，竹外談碁費酒杯。十載岩廊魂夢杳，白鷗從此不須猜。

穀原詩集卷之四下

七言律詩

蕨菜墩下戲簡李遊戎

早歲談兵志不疏，壯心常愛李輕車。朝廷此日煩征戍，關塞誰人任起居？糲米謾憐青蕨菜，陰符曾授白猨書。雄飛肉食元生事，彈鋏長歌詎少魚。

送南衡童侍御解官歸越

驄馬東征攀莫留，迎寒砧杵報新秋。風波滿眼寧須問，涕淚關心可自由？賈誼上書曾北闕，相如謝病且南州。他時定有雲中鴈，別恨先牽越水樓。

初度日歷水泉營紅門堡草垛山諸塞

行營勒馬立西山，白草黃雲指顧間。千里風塵真出塞，九秋虎豹本當關。霓旌背指長城窟，斗柄低垂瀚海灣。兒女故鄉應共想，歲華初度轉高攀。

奉謝臬司諸君子簡示元宵之作

彩勝花燈簫鼓聲，東風拂檻夜寒輕。宜春剪帖初翻燕，倚暮徵歌故試鶯。樓外星河轉清淺，臺前霜柏太分明。遺簪落翠尋常事，漱玉偏憐滿晉城。

寄贈李長白巡撫寧夏

幕府高開倚賀蘭，聲華籍甚近登壇。孤懸舊見黃河繞，曲抱重經碧澗盤。將相古稱周吉甫，山川南下漢長安。受降城畔青青草，盡日凭雲較獵看。

寄代相黃梅峰

塞城的的望雲州，驄馬翩翩此舊遊。授簡却懷黃相國，專門奚翅魯陽秋？興耽冰雪梅三弄，夢繞關山月一鈎。爲問琴書春殿罷，幾登西北最高樓。

奉壽靈丘王七十

殿敞琴書白日妍，過從常憶絳宫前。音塵一隔今千里，甲子重廻又十年。華髮青山輝並暎，銀潢玉樹静相牽。侍臣應有枚鄒盛，謾擬長秋寶鑑篇。

暮春石州公署登樓次壁間韻

烟光嵐氣澹相浮，孤客殊方暮倚樓。日漾河流還繞塞，雲開石壁故臨州。鄉園不減王宣興，戎馬真牽越石愁。頗怪春風妒楊柳，冷枝疏葉尚疑秋。

奉送撫臺後庵李公謝病東歸

鴈門關外羽書稀，歸客乘春賦采薇。折贈共憐楊柳色，攀留亦戀芰荷衣。龍蟠谷口雲應濕，鶴警松陰露未晞。猶是宵衣西顧日，綸竿謾倚釣魚磯。

七夕

塞城風露傍干戈，荏苒年華祇自歌。金井正憐木葉下，銀河況覆珮環過。淡雲南度隨烏鵲，明月西沉閃薜蘿。坐久轉驚三徑遠，悲笳哀柝夜來多。

八角堡對雨

百年塵事苦縈襟，幽幔孤燈漏轉沉。宦況定隨客況盡，雨絲偏助鬢絲侵。拂衣遲戀今多事，倚劍昂藏舊此心。寂寞迎寒千里夜，關河常接九秋陰。

湧泉亭

風塵迢遞苦相牽，詩思于今已杳然。對客謾彈流水曲，投簪欲賦卜居篇。山横屏嶂斜連郭，泉逐歌聲細入弦。遲戀不知鐘磬晚，諸天樓閣梵燈懸。

環翠樓

薄暮山城散夕陰，天高風物正蕭森。申生祠畔層苔澁，韓信營前落木深。返照入尊浮翠色，遠烟結蓋接平林。大行東下鄉關近，凝望還成梁甫吟。

郗山泉宅内賞菊

殊方菊樹對高秋，落日清尊散客愁。醉裏疑過元亮宅，坐深謾擬仲宣樓。風枝嫋嫋疏相暎，露蘂纖纖迴不收。華髮年來搔欲短，叢陰潭水思悠悠。

白東泉南圃招飲有作

東泉居士鬢眉青，避地無須似管寧。門外奇瓜還五色，庭前馴鶴已千齡。忘機自抱臨溪甕，謝病兼收種樹經。招飲歸來將入夜，相看指點少微星。

寄範東劉中丞同年

千里舟航忽謾分，十年南北總離群。雅懷故自如安石，奇字今誰問子雲？迢遞音書江上得，清華風采日邊聞。明珠薏苡何須問，玉樹朱弦幾憶君。

自塞城寄贈同郡澤山桑憲使

歷山雷澤抱孤城，萬緑亭前霜日清。雲起龍岡占氣色，風生劍器想勳名。煙塵塞上仍多警，舟檝江頭好自横。近見防秋諸將帥，起居猶有舊牙兵。

有懷同年蘆南鄒辟君

山木虚憐賦有枝，鴈書不至可無思？百年異姓如兄弟，千里分携幾歲時。明鏡近增搔雪嘆，青山猶負看雲期。蘆花谿水垂綸地，誰與高歌送酒巵？

蔣少濟自平陽赴延綏僉臬賦贈

不見真成二十年，端居却憶未央前。一樽自别青驄道，數字空題彩鳳牋。留滯河東曾有賦，巡行朔北正臨邊。長驅早望收河套，即叙徐看報罕豣。

寄韋西姚道夫

少日曾同燕市歌，豈期雲路杳蹉跎。時乖竟減文章價，宦嬾虚疑政事科。病尚苦唫今健否？貧餘先業近如何？西京形勝懷并在，渭水秦山倘爲過？

署中即事呈寮長諸公

日長初試越羅衣，緑晝清陰坐不違。過眼謾驚風物换，遠心翻愛吏人稀。到簾花片依苔墮，隔巷鸎聲接燕飛。追逐仙曹殊濫竊，春風自長故山薇。

近田贈許中翰

原田漠漠水雲平，侵曉時聞布穀聲。華胤自宗虞大岳，高齋最近漢東京。蒼龍初見饒春事，白鷺低飛有舊盟。萬里趨庭兼戀闕，芳洲杜若幾回生。

顧中翰宅内牡丹

絳紗雲幕護春寒，十二闌干曲曲看。雅麗自珍憐翰史，繁華並鬥本長安。譜翻新調頻移拍，洞轉欹巖故側冠。香色入簾堪送酒，無須重獻紫芝盤。

次谿山聯句韻贈葉柳亭中翰

紫薇花下操觚客，故國遥憐舊柳亭。嫩葉風前描翠黛，長條水面拂流萍。濃含雨色當窗落，細轉鶯聲送客聽。可是主人霄漢上，芳華須信地鍾靈。

送萬中翰奉使便道壽母

僊郎奉使日邊來，宮錦高擎碧玉杯。鳳吹彩幢雙鶴導，龍文紫誥五花開。堂萱久抱麻姑術，庭桂元多謝氏才。翟珮優游春晝永，壺中甲子幾週迴。

乙巳春不雨。至于夏四月，余有恒山之役。初八日早辭闕，是夕至良鄉，雨；次日至定興，亦雨；又次日至保定，亦又雨；十八日至真定，次日大雨。乃霑足。賦此識喜

迢遥北上幾居諸，信宿南征畏簡書。雲裊帝城仍近闕，雨懸旌節却隨車。恒山入望青相逼，滹水臨流淼自如。四野即看生意轉，先將歌頌報宸居。

贈劉竹澳自太學歸省

君家科第已先朝，奕葉書香清更飄。瑞世鳳毛回日月，需時鵬翼薄雲霄。漢臣入相曾堪數，燕市行歌謾自嘲。南去庭闈今咫尺，北瞻宫闕轉岧嶢。

登大悲閣同右山裴侍御

崚嶒高閣度金鈴，絶頂初捫螺髻青。貝葉欲翻花似雨，瑶卮深映鬢如星。共憐浮世多形迹，誰譯真銓識性靈？城郭萬家煙樹外，晚醺易散眼雙醒。

至安肅寄贈劉春岡先生

雲中雙闕鬱嵯峨，回首西曹繾綣多。問俗再過燕督亢，感時虚擬趙廉頗。劇談建禮清宵直，雅調陽春白雪歌。淺薄只今增想像，九霄何日接鳴珂。

寄蒲孟山，時防秋塞上

聞説輕裘鎮日閒，西風重入鴈門關。威名往歲曾相借，詞賦如君杳莫攀。白草黄雲通遠夢，碧梧翠竹憶清顏。新詩得句知多少？擬附飛鴻度遠山。

寄廖東雩[一]

聲華海内本人龍，三晉諸生重所宗。傾蓋襟期憐莫逆，臨岐雲樹阻相從。匣中寶劍經時合，囊裏朱弦竟日封。别後有懷君信否？夕陽西望幾高峰。

同戍將軍眺鹿虜臺，因見達官營歌舞

高岡宛轉勢崔嵬，鹿虜今登秋日臺。古戍入雲危塹合，重關盤地夾城開。弁繻早識終軍侣，談劍真看李牧才。胡舞羌歌亦應節，文皇遺化照尊罍。

贈孫松山

東西臺省介江湖，文字曾憐並部符。宋玉聲華流郢曲，豫章材榦負洪都。臺前自掛青銅

[一] 寄廖東雩：「廖」底本作「寥」。印案：廖東雩應指廖希顔，字叔愚，號東雩，湖廣茶陵州（今湖南省茶陵縣）人。嘉靖十一年進士。嘉靖二十年任山西按察司副使提調學校。本詩當作於廖希顔任山西提學副使期間，詩中有「三晉諸生重所宗」句，可證。據改。

鑑，尊底誰傾碧玉壺？晉水別來傷歲晚，停雲斜日幾踟躕。

偃師有山如臺，武王駐蹕時鳳鳴其上，因名鳳臺，中都職方褚子取以自號，蓋不忘家世云。爰賦此以贈

中州神秀日氤氳，洛水臺山世並聞。已有鳳皇隨武蹕，豈惟龍馬肇羲文。曉通紫極三川氣，晴接丹崑二室雲。帷幄談兵張九伐，鍾靈先建職方勛。

□□□□□□□侍御

分攜忽謾鳳□□，□□開筵眼□明。攬轡重看臺史遠，彈琴猶憶令君清。五花迢遞停驄馬，雙玉參差接鳳笙。更有詩篇回麗藻，才華真繼漢西京。

贈定原呂方伯入京

西來旌節度逶迤，華燭清尊夜色遲。東郡次翁曾暫借，世家尚父更須疑。朝廷此去咨方岳，勳業由來表太師。回首十年倏復散，雲邊鴻鴈繫予思。

河間迎春日雪

雪裏逢春賞不違，梨花柳絮謾争飛。入簾偏促金尊動，繞砌真看玉樹圍。天上青陽廻羽節，郢中高唱轉瑶徽。瀛州東望連滄海，好逐僊人跨鶴歸。

元夕簡裴内山太史并令弟遜山進士

佳辰晚霽瑞光華，月色分明閃碧紗。蓋倚青陽聯玉樹，燈廻翠靄散銀花。壺觴迴度元宵節，詞賦重攀太史家。共想長安天上夜，星橋應接赤城霞。

寄吴臯喻侍御卧病成安

聞君抱病對青春，驄馬猶嘶漳水濱。莊舄吟聲應似越，宣尼歸興詎因陳？新傳藻詠珍丹訣，舊見封章動紫宸。莫向東山苦懸切，年來西北尚風塵。

新樂對雨且聞張松谿侍御將至

曉來細雨濕孤城，裊裊陰霾净不生。碧草向堦殊得意，黄鸝隔樹頗含情。一時雲漢群方切，幾度關河千里征。爲謝南巡驄馬客，隨車真繞太微旌。

倒馬關遇風

倒馬關前風怒號，上城下城行並遭。側身曲徑已自險，轉眼危巖仍復高。天外旌旗識孤戍，水邊鼙鼓回驚飇。雌雄未暇辨三楚，雲鳥先須占六韜。

怡椿堂，春岡劉公侍司寇公時讀書處，賦贈

燕山靈瑞徹層霄，僊木千年翠不凋。地切白雲臨畫省，堂開清燕已先朝。履聲直接台階轉，奕葉真看鳳翼飄。留取西曹傳盛世，召棠竇桂擬丰標。

丹泉、龍巖二公携酒夜過枉叙

朔氣關河逼暮秋，江城孤客迥生愁。蹇予亦枉青雲駕，虛館同傾白玉甌。入夜砧聲鄰院急，迎寒月色隔江流。無須旅鴈驚時序，但少高歌報應劉。

送胡石陵少參入賀兼遂省覲

櫂歌催發楚江船，細雨青沙去渺然。客眼併懸雙闕上，鄉心先繫片帆前。南山頌獻瞻華衮，北海尊開列綺筵。渤水朔雲俱意氣，羈鴻歸鴈各風煙。

送盛初陽度支

酌酒送君歌莫辭，江城風雨繫離思。側身天地應誰問，轉眼年華祇自知。鴻鴈南飛還幾日？雲山北望亦多時。青蘭白芷違心賞，折贈空攀楊柳枝。

寫真戲述示蔡生

定遠勳名敢自希，長康才藝世應稀。一生燕頷無殊相，七里羊裘有釣磯。物色虛聞曾入夢，年華真笑已知非。輕綃珍重開生面，十載中臺老鷹衣。

大水柬李近江太僕

望霓虛抱濟川心，苦雨翻增桴海吟。江漲盡通鐵柱觀，雲深常失玉山岑。蛟龍蹴浪波濤立，鷗鷺浮空樓閣陰。爲問近江凭檻客，幾廻流水入朱琴。

卧雲樓題贈方崖趙侍御

方嵓山下有樓居，仙子當年已著書。攬轡並推周柱史，操觚仍似漢相如。水浮日月當窗浴，雲裊松蘿接檻舒。四海風塵望霖雨，夢思漫到卧龍廬。

寄贈方崖巡按

萬里山川開貴竹，九天旌節度皇華。炎方日近聞蠻語，海國星明識漢槎。江上音書多麗藻，眼中詞翰幾名家。論心喜報瓜期近，回首常瞻斗柄斜。

贈匡南山人

匡廬南下古洪州，縹緲僊人十二樓。九疊雲屏常紫氣，雙峰星劍對清秋。有時流水虛弦下，盡日看山曲檻頭。笙鶴只今王子晉，更逢何地訪丹丘。

薛畏齋兵憲假寓軍署有大柏，賦贈

古柏陰森軍閣寒，虬枝霜榦俯江湍。武皇日月迴靈觀，漢相風雲接錦官。正是將軍常止地，暫憐司馬近登壇。策勳大樹方今日，金印還從肘後看。

送李進士子安奉使還京

萬里南還白鷺車，滇池閣道采風餘。盡收殊俗歸文藻，屢夢清遊奉帝居。往問尉佗非陸賈，[一]道經巴蜀似相如。同袍好謝金門侶，嬾慢年來少寄書。

將北歸，至雲山鋪，留别章介庵

三年祇得鬢如絲，斜日滄江北望時。擬取芰荷新製服，謾將叢竹更題詩。良工自覺丹心苦，雅曲空深白雪思。相對雲山共惆悵，加餐莫遣報書遲。

〔一〕 往問尉佗非陸賈：「佗」底本作「陀」。印案：此句引漢陸賈出使南越招撫尉佗故實。尉佗姓趙氏，名佗，真定人，因曾任南海郡尉，史稱尉佗。事見史記南越列傳。據改。

贈樵雲山人

霜寒木落萬山深，樵斧丁丁何處尋？一徑穿雲凭虎豹，幾廻和露斸球琳。金銀自識千年氣，山水疑聞九奏音。巖下應逢彈弈侶，〔一〕洞中日月静沉沉。

題松隱堂應教

洪崖山前松隱堂，翛然高卧諸侯王。玉書月上蛟龍走，寶殿風廻竽籟張。共羡雅懷存禮樂，謾言清夢到羲皇。返招叢桂寧須問，屏翰常歌天保章。

贈方益齋閫帥，時余有分晉之命

西北風塵澒洞過，將軍鐵馬近如何？塞垣行陣繁刁斗，江上樓船促櫂歌。方叔世家勳業在，子卿當日節旄多。相期瀚海無傳箭，獵騎翩翩渡兩河。

〔一〕巖下應逢彈弈侶：「弈」底本作「奕」。印案：彈弈爲彈琴弈棋之省稱，皆爲古代文人雅趣。彈弈侶在此指情趣相投者。明人刻書常將「弈」「奕」二字相混。此予徑改。

登鴈門關

關城樓閣澹陰森，積雪層冰春已深。東望音書如隔歲，南侵戎馬欲沾襟。代王城上雲初散，李牧祠前風不禁。自笑頻年成底事，重來華髮不勝簪。

李牧祠下眺望作

泉源冰竇入春分，鳥語花香遲客聞。戍鼓寒沉秦塞月，夕烽晴結漢關雲。年來近野多戎壘，時過回腸幾鴈群。險絶頗憐今昔地，無令唯説李將軍。〔一〕

遊五臺山寺二首

中臺碧殿敞雲霞，四大峰巒迴不遮。獨立風塵疑出世，欲辭榮禄遂還家。上方鐘磬珠旛裊，下界松杉石澗斜。問訊老僧空寂久，金藍猶著賜袈裟。

群山迴合此安禪，劫火遺灰定幾年。向夕雲煙開萬象，入春冰雪歷諸天。松關盡揭金銀

〔一〕無令唯説李將軍：「無令唯」三字，皇明詩選卷十一、清雍正山西通志卷二百二十四藝文作「莫教空」。

榜，木鉢高開水陸筵。白象青猊自來往，寶幢飛擁九華蓮。

金閣寺望南臺示鄉僧了用

寺開金閣度深山，晴對南臺咫尺間。瀘鏡常懸紅日滿，禪關半倚白雲閒。境憐有著皆真妄，道悟無生是大還。僧識俗緣應未了，殷勤故向説鄉關。

廣武驛中作

廣武驛前春太遲，桃花幾片柳疑絲。堅冰殘雪今初夏，燕語鶯啼仍一時。上苑晴煙猶昨夢，殊方落日劇相思。王師薄伐煩車賦，感激先歌六月詩。

奉壽封君賓山童翁七十，時在七月

金氣初回露未晞，玉衡西指鴈南飛。煙霞長健逢初度，海嶽精華動少微。紫誥已看龍襲錦，斑襴況有鷹爲衣。行歌倘遇君王獵，應卜還期後載歸。

送吴耐庵京尹赴金陵

江邊樓閣杳浮空，塞上音塵恨未同。雙闕岧嶤常起鳳，三山佳麗並盤龍。趙張謾擬今京兆，王謝全移昔土風。遥想霜威餘十載，路人猶指舊乘驄。

雨中大悲閣宴留劉、趙二子監臨所取士

高閣凭欄幾度過，雨中登眺更如何？微茫煙樹臨關少，浩淼雲濤接檻多。恒野塹攀千里駕，漢京原重四賢科。襟期共許今操縵，慷慨應憐流水歌。

送趙參軍赴泗州

憶昔郊圻攬轡行，江雲江草尚含情。三秋況送淮南客，十載今提塞下兵。詞賦自來傳鮑照，簡書此去慰毛生。逢人試問冰霜面，應識當年舊姓名。

送楊裁庵赴南都

鳳皇臺下大江流，佳麗常懷古石頭。萬里樓船銀漢杳，三山砧杵帝城秋。文旌舊擁周多

士，儲賦今通夏九州。别後相思俱不淺，滄江玄嶽共悠悠。

送谷徵君年丈東還

海岳精華氣不群，行人争認谷徵君。還山舊策青藜杖，染翰新留白練裙。雲裡河橋鶩路斷，風前煙柳逼秋分。删成玄草今多少？次第音書許更聞。

鍾吴江服闋入京過訪，賦贈

風塵澒洞未全清，最愛終軍獨請纓。攬轡自勝雙劍氣，瞻廬謾澁七弦聲。過從繾綣憐知己，衰病侵尋懶近名。前路故人如借問，頌歌惟對魯諸生。

廓灘亭宴眺

廓外幽亭路未遥，尊前秋色興偏饒。荆卿蹟在猶堪問，菊蕋枝高况有招。山日欲沉峰盡赤，河流忽斷樹疑飄。歸途已見中天月，不用紅紗絳燭燒。

立春日陽和樓宴眺

雄城樓閣俯通廛，春日登臨散曙煙。千里王畿㦸坐鎮，九天憲節喜同懸。玄泉紫氣西山上，華蓋彤庭北斗邊。正是萬方輯瑞日，欣從朗潤卜豐年。

早春登樓次韻奉答近山

樓前重繫五花驄，覽眺逢春此復同。冰泮河流晴漾日，山圍城郭静含風。歌聲低度停杯下，物色全收倚檻中。正想青陽開紫極，早朝誰賦大明宫。

元夕對雪

元夕陰陰雪忽飄，春寒酒興夜偏饒。穿簾繞砌渾無賴，臨水廻燈廻自消。暗度月明花滿樹，巧隨風勢玉裁綃。長安此夜猶車馬，劇賞清歌未寂寥。

沙河臺内榴花戲擬艷曲

安石榴花開不稀，千朵萬朵露霏微。未傾瑪瑙傳琴軫，先染臙脂妒舞衣。西子含顰翻自效，東家窺望定誰非？乘槎漢使曾將護，邂逅尊前賞莫違。

過呂翁祠

飛僊當日御風遊，祠宇常臨滏水流。枕記杳茫原有托，路人汗漫苦追求。〔一〕三千弱水春來夢，十二層城海上樓。紫氣未沉真想在，無須物外訪丹丘。

叢臺

河山入望憶重來，曉日凭臨煙霧開。萬里自通滇海貢，九關奚啻楚人材？樂毅有書空報主，平原無士謾登臺。何如熊軾經行日，尺五常瞻斗柄迴。

壽禾江封君傅翁

嘉禾江上草堂深，竹几屏開碧玉岑。近海雲霞晴裊裊，繞庭蘭桂鬱森森。安期自授延年

〔一〕路人汗漫苦追求：「漫」底本作「謾」。印案：「汗漫」本義形容水勢廣大，在此形容「路人」衆多；而「汗謾」不成詞。應是形近而訛。徑改。

術，梁甫還成抱膝吟。更向紫垣瞻氣色，太微法象迴常臨。

留別内姪贊皇陳司訓

他鄉相見倍相憐，玉樹璚芝惜少年。千里關河原赤縣，一官燈火尚青氈。遺經可托諸郎盛，甲第寧忘伯氏賢？已爲舊遊增夢想，因君重憶太行前。

度太行有作

太行重度路威遲，勞役何年是定期？千里山川原識面，三關節鉞更提師。牙旗高薄林峰轉，羽騎回看磴道馳。形勝况兼驅策在，擬傳露布答鴻私。

將至榆次寄周太史

三年不見幾賁諸，□里西來杳□予。□□未臨飛鴈塞，分旌先訪卧龍廬。擬拚綠酒新浮蟻，定解朱衣舊繫魚。清廟久須瑶瑟奏，白雲莫戀碧山居。

砂澗道中雨作

砂澗雲深午未晴，雨隨旌節度山城。青禾白黍還争長，古木危巖儼並撑。澗水湧泉真任性，山花匝地不知名。煙塵已見清寰海，謾挽黄河更洗兵。

自平刑山行歷團城、太安、凌雲諸口

端居夙昔戒垂堂，叱馭今來肅所將。偪仄連天惟鳥道，紆回終日總羊腸。河流樹裏紛仍急，衣袖雲邊濕不妨。莫向岧嶢憐道路，好從清淺辨滄桑。

自鴈門寄何沅溪

憶放樓船江水頭，章門滕閣綰離愁。鳴琴尚思東湖夕，得句曾分九日秋。南鴈不來懷錦字，西風重入滿邊州。它時傾倒知何地，極塞相思獨倚樓。

贈胡山人還台州

山人碧眼照青囊，萬里乘風鶴背長。紫塞壯遊憐仗劍，赤城真隱憶焚香。自分經緯崑崙畔，誰識驪黄牝牡方？試訪草堂臨濮水，謾同人擬卧龍岡。

題高左史所藏劉忠愍、李文毅二公墨蹟

箕尾神遊不計秋，至今遺墨世人留。銀鈎謾爲傳心事，鐵膽曾經對冕旒。天上玉樓雙撰記，山中丹壑并藏舟。王門左史同襟抱，寶愛偏憐斷素妝。

寄李吾西以未遂面代情見乎詞

音塵一别阻關河，坐念人間岐路多。節鉞有期瞻燕頷，簡書無奈促驪歌。三秋月繫清宵夢，千里霜沉紫塞戈。倒馬蜚狐勞望眼，恒山雲樹日嵯峨。

人日穀日雪不絶

人日穀日雪紛紛，謾向陰晴憶舊聞。佳賞隨時入酩酊，瑞華獻歲接氤氲。麥田應息螟蝗蠹，鴈塞還清虎豹群。須信太平原有象，好陳雅頌達明君。

寄謝茂秦

鄴下才名世共傳，梁園賓客更誰先。半生旅寄原能賦，千里神交况有緣。瑚璉共珍清廟器，鴈鴻先枉塞城篇。何年共醉長安市，拚解金龜當酒錢。

寄谷侍御

中條上黨鬱巑岏，驄馬寧歌道路難。別日霜華連歲晚，望中草色逼春殘。紛紛時事何多劇，杳杳烽煙藉此安。聞報瓜期催去節，北來倘許共盤桓。

奉答霍西莊

楊柳青青拂面開，東風重入晉城來。祇緣病減談詩興，况是迂非用世才。君已懸車逾十載，予寧曳履接三台。杏園春色看花伴，相近常違共舉杯。

送孫大行襄葬代藩便道省覲

懿親邸霍分周胤，恤典哀榮出漢京。日下獨啣君命渥，雲中争覩使星明。關河迤邐通桑梓，樽酒過逢贈杜蘅。駟馬新歸題柱客，宫袍應慰倚門情。

蘭坡草堂題贈寇憲使，時謝病并寓，勸駕

蘭坡原上讀書堂，涂水西來繞檻光。架上牙籤緗帙滿，屏間雅曲净琴張。關心藥裹應抛却，轉眼年華可放將。豸服朝天須此日，謾耽伏枕對滄浪。

次韻奉答詹角山

才美如公世所優，分符余幸傍雲州。秋深戎馬無南牧，險極關河有上游。興寄高山原自適，歌成白雪若爲酬。麟臺□見開生面，方叔無勞數壯猷。

九日奉和黄侍御

孤城坐繫萬方心，况復登臨俯碧岑。捲地霜風秋入暮，極天星海晚横陰。黄花縱好寧堪采，驄馬難攀懶自斟。流水高山知有意，遲君重理伯牙琴。

古意

佳人鳴瑟掩高樓，明月中天似水流。一夜砧聲催白髮，九臯鶴唳在丹丘。貂裘盡暗風塵色，龍劍偏驚山海秋。誰爲含情君不見，胡笳羌管迴生愁。

雪中簡黄侍御

寒深歲入報豐年，飄雪廻風滿朔川。階下謾誇璚作樹，人間實有玉爲田。開尊忽枉青驄馬，染翰還成白紵篇。岸柳浦梅應并發，陽春高唱已先傳。

送黄侍御按河東

天馬乘空雙鉞懸，霜華曉霽晉陽川。山河改色春千里，尊酒含情賦幾篇。遠樹依依汾水曲，長亭杳杳舜臺前。泛宫流徵誰能和？應鼓南風繼五弦。

長至日次韻簡翠巖

葭琯飛灰吹律候，璿臺占氣望雲期。壯遊豈直如桓典，雅詠真能繼左思。世正唐虞還此地，名垂稷契固其時。青陽約在瞻虛遠，碧海春生煖不遲。

春日過巡臺有懷舊遊簡黄侍御

臺柏陰森春晝深，當年曾此坐披襟。關河故著青驄迹，華髮新添白玉簪。細泛晴光摇碧草，净浮蒼靄散朱琴。素期雅喜同袍在，相對常懸捧日心。

二月朔晉苑宴遊應教

東風應律逼花朝，春色開筵赴醴招。玄鶴紛隨清角下，紫蘭齊茁凍苔消。弄晴積水浮冰片，釀煖新陽上柳條。梁苑楚臺虛想像，真從瀛海度雲謡。

壽閻母爲其子進士廣孝

鳳簫聲度彩霞流，鏡影雙涵杜若洲。百兩遠將曾築館，三山近報更添籌。雲邊青鳥翩翩下，草上春輝澹澹浮。蕭史喜看華髮並，繞庭蘭桂儼丹丘。

春日閲武

周家藩翰重連城，漢壘旌旗擁列營。雲鳥氣高紛變化，河山春麗總分明。按歌深喜南風競，露布還看絶塞行。擬見勛名歸衛霍，平原獵騎絡珠纓。

代州臺中芍藥

朵朵花枝裊藥欄，臨堦移榻幾回看。香風故襲青雲幕，湛露偏凝絳雪盤。漫擬高歌淹旅興，翻緣清賞怯春寒。三年此地真憐汝，華髮新添滿鷵冠。

瞻雲樓次韻贈黃侍御 其先公學士司業時曾及門

海畔樓臺愛卜居，牙籤兼貯換鵞書。新攀驄馬能知我，舊侍銀魚重啓予。文雅豈惟追魯後，醇風實似避秦餘。瞻雲幾度層軒上，飛鳥凌空兩袖虚。

巡臺召飲雷雨阻赴

高筵欲赴雷雨深，苦旱誰能愁太陰。莫訝翻江走平地，即揮流水入鳴琴。電虵轉掣元無定，雲騎相驅愈自騄。預擬共拚成一醉，喜看原隰散黄金。

病中對雨

卧病高樓暑氣微，晚凉雷雨欲侵衣。青苔堦下層層積，白鳥雲邊片片飛。嬾性頗耽嵇叔夜，賞心正想謝玄暉。未拋藥裹憐衰白，乞拂滄洲舊釣磯。

晉祠曉望

四圍蒼翠倚秋空，霞彩烟光曙色通。池水欲摇蘋藻日，溪亭先散稻花風。摩挲金石珍唐帖，指點川原説晉宫。謾擬鏡湖乞賀監，願祈豐歲萬方同。

入成晉大雨雹

五風十雨未愆期，孤驛雙旌載度時。繞轍烟埃還乍起，濯枝雷電歘交馳。疏簷盡捲翻盆勢，委巷應傳擊壤詩。無用占年煩太史，早聞省歲仰彤墀。

贈党牧川

一自歸辭門下省，幾人先插侍中貂。閒雲高卧隨舒卷，雅興端居未寂寥。但有姓名騰薦剡，絶無翰簡入清朝。山公啓事今誰繼？輪帛旌賢擬見招。

平原道中

高秋絶塞杳邊聲，未夕長途緩去程。拂樹青虫緣雨綴，盤雲蒼鶻入風鳴。漢宫應是回西顧，班賦猶須紀北征。勞役周回誰計憶，頗耽山色畫中行。

廣武中秋不見月作

雲霧垂垂晚不開，共誰相送紫霞杯。九天宫闕青楓下，萬里關河白鴈來。朔氣底須沉鼓角，露華應自滿樓臺。安流銀漢還清淺，總憶乘槎第幾回。

齋居

端居三日見齋心，罏靄燈輝繞座深。律入青陽回玉琯，曲成白雪在朱琴。星河近抱蒼龍闕，歲月新添華髮簪。鼓角沉沉寒漏永，西簷斜照半窗陰。

冬至陪祭郊壇

萬靈清蹕扈輕飈，玄象高開絳節朝。候氣祠官端白簡，占雲太史立青霄。燎煙欲散晨光薄，樂奏還瞻帝座遥。莫謾漏聲分五夜，天雞啼罷已中宵。

送孔文谷督學再入關西

龍章迢遞入咸秦，講席重開滿座春。紫氣遠浮關樹杳，青陽晴捲岳雲新。三千弟子今髦士，百二山河古要津。摛藻久聞傳大雅，履台終想慰斯人。

送胡雪灘巡撫雲南

天寒朔雪欲飛花，萬里滇池去路賒。擬逐東風開幕府，却從北斗望京華。伏波銅柱雲邊塞，諸葛金鉦海上笳。十載相知情不淺，願君早返日南車。

贈葉□□□□

春來柳色綠纖纖，回首山亭旅思添。奕世正懷唐杜史，閒情謾擬晉陶潛。半窗烟雨常飄硯，盡日風華不捲簾。珍重鳳凰池上客，加飡好對水晶鹽。

送傅侍御汴臬治河

黄河東下捲雲空，迢遞誰應繼禹功？四載謾稱蒼水使，五雲遥下玉花驄。鳴鶯春自隨乘傳，弁豸人猶識采風。無奈驪歌增悵望，平生襟抱最相同。

送張侍御轉僉汴臬

十年海内雅知君，千里曾空冀北群。京甸行塵隨馬去，河橋春色向人分。操觚擬賦梁園雪，攬轡還清少室雲。珍重臺端風采在，佇看報政日邊聞。

送王鑑川守安慶

雙旌出守傍江涯，千里王畿路未賒。謾向旗亭攀柳色，應從驛使寄梅花。風煙縹緲荆吳近，雲樹微茫漢沔斜。五馬行春頻采納，早傳嘉政到京華。

寄許少華中丞

海内良朋意未疏，停雲華岳杳愁予。揭來畿甸重開府，望入關河數致書。璧水横經三舍近，琳宫借榻半間餘。當年談笑論文侣，何日相隨入禁廬。〔一〕

送曾以謙刺崇慶

十年江上識君初，藻思常懷重啓予。虎竹新分唐刺史，駟車不負漢相如。棧雲朝度千山外，閣月秋懸萬里餘。嘉政定登南薦剡，逢人莫滯北來書。

送閔太史督學入晉

十年染翰侍明光，銜命遥臨晉水陽。未采唐風歌蟋蟀，先空冀野報驪黄。臺中曾識青驄客，天上初辭白玉堂。併爲舊遊增悵望，太行雲樹杳青蒼。

〔一〕何日相隨入禁廬：「相隨入禁廬」五字，底本漫漶莫辨。據盛明百家詩補。

送閻太史赴南司成

僊槎南下路逶迤，溽暑清尊坐莫辭。侍草正承三殿制，采風暫聽六朝詩。城臨虎踞江如帶，山倚雞鳴國有師。想到鳳凰池上望，宮雲苑月總相思。

塞下送劉生汝揚南還

塞上霜清鴈影高，材官慷慨結征袍。衹緣宗慤懷投筆，謾擬休徵贈佩刀。露布曉馳捷奏入，風塵秋偃戰功勞。故鄉動色應相問，歸報書生有六韜。

胡侍御初度贈言

近來關塞□風塵，□□□□□新。□□□□□將氣，懸弧舊許百年身。□□黄菊迎初度，天上青楓望北宸。聞道論功重封畧，擬看生色畫麒麟。

送姪孫概南還

吾宗素業本岐黄，奕世相承愧未將。旌鉞省予頻出塞，箕裘愛汝早升堂。夢回故里青山遠，望入重關紫塞長。莫向燕雲分去住，囊中好檢濟人方。

題岳水部隧石

停雲歌斷幾遇星，宿草吞聲隔杳冥。一代雄文稱水部，千年奇氣托山靈。上書曾伏蒼龍闕，撫劍時談白虎經。見有鳳毛呈五色，西風堪慰淚雙零。

宣府西城樓留別胡侍御

萬家煙樹散朝曛，高閣離筵此對君。投分豈無齊鮑叔，請纓今有漢終軍。金尊深映冰霜面，鐵騎遥圍虎豹群。共倚塞雲天咫尺，捷音先報帝京聞。

贈吴山人

風塵迢遞塞城邊，紫氣臨關嘆汝賢。江草牽懷南國夢，磧雲入詠北征篇。出車謾擬周方叔，辭爵曾聞魯仲連。華髮流年催並短，閒情羈宦轉相憐。

九日感興

西風幾見菊花斑，十載防秋朔塞間。蘇武盡銷青海髩，班超漸老玉門關。天涯歸計今應晚，世上浮名好是閒。寄語滄洲叢桂樹，歌聲擬續小重山。

西征遇雪

木落空林夜有霜，朔風重釀塞雲黄。寒生老臂猶三屬，倦入長途詎七襄。白草舊開東勝地，赤纓先繫左賢王。謾憐飛雪沾雙髩，却笑青山亦點蒼。

送王職方暫還魯中

魯南山色鬱嵯峨，歸卧因君感慨多。塞下風塵收豹略，湖邊煙樹傍漁簑。夷吾心事應誰識？諸葛才名不翅過。梁甫吟成還抱膝，是非今古定如何。

與歸入倒馬關作〔一〕

南風吹雨傍關來，似爲行人洗宿埃。〔二〕老去尚憐金甲在，生還重見玉門開。弦絲謾引思歸調，〔三〕授鉞空慚奏捷才。〔四〕聖主恩深何以報？凭高今夜禮三台。〔五〕

初發京邑

清秋相伴下王畿，猶著尋常老布衣。塞馬它年疑是夢，〔六〕海鷗今日可忘機。鴈投江漢翻長呌，木落林皋却自飛。〔七〕象魏雲中雙鳳翥，不勝回首重依依。

〔一〕與歸入倒馬關作：「與」，皇明詩選卷十一作「予」。

〔二〕似爲行人洗宿埃：此句皇明詩選卷十一作「關上千峰畫角哀」。

〔三〕弦絲謾引思歸調：「弦絲」，皇明詩選卷十一作「鵾弦」。

〔四〕授鉞空慚奏捷才：此句皇明詩選卷十一作「虎節空慚上將來」；清雍正山西通志卷二百二十四作「虎節空慚上將才」。

〔五〕凭高今夜禮三台：「禮」字，底本漫漶莫辨。據盛明百家詩補。又，此句皇明詩選卷十一作「車前部曲重徘徊」。

〔六〕塞馬它年疑是夢：「它年」二字，底本刓缺。據盛明百家詩補。

〔七〕木落林皋却自飛：「落」字，底本刓缺。據盛明百家詩補。

度盧溝

星軺幾度過盧溝，匹馬歸來感舊遊。雲氣横陰回北望，水聲涵潦向東流。霜寒偏壓公孫被，日久先凋季子裘。今夜知投何處宿？煙光遥動旅人秋。

贈趙方崖都憲

都門岐路轉翩翩，十載重逢倍悃然。補衮君方依日月，投簪余復杳風煙。音書先枉青雲上，夢寐常牽白鴈前。三徑新開無外事，願隨鄉社祝豐年。

過武城留别秦令

故人遠見濁河隈，悄問今從何事來。千里驚心知自定，百年倦眼向誰開？群空冀野曾相識，嘯入蘇門莫謾猜。珍重交遊情過篤，弦歌益羡令君才。

早秋喜谷少岱年兄至自濟上

春秋科第兩同年，白首交情意轉牽。千里幽期孤命駕，百年高誼幾飛箋。芙蓉弄影移歌扇，蟋蟀喧聲雜舞筵。共對揮毫多翰藻，才名海内久相傳。

同谷少岱徵君、黄梅峰右史宴李民部園亭

山居忽謾枉高朋，宴會花間豈自勝。醉傍鷗池還泛蟻，坐依蟬樹不聞鶯。彩毫欲灑揮瑶軫，錦瑟初張捧玉冰。老去詞場真忝竊，謫僊地主况稱能。

傳聞

消息傳來真未真，孤臣草莽淚沾巾。天邊白日行疑急，塞上陰雲望轉新。定遠漫言飛食肉，蹯谿只可坐垂綸。天時人事俱難料，何日愁眉得暫伸？

雨中簡諸親友

門巷相違咫尺間，浹旬却阻奉清顔。陰雲乍合偏成雨，泥淖方深獨閉關。景逼九秋楓葉赤，草侵三徑菊花斑。甕頭近報開新釀，倘許高踪得暫攀？

送張二守赴吉州因寄舊遊諸友

當年攬轡大江西，文水潔江濫品題。謾訝塞翁曾失馬，誰知仙縣尚遺鷄。天邊落木歸鴻杳，雲裏殘霞去日低。相見故人如借問，□來惟唱白銅鞮。

送李□□藩參時督運□□□

河上風吹楊柳斜，使君開府静蒹葭。九邊餉運方多事，四海車書正一家。招隱謾尋丹洞草，相思恰對紫薇花。漳流濮水通舟楫，何日論心細煮茶。

穀原詩集卷之五

五言排律

答李水部五日聚飲潞城府第之作

群公來帝闕，五日宴王孫。鸚鵡金開盞，麒麟綉覆墩。歌憐鶯嚦嚦，舞愛燕蹲蹲。僊館雲常濕，丹鑪火自温。玉書看帶礪，玄圃謝崑崙。鳳竹新分尾，虬松老屈根。桂叢方度曲，蘭草謾招魂。梁客枚鄒盛，周親魯衛尊。泛蒲還九節，懸艾已千門。急管休窺豹，繁弦正嚮鵾。江船懷午競，戎馬報宵奔。笑眼花争發，狂懷海並吞。遥聞雷隱閣，晚見雨翻盆。雅興堪誰共？多情向我論。醉知蒼水使，鬛尚錦袍痕。倘許看雙柏，先教具一樽。

臺内雙松

鳳蓋童童並，龍鬚冉冉長。參雲亢自直，帶雪竟如常。狎客梅移榻，良朋竹舉觴。韻悠風瑟瑟，珠綴露穰穰。靜極驚濤至，寒餘見節彰。翠華行蔽雨，白簡對飛霜。虛辱秦封後，曾凌禹社傍。色含陶令柳，芳映召公棠。蘿裊低隨蔓，苓開細切肪。花香蟬自避，枝勁蟻難藏。森疏凝朝靄，扶疏印夜光。冰霜顔不改，天地氣長昂。媚日羞桃李，扶天棟廟廊。斧斤時可得，繩墨正何妨。匠石懷知己，徂徠戀故鄉。蔭蓂堯殿閣，依杏孔宮牆。僊籍曾分赤，龍精擬屬蒼。逢時憐五柞，獻賦笑長楊。鐵石看盤錯，琳琅聽奮揚。猶疑生腹夢，〔一〕雙倚太微堂。

奉題敕賜務學書院

王孫脩孔業，宸翰煥堯文。堪羨天潢貴，高揚玉牒芬。尊罍嗤問月，詞賦陋凌雲。賜帙分東觀，臨池逼右軍。八公茫昧失，六籍討探勤。仰止高堂在，書聲閲代聞。

〔一〕猶疑生腹夢：「腹」，底本作「復」。印案：本詩題臺内雙松，故每句皆爲「松」而發。本句「猶疑生腹夢」，用典也。三國志卷四十八孫皓傳：「寶鼎三年春二月，以左右御史大夫丁固、孟仁爲司徒、司空。」裴松之注引吳書曰：「初，固爲尚書，夢松樹生其腹上，謂人曰：『松字十八公也，後十八歲，吾其爲公乎！』卒如夢焉。」又，本詩又見三巡集稿，字正作「腹」。據改。

七夕

會合雙星夜，關山一葉秋。蛛絲縈暗壁，螢火薄危樓。露下凉生韤，雲深翠抱裯。橋應横鵲度，河似向人流。天上調琴瑟，人間望女牛。羲和催早發，機杼迥生愁。

奉壽宗伯南莊李公

憶昔公歸日，傾城祖道看。君王賜乘傳，千里去長安。崇秩周宗伯，南郊漢畤壇。明禋陪玉輦，慶宴侍金鑾。老謝星辰履，歡承獬豸冠。重開八衮宴，應抱九還丹。暇豫滄江晚，榮華白髮難。他年渡汾水，再拜獻芝盤。

清溪館招飲簡呈柳泉中丞

幕府開賓館，城隅借鷺洲。朱衣扶畫戟，玄洞接丹丘。臺月移凭檻，湖天俯蕩舟。僊橋飛可望，鶴井掩仍留。叢桂緣中嶼，垂楊蔭合流。地疑蓬島入，境豈閬風求。機務憐多暇，招尋喜共游。尊開浮玳瑁，曲度抱箜篌。水净雲容杳，霜清海氣收。塵襟消竟日，逸興狎群鷗。招隱淮南賦，懷歸江上樓。將因解簪紱，從此謝王侯。

次韻送邊行甫游金陵兼遂省覲

一按滄江郡，常懷青瑣賢。誰知自天下，相對舊京前。促膝幾終日，解攜仍別筵。詞林看妙選，儷侶羡芳年。談藝無淫説，承家有秘傳。瑞瞻鐘阜氣，雅見大江篇。省覲殊真樂，登臨詎暫閑？鱠銀江躍鯉，酌醴地生泉。子有藏經笥，予無負郭田。遥憐攜綵服，預報計歸船。

元夕雨雪作

亹亹運元化，悠悠回景儀。歲華復今夕，旅況感良時。雨雪忽紛集，風雲良未期。瓊飛雜火樹，珠綴流煙枝。游阻青絲鞚，歌停白紵詞。星橋燭應暗，月榭幕空垂。桂魄自凝睇，蘭尊誰共持？殊方鬱孤抱，雅詠寄相思。

望太白樓

白也謫僊流，乾坤一酒樓。至今酣飲處，猶有翠雲留。龍性誰能狎，鷗情迥自浮。世人驚白璧，羽客幻丹丘。雅調瑶華麗，多言貝錦愁。放歌辭北闕，浪迹且東州。居士青蓮宇，宮袍采石舟。神遊還八極，名落已千秋。靈本星精墮，狂胡月魄求。金龜餘市肆，珠塚儼江洲。梁月顏疑在，鯨波氣已收。魯城遺壯觀，征棹悵悠悠。

解梁經漢壽亭侯故里

故里今祠廟，英靈耿未消。江河常到海，日月迥臨霄。委曲依劉計，艱虞濟漢朝。視曹如鬼蜮，制吕失雄梟。〔一〕華夏威方震，荆襄勢轉摇。天應厭火德，松亦萎霜飇。先主旋徂落，中原竟寂寥。空令歆大節，秉燭坐秋宵。

帝堯故都有廟，並祀舜禹，瞻謁謾志

古帝稽堯典，〔二〕仙都祀放勳。鳥廻宮殿勢，龍焕衮衣文。綽楔懸朱榜，榱題接紫氛。真疑方就日，不啻幸瞻雲。畫壁皋夔集，彤庭舜禹分。青回秀蓂莢，蒼偃擇松紋。衛士星横劍，宮嬪霧裊裙。珮環紛迤邐，旌旆杳氤氳。統緒開精一，蒸嘗薦苾芬。伊耆仍故里，大

〔一〕制吕失雄梟：「梟」，底本作「裊」。印案：「裊」仄聲，與本詩消、霄、朝、摇、飇、寥、宵各平聲韻字於韻不叶。當是「梟」字，形近而訛。「雄梟」即梟雄，指本句中的「吕」（吕布）。「雄裊」則無講。今據三巡集稿改。

〔二〕古帝稽堯典：「帝稽堯典」四字，底本刓缺。據三巡集稿補。

道媲皇墳。

暮春晚坐

客思晚翩翩，春燈坐不眠。星河窺静入，鐘鼓傍醒懸。屈指西征日，傾心北覲天。幾逢蓂草落，常阻鴈書傳。潘岳閒居賦，梁鴻五噫篇。幽懷吾有托，併入泛宫弦。

扈駕發京邑

春雨清燕甸，君王出漢宫。草承瑂輦緑，花映衮衣紅。析羽蛟龍裊，連營虎豹雄。野屯分列將，清問下三公。帷幄邊烽入，關河御氣通。歌汾莫謾擬，卜洛庶應同。

三月望日同曾侍御、劉憲副遊青原山寺，曾諫議、胡工曹期不果至。名巘流憩，頗愜素心；良晤難并，共遲朗月。感而賦此，亦紀遊蹤云耳

丹嶂圍靈境，青原敞化城。水邊一徑入，雲外幾僧迎。飛旆朋簪合，憑欄瀍界清。賢豪留舊蹟，曠朗適幽情。曾點元瀟灑，劉楨更俊明。所期憐半至，遲戀梵笙鳴。

送洪大行使益藩便道省覲

國典重周親，星槎渡漢津。玉書三殿出，縟禮九賓陳。魯衛元文穆，夔龍本舜臣。僊班鵷鷺遠，民俗訪咨頻。回首瞻雙闕，歸心向八閩。宫袍還晝錦，喜氣滿城闉。

送王憲使叔晦兵備西寧

二華開金嶽，三秦擁玉京。雄圖常在眼，遠别若爲情。關異騎牛過，袍仍繡鷹行。當年曾避馬，到日正嚦鶯。芳草鳳原合，春雲僊掌平。南山横漢時，北斗倚秦城。先擬長楊賦，徐屯細柳營。君才本吉甫，文武羨勛名。

渡羅溪有懷東圃劉司馬，劉今家居，常斷橋拒濠，斬其黨溪上

邑宰鳴琴日，江城仗劍辰。斷橋猶在眼，報國肯謀身？先奪淮南魄，元鍾岱嶽神。鷹揚曾朔漠，龍卧忍風塵。丹壑棲遲久，蒼生屬望頻。謾言歌鳳鳥，應許畫麒麟。何武仍遺愛，東陵豈故貧？還因今父老，爲問種瓜人。

送潘僉憲考績北上

尊酒章門道，迢遥望帝京。日懸雙闕迥，霜落雨湖平。鴻績陳虞典，驪歌奏楚聲。音塵應入夢，雲樹已關情。紫氣蒼龍劍，清華璧玉珩。解攜助行色，離思滿江城。

宴北城樓得山字

散步高城晚，凭欄四顧間。十洲虛想像，層閣重躋攀。物候餘三楚，人文異百蠻。沙鷗臨暮集，江鴈帶秋還。葉落洪崖井，煙深孺子闤。天低圍野闊，雲斷入湖閒。尊俎延清興，風塵浣俗顔。凉飇動北闕，白露滿西山。自遠鵷鸞侶，誰當虎豹關？清商休盡奏，客淚灑衣斑。

宴遊匡南池亭

簿書厭拘束，相與放懷歌。草挹王孫潤，池如習氏多。猗蘭流郢曲，幽竹倚湘娥。雷送垂垂雨，風迴細細波。浮槎牽水荇，凭檻裊雲蘿。吾欲常臨此，披衣製芰荷。

中秋汎月得中字

汎月不知夜，滄江舟自東。幾人能共賞，雙櫂若浮空。晰瀝秋毫見，蒼茫曙色同。雲霄懸皎鏡，城郭動初鐘。簫鼓青天上，關山白露中。漁燈沉朔氣，兔杵送西風。河漢低圍野，星杓近倚篷。光涵青玉案，歌入水晶宫。應歷支機石，虚彎射虎弓。早聞漢營壘，烽火接居庸。

奉壽後庵李公

再疏辭榮客，三朝執瀍臣。逶迤存感激，衰颯謝經綸。詔許東歸日，心牽北望辰。投簪緣抱病，檢篋詎知貧？候館逢初度，征途屬暮春。庚甲寧記朔，甲子甫過旬。未覺朱顔改，初憐華髮新。風霜增氣概，冰玉轉精神。鶴放青田遠，丹生寶鼎匀。星明元孕傅，嶽降已生申。襟抱常瀟灑，行藏幾屈伸。一麾三守郡，雙鉞兩推輪。開府今臨代，揚舲舊過秦。觀光攀鳳早，問俗式熊頻。雨雪關山下，炎蒸嶺海濱。艱虞傷道路，澒洞恤風塵。温錫中天語，慈傾上帝宸。晉陽收鎖鑰，澶水撫松筠。歲啓看花宴，時欹漉酒巾。縱歌隨兔影，穩卧失雞晨。自玩中孚秘，誰全太古真？情曾繫鑾觸，勳可畫麒麟。蹇我誠疏劣，昌言謬采詢。從公餘信宿，設祖薄逡巡。蘇李通家世，陳荀接里鄰。心兼知己戀，眉豈效人顰？謾擬逃名侶，還看報主身。月華分朗潤，山勢並嶙峋。五樹榮芳桂，千年歌大椿。恒祈保金石，懿範表斯人。

九日同陳、史二部曹登五華臺

霜前九日杯，天畔五華臺。周武曾占氣，燕昭故愛才。逶迤玄嶽並，咫尺紫宸開。風入弦絲響，雲飄笳葉來。水光浮草樹，菊蘂净塵埃。節應羌鞮轉，歌寧羯鼓催。授衣豳月令，落帽晉風裁。寄語諸賓從，佳辰歲幾迴。

虛益堂元宵對雪觀燈

蓂莢抽青陸，蘭膏散綺筵。詎知六花瑞，偏映百枝燃。僊苑銀爲樹，星橋玉作氈。九龍疑噴水，雙鳳儼浮煙。共侍梁王宴，慚賡謝女篇。東風回朔氣，謾擬物華偏。

穀原詩集卷之六

歌行

李將軍歌

君不見，李將軍，近代無。身長八尺微有鬚，[一]萬里推轂北備胡。金印肘後繫一斗，晝戟門開趨萬夫。感恩誓欲死報國，[二]駑駘下乘徒區區。射虎驍雄良可擬，驅狐壯貌真堪圖。一文不取軍中錢，石二能彎陣上弧。張飛赤心知有漢，豈知帳前軍士變。將軍頭顱已流血，亂士身軀亦被箭。撫鎮循牆且走避，[三]偏裨閉門坐以看。天子聞變按劍怒，但報昏妖晝解散。將軍已死不足云，沙塲胡馬誰酣戰？更兼紀綱掃地盡，義士忠臣淚如霰。嗚

[一] 身長八尺微有鬚：此句，三巡集稿作「一朝聲名出儔伍」。

[二] 感恩誓欲死報國：「恩」，三巡集稿作「懷」。

[三] 撫鎮循牆且走避：「且走避」，三巡集稿作「走且避」。按：「走且避」對下句「坐以看」更工。

呼！將軍之死果自取，胡爲天變星隕夜如雨？

擬燕歌行

盈盈一水限河梁，牽牛織女遥相望。西風颯颯天雨霜，鴻鴈嗷嗷向南翔。誰能對此不悲傷？終朝機杼猶七襄。一年一會河鼓郎，七月七日珮鳴璫。烏鵲爲橋開洞房，歡娱未畢日扶桑。不覺淚下沾衣裳，斯事恍惚誰能詳？世人好誣竟荒唐，欲排閶闔訴帝傍。竊恐不察轉徬徨，天門九重空淚行。

濠梁行

山川萬古開淮甸，勝蹟靈踪今始見。遺宫雙闕峙嵯峨，佳氣五雲鬱葱蒨。岐鎬舊邦肇有周，沛豐故里興炎漢。禹迹茫茫分九州，雍徐兗冀多王侯。風環氣結有運會，開基垂統獨殷周。建斿秉鉞真龍出，[一]義殺仁生刑政一。始信神靈不偶生，萬國仰之皎如日。土壤中原幾千載，九曲西來代遷改。黄河噴浪下金天，長江迸勢歸滄海。元人失御奔

〔一〕建斿秉鉞真龍出：「秉」底本作「乘」。按：「乘鉞」不詞，「秉」「乘」形近致訛。今據三巡集稿改。

其鹿，我皇陟降河之曲。英雄百里齊奮揚，熊羆萬旅隨馳逐。沛上蕭曹即股肱，南陽耿鄧同心腹。二十八宿咸麗天，三十六輻同一轂。叱咤風雲紫極高，汎除宇宙皇風穆。文謨武烈紀旂常，貢琛獻幣開明堂。山川初擬會中土，富貴非徒歸故鄉。堯階三尺示樸素，禹王萬國來趍蹌。此土遂爲湯沐邑，追王比隆周季歷。馳道旌旗日月分，玄宮屋宇螭龍立。王侯將相拜封多，殷夏黄虞不啻過。湛露常賡周雅什，大風不唱漢臺歌。王公設險守其國，大江天塹分南北。舊京百二玉關東，昌期五百金陵側。鍾阜石城繞大江，奉春脱挽説君王。〔一〕埋金鑿笑秦淮陋，定鼎卜從郟鄏長。鼎成龍去經幾禩？依山尚有龍興寺。疏檜常環古佛龕，老僧頗悉當年事。高亭拜覽御書碑，寶函載覩開山記。寺外塗山儼對荆，城邊渦水遥通泗。十王四妃可長哀，諸侯列將空相思。八衛仍屯紫禁城，千官今扈玉霄京。詞人擬撰三都賦，甲士常團十二營。松覆寢宮當晝闃，草侵輦路入春生。風雲尚接郊壇色，鼓角猶傳象魏聲。赤縣神州更創建，虎踞龍蟠舊稱羨。聖神四海本爲家，華夷萬里皆南面。黄金倚斗貯高臺，青玉當天陳寶案。北極重

〔一〕奉春脱挽説君王：「挽」，底本作「輅」。按：此句用漢奉春君婁敬脱挽輅説漢高帝故事，見史記卷九十九婁敬傳。漢揚雄解嘲：「婁敬委輅脱挽，掉三寸之舌，建不拔之策。」後以「脱挽」爲離窮出仕之典。今據三巡集稿改。

開日月圖，南京深鎖雲霄殿。

黄樓九日

羽衣僊人杳煙霧，高城載遊秋已暮。寒花未吐黄金錢，明河自滴芳洲露。去年樓倚中都前，今年舟繫彭城邊。青山萬點對尊落，朗月半輪涵江懸。却憶前年上谷時，塞雲朔雪凝花枝。可憐此日異風候，須知有客同襟期。薊北淮南載戟棨，三年奔走無停已。杜甫條然懷暮雲，莊生正爾吟秋水。

邯鄲行

君不見，邯鄲昔日盛繁華，高起叢臺接彩霞。聯翩俠客藉珠履，宛轉名倡迴寶車。寶車珠履誰不羡，含情共侍叢臺宴。縹緲朝雲拂舞衣，團圓宵月流歌扇。考鼓撾鐘日日聞，願言千歲奉吾君。閫外自勤藺夫子，座中誰是廉將軍？河水東流日西轉，臺墮城摧荒草短。重士圖存理固常，徵歌速滅見何晚！君不見，軍覆長平勢轉傾，千年謾賦邯鄲行。秦人漳水兵初合，趙地叢臺草已生！

哀長平

長平一夕悲風起，四十萬人同日死。燐火蕭蕭陰雨青，膏血茫茫土花紫。衰草黃沙寒日曛，山空野曠度愁雲。西望咸陽杜郵道，不須重弔武安君。

伏生授經圖歌壽南莊李公

六籍不隨秦火滅，〔一〕訓誓典謨自昭揭。孔堂金石聲已流，〔二〕濟南伏生髮如雪。漢家天子搜遺書，使者四達無停車。玄纁駟馬由東道，一朝却造伏生廬。伏生元是秦博士，年逾九十尚强記。五色不種故侯瓜，諸經自抱先秦笥。老不能行口能傳，古文今文凡幾篇。女孫自辯聱牙字，詔使躬親卒業年。天生哲人元不偶，耄耋期頤亦何有。頷孫奕葉見曾玄，傳經汗竹追蝌蚪。南莊先生懸車早，逾八望九眉髮好。方朔年年獻絳桃，安期歲歲遺瑶草。侍御承顏稀所羡，千金致此丹青絢。周誥殷盤疑在耳，鶴髮童顏真識面。君不見，古

〔一〕六籍不隨秦火滅：「六」，底本刓缺。據三巡集稿補。

〔二〕孔堂金石聲已流：「流」，底本刓缺。據三巡集稿補。

人今人豈相殊，壁上堂中一轉盼。却憐持節阻横經，安得操觚侍染翰。又不見，朝廷近議開明堂，禮卿詞臣日争辯。如訪當年老秩宗，鸞書應下明光殿。

中麓行贈李司封

泰山入青雲，盤礴幾千里。鷄鳴眺觀峰，望見扶桑水。扶桑日照三山麓，中有高人讀書屋。抱膝曾成梁甫吟，致身今奏陽春曲。陽春寡和無端倪，義氣相看謬與携。申甫降神君自得，我家空在泰山西。

感思行贈李伯和

年來炎海多遷客，嗚呼李公不可得。須知雲雨大翻覆，謾向塗泥論今昔。覊懷瀟灑不自變，殊方寂寞亦常適。數極運促理亦有，倏欻物化風雲索。屈原難招江水魂，賈誼竟淪鵩鳥魄。西臺李子眼流血，擗踴狂走天爲黑。扶櫬返葬帝城東，漁燈雲翣玄堂闃。一朝金雞下五雲，瘴天桂嶺生春色。吁嗟李公呼不聞，孝子哀思曷有極！可憐翻作向隅人，一闋長歌淚沾臆。

桂泉行

桂樹叢生山之幽，白石齒齒泉中流。有美一人緤房駟，鳴琴晏坐日淹留。叢桂可攀泉可鑒，玉柯銀潢應自見。青葱色暎紫霞裳，逶迤派繞清虚殿。我欲臨流捋虎鬚，洗盞同傾白玉壺。攀翻如挹三珠樹，披覽何須九曲圖。

虚谷歌贈姚憲使

君不見，崐崘巀嶪高入雲，瑶池玄圃涵氤氲。又不見，滄海茫茫杳煙霧，黄河倒挂三珠樹。西極東溟勢綿邈，蓬丘星海胡依附？山澤通氣舊曾聞，雲竇泉源虚自分。誰人自檢羲皇文，一編静對武夷君。僊人家在三山裹，石室芸窗對瓊几。却笑當年鄭子真，風霆自□蒼龍起。玄鶴□翮青玉□，商歌何取白石爛。握髮□□□善，吁嗟君是今公旦。

朝正行送海亭黄方伯

君不見太公表東海，高亭遺落營丘間。安期玄鶴日來往，坐中歷見三僊山。謬許塵心負奇好，飛鴻曾寄雲門調。今辰何辰承下風，驅車並走江南道。握手真攀玉樹枝，論心更覩寒松摻。眼中之人吾幾見，高山流水非凡抱。雅歌不廢豫章行，閒情尚想遼東帽。邇來夢入鈞天遊，一月强半不梳頭。藥裹關心白日晚，帝鄉極目清江流。江流江樹圍雲霧，蘭舟萬里朝天路。夾岸頻催笳鼓競，離筵且聽笙簫度。玉几中天拂曙開，斗樞正指黃金臺。雲移閶闔霓旌轉，日上罘罳雉扇迴。輯瑞翺翔亦寥廓，八鸞四牡動揮霍。亭中僊人更天上，使我相思倍于昨。方朔還棲金馬門，公孫立致平津閣。留滯向憐漢太史，相識豈無秦伯樂？獻頌應成清廟章，寄書先枉元辰作。

鳶魚圖歌爲賓玉王孫題

朱門好客稀相見，錦軸牙籤開萬卷。顧予奔走困風塵，閉門頗亦懷玄晏。典謁忽捧王孫書，開緘飛躍呈鳶魚。大魚亭亭波面立，小魚游泳亦翕集。青莎白蘋照人眼，水腥似覺屏障濕。鳶飛慺翼入青雲，瞥旋更見雙翮戢。萬里遥空不終日，奔電飄雲轉愁急。鼓瑟吹竽本殊調，王孫自愛雲和操。淮南叢桂那堪數，梁王兔園何足道。漫遊擊檝滄江濆，世事紛紜欲問君。請君川上看流水，還入山中覽白雲。魚躍鳶飛亦自適，大鵬斥鷃各有極。吁嗟人生貴自得，不爾胡取丹青色？

雙星篇奉壽姚翁暨佘宜人偕七十

南極星光映河漢，婺女珠聯夜將半。太史抱書遲向明，奏言瑞應天南見。君王正御紫宸宮，五弦日日鼓南風。阜財解愠賡歌裹，廣樂華胥想像中。伯向親承贄御命，伊陟自繼阿衡政。解組纔謝春明門，攜家却動滄浪詠。日影滄浪五色流，金風玉露湛清秋。蟠桃一熟三千歲，扶木雙涵十二樓。樓敞金銀作門闕，手綰雲霓坐晞髮。朝攀斗柄吸流霞，夕拾瑶華弄海月。流霞海月隨心賞，寶笈丹書散塵想。清夢那遊帝里東，高歌但振瀛洲上。瀛洲帝里路迢遥，霧閣雲窗俯泬寥。孟光自舉梁鴻案，蕭史諧調弄玉簫。有時海上乘黄鵠，有時山中跨蒼犢。遺安何似龐德公，賜隱曾分鏡湖曲。九日辰連具慶筵，雙星光動汎宫弦。蓬萊清淺幾經眼，莫向僊人更問年。

三湖行送繆惟欽守汀州

三湖天南度重粤，上書謁帝蒼龍闕。遭逢苦晚嘆風雲，奔走何時傷歲月。三獻不售荆山玉，一麾却問汀陽俗。拾遺補闕空有心，陽春白雪難爲曲。扁舟南下楚歌聲，省兄還泊豫章城。霜臺大夫雙眼明，塤篪日夜相和鳴。鶺鴒原上回蒼昊，池塘夢裡生春草。寄梅應慰江上情，折柳更望閩中道。憐君自是冰玉姿，爲君先誦羔羊詩。佐郡風流今及時，入相次翁亦在兹。

發洪州留別寮寀諸公

幾載經匡嶽，山川悵遼邈。今年渡鄱湖，襟抱轉煩紆。笑語中流斷，音塵邊地疏。瑶琴懸别調，羽檄騁良圖。江門亦有南飛鴈，一札十行應繼見。山川欲去尚有情，肝膈相看定如面。歌聲櫂入楚江雲，月夜□□□夢君。一尊獨□青霞滿，雙劍常□紫電分。

三五七言賦松竹梅三友圖簡白白泉

松竹梅，結交情莫逆。常向雪中披素心，何如江上遲來客。遲來客，誰歲寒？變幻似雲雨，翻覆如波瀾。口血未乾心已改，堪嘆人間行路難。行路難，歌聲起，此君葳蕤可偕止。大夫自倚岱宗雲，處士常照吴江水。點額粧，生腹夢，曾化葛陂龍，亦引岐山鳳。丰神氣概杳風塵，皎日嚴霜自伯仲。歲暮如歲早，相看顔色好。絶交翻憐臏有書，世衰友道何草草！

世芳樓歌

靈寶有高樓，上與浮雲齊。不覺市廛隘，但見星斗低。樓居僊人愛廓爽，太白終南應虚響。伊洛淙淙繞舍流，斑鳩玄鶴樓之上。鍾鼎山林道自尊，解冠長日閉閑門。引鳧沙曲常呼子，種竹淇隈自弄孫。龍蟠鳳伏時坐嘯，九重復下耆英詔。霖雨從知霈四方，楩楠可信需廊廟。襄毅旂常勒茂勛，安攘經略迥難群。山公奏啓流傳久，范老兵戈奕世聞。樓中僊人入玄府，樓燕樓雲杳常主。孝子忠臣豈謾傳，五公四世真堪取。蘭桂陰森玉簇行，松翁重步舊巘廊。有時詔許歸田里，復上高樓望海鄉。後先一轍已堪羡，詔起天官渥寵眷。玉旨重開水竹居，璽書再下明光殿。倉卒東山促駕行，紫樞黄閣樹勳名。燮調豈但稱橋梓，台斗仍看有弟兄。此樓此事真稀罕，騷客詞人歌頌滿。腐儒謬爾濫品題，草閣時時搦斑管。盛蹟芳踪竟莫酬，嘉名虚羡世芳樓。雲臺直接煙霞麗，麟閣横聯霧靄收。密勿優閒日論道，夢思空念樓居好。聖主方憐入相遲，賢臣豈得還山早。壽域弘開八極長，虞廷千載頌明良。世芳樓上年年月，常照蓬萊紫極光。

陽峰草堂

僊人有草堂，中貯圖與史。既看衡岳峰，亦映湘江水。憶昔公居草堂日，薜蘿製服弄點瑟。林壑常尋麋鹿群，塵埃却有巖廊質。瑞鳳文鸞難久藏，釋褐謁帝來明堂。雄文自甲丹墀對，藜火常分乙夜光。揮毫侍草偕文彦，講讀時時被宸眷。故山空夢薜蘿衣，新恩常下明光殿。秩宗禋祀並夔龍，昭代勳華推數公。麟臺自擬丰神畫，豹谷空看霧雨濛。南宫和邦蒙帝喜，東閣弘開奉温旨。伊傅周召不可見，陽峰主人無乃是。四海承平樂有年，雲中榆塞静狼烟。誰知北闕調新鼎，猶憶東山草舊玄。蹇余淺劣真何有？授簡時令爲公壽。陛下應看夢曉蘭，山中休憶開春酒。論思啓沃浄塵氛，腰玉鳴球報主身。但願康侯常鶴髮，草堂衡岳日嶙峋。

瓊翰流輝樓

君不見，瓊翰樓，突兀江邊起。曉日窗飛匡阜雲，夕陽影落澎湖水。辛夷爲棟桂爲楣，琬琰丹青光陸離。鼓吹落成歡燕雀，絲綸遥下隱蛟螭。龜卜僉同俱協吉，定中揆日恩光赫。涣頒玉軸摠宸章，肇錫嘉名皆帝澤。鄴侯牙籤今幾尋，傅玄彤管更森森。奎文新賜圖書府，勝地還成翰墨林。圖書翰墨殊璀璨，繡桷朱欄麗霄漢。茲樓不讓魏凌雲，主人何謝姬公旦。暇日登臨眺帝都，河山指顧表荆吴。金函御璽恩稠疊，夏日炎天暑有無。只今四海稱寧謐，玉燭躬調建皇極。雲龍際會荐三台，魚水和同成一德。贊襄密勿世春臺，天語時承咏喜哉。寰宇帡幪忘帝力，巖廊柱石藉鹽梅。股肱勳業繼皐夔，黄閣剸裁出每遲。捧日正隆當宁眷，乘秋莫動故園思。

賦得山静松喬壽錢太守

吴越名山昔曾見，洞庭天目鬱葱蒨。雙松偃蓋如飛龍，跨鶴僊人坐游宴。日長似年不易盡，東觀海水欻如練。歸來自吹白玉簫，瑶編實笈無塵囂。時撫蒼松發長嘯，幽巘虚洞春雲飄。春雲從龍起春蟄，化作甘霖滿阡陌。千秋琥珀化爲石，年年玄露流松液。筐篚歲充南國貢，蒼生日望東山客。東山客，日高卧，撫松看山誰能那？散步時尋谷口真，乘興或鼓山陰柁。庭前玉樹森相向，年年春酒趨庭過。

中玄高太史持節過恒山，既遂良覿，復接雅談；款洽未能，倚風增悵。作相逢行贈焉

早春恒陽梅欲開，玉堂僊人持節來。雅談揮麈坐傾倒，行色征車謾苦催。大河二室多豪

俊，君家世握斯文印。摛藻曾傳今古文，吮毫争羡東西晉。金馬銀魚氣象新，宫袍日領帝城春。非緣剪葉遵周典，安得乘槎識漢臣。已辦清尊倏就道，相逢惜别何草草。梅花似解風塵况，隔水齊開慰孤抱。星軺北轉定何時，傾蓋論文愜素期。别後倘逢嵩嶽鴈，早傳錦字報相思。

蟠桃圖歌壽劉白石太夫人，時白石録囚畿内

君不見，海上蟠桃大如斗，麟脯駝峰亦何有？又不見，蟠桃開花絳如雪，流影常拂金銀闕。太乙初種不論年，扶木相依寧記月？露華霞彩開金天，王母西來御紫煙。翟服珠襦結雜珮，乘雲東下臨飛僊。飛僊歲啓蟠桃宴，桃實桃花不易薦。千載葳蕤始一開，三山迢遞誰應見？滄洲日色五雲流，散作甘霖滿畿甸。青鸞使者導前旌，阿母飄飄度鄉縣。大霍山前春日遲，坐看桃樹長孫枝。麻姑近報壺天信，還取桃核作酒巵。

送内弟陳子醇

滹水東流冰片片，雪花欲飛夜作霰。天寒歲暮道路遠，千里征人憶鄉縣。梅花照眼恰及時，臨歧折贈向南枝。北風吹人難暫立，把酒河橋莫苦辭。憶昔坦腹東床上，君騎竹

馬笑相向。我今華髪感二毛，容顔君亦非少壯。汝姊相懷更汝憐，北來幾時復南還？君家閥閲本高貴，文科武胄傳當年。歲月如流駒過隙，氣象聲華感今昔。一度經過一惘然，太山空有丈人石。尚喜北堂萱自茂，亦念西山日將夕。即君努力繼述在，情事相關莫相逆。

海居篇奉壽梅齋翁公

海翁結茅傍海住，手種梅花向深處。真訣應傳丹鼎方，俗情豈識滄洲趣？清霜拂地天風寒，索咲巡梅日自看。釣竿却倚珊瑚樹，海錯兼登苜蓿盤。苜蓿珊瑚願自足，醉歌一闋陽春曲。鯨波杳杳浴天遠，瑶實垂垂向春緑。商鼎和羹薦御筵，海翁猶愛海居偏。袖中自拂金光草，膝上聊揮玉軫弦。流水高山隨所適，塵途何處尋行迹？有时乘槎坐超忽，獨訪羅浮舊相識。

寄傅近山侍御

南風吹旌旌轉摇，玉驄北度鳴蕭蕭。正想霜威照畿甸，應令暑氣清河橋。誰言炙手手可熱，惠文冠柱稜稜鐵。揮毫文彩動流輩，秉鉞山川重旌節。雅鑒亭中惜别卮，濯流湖上放舟時。今辰想像還疑夢，此地登臨總繫思。憶昔曾爲柱下史，風裁獨持愧吾子。交談意氣故相親，闊别襟期劇如此。感贈臨歧出車篇，鴈門登望杳風煙。三杯拔劍歌且舞，何異當時尊酒前？

寄高甥惟時

匪虎匪兕率曠野，吾道非邪何爲者？弦絲泛羽罷按劍，等視虚舟與飄瓦。末路年來市道多，狂僭紛紛可奈何？追蹤好舉宣尼案，暢意聊賡孺子歌。甥乎襟抱原英發，歌詠時時陋軋茁。遠覽擬知入精藴，廣鑒何嘗計促刺。門閥輝華須汝前，繫身豈直黄金千。九京暝慰先翁目，三德煩抽洪範編。胡今酷愛蒙莊子，故曳綸竿釣溪水。扶摇好鼓垂雲翅，簸蕩滄溟九萬里。

賦得陶丘寄贈許生温如

步出衛城門，跂望陶丘臺。下有車馬之古道，上有鐘磬凌晨開。憶昔諸侯會盟日，霓旌絳節何雄哉！陵谷依然幾風雨，秋日登臨杳誰語？極目平原覽四荒，膴膴良田盡禾黍。佳氣猶存閭井間，雅歌自有雲霄侣。衣冠大姓數十家，巨擘今稱宋與許。許氏原從大岳傳，名賢遺胤幾千年。[一]錫圭早授虞京爵，[二]假璧曾歸岱下田。雍伯元脩産玉緣，却將圭璧種山前。春來試上晴原望，映日氤氳生紫煙。

鎮泉堡將臺眺望

北鴻嗷嗷城頭過，西日渺渺河邊墮。萬馬無聲號令嚴，戎服將軍立道左。按轡徐登百丈臺，振衣四望龍沙開。青塚咫尺若可見，黄雲飄渺何當廻。瀚海茫茫杳一髮，迎寒應墮陰山雪。塞草零霜枯委沙，胡兒卧露僵看月。把酒臨風殊愾然，擬陳雅頌未央前。漢家圖像高臺畫，周室勳華薄伐篇。守在四夷亦已久，金印曾聞繫左肘。受降城在交河北，還建牙旗拂星斗。

母夢篇

明月西沉海波動，啼鷄喔喔聲初送。勞役方耽伏枕眠，傷心忽破趨庭夢。淚眼欲開若未

[一] 名賢遺胤幾千年：「幾千年」三字，底本漫漶莫辨。據盛明百家詩補。
[二] 錫圭早授虞京爵：「錫圭」「虞」三字，底本漫漶莫辨。據盛明百家詩補。

開，昔何往矣今何來。依稀乍接生前色，想像翻增醒後哀。伯姊康强近八衮，隔離千里憐衰白。季姊有兒可色養，已扃泉路傷窀穸。見背今餘三十年，同胞兩姊常相憐。歸寧一度一相訊，灑淚吞聲向遠天。季姊亦亡伯姊老，暫對慈顔竟幽杳。夢回誰爲慰予懷？炯炯雙瞳望清曉。〔一〕

櫛髮行

梧桐葉落洞庭波，玉露湛湛横秋河。西風吹髮髮苦短，塞上征人白更多。城頭闐闐五鼓發，推枕燈前夜梳髮。蕭蕭似與脱木争，却掔朱纓望殘月。人勞髮白魚尾赤，好逐東風舊相識。蓴鱸正美江水清，莫謾伍回問消息。

送黄侍御督學南畿

送君不及遠，歧路何屏營。萬里關河憐遠道，百年金石有同聲。迢遞初宦年，馳驅舊京路。别來常擬吴會篇，夢中不斷鍾陵樹。羡君鼓枻石城前，二水三山畫裡僊。樓船縹緲

〔一〕炯炯雙瞳望清曉：「曉」字，底本漫漶莫辨。據盛明百家詩補。

浮空去，殿閣參差入鏡懸。我有緑綺琴，君多白下吟。一弦歌一曲，山水兩知音。江南江北東風煖，桃李陰陰春晝深。

贈謝山人茂秦

帝京一夜條風到，御溝兩岸生青草。黄鳥正牽求友情，間關隔樹流春聲。珠簾繡襦未寂寞，煖風猶怯羅衣薄。十二欄干清晝閑，垂楊正裊憑虚閣。三街六市車馬多，美人不來可若何？日夕焚香望君至，流水高山獨無意。爲君先弦膝上桐，相期共座春風中。一弦一酌不知曙，别君上馬朝天去。

送王端溪赴南司徒

冠蓋紛紛臨廣途，傾城走送南司徒。宸極端居重留務，簡命新銜辭帝都。與君井邑同鄉土，咫尺兩州隔河滸。華簷西去向西魏，茅屋東來近東魯。東西相逢常苦遲，誰知相見復相離。贈遠媿無玉如意，留行謾辭金屈巵。臨觴望入金陵道，樓船萬里何縹緲。南風正吹日晶樹，東河已暗天津草。連天草色接銅臺，金陵自此去還來。要令人識星辰履，暫放舟從霄漢廻。

鴻洲行送龔侍御還留都

我本江海人，弧矢志四方。手攬青驄轡，九州半翱翔。豫章校士不辭遠，三載棲遲南斗傍。南斗秀色紛迤邐，首陟匡廬眺湖水。江漢東來分九派，貢章北下瀉千里。山川融結各有由，青沙屹立横中流。鴻飛横絶□四海，至今顧戀江之洲。君不見，考亭已去濂溪遠，凝道新安常在眼。曾聞樂樂所自生，侍御含情未凌緬。揭來謁帝鳳皇城，南去蕭蕭驄馬鳴。因君亦感舊遊處，三弄瑶琴志未平。

賦得鴈蕩送涂司訓之樂清

曾聞李白夢天姥，歷歷名山眼如睹。海氣連城標作霞，天風吹水飛成雨。鴈蕩諸峰天下奇，汗漫南遊未有期。鄭虔鼓櫂像江海，擬賦秋風寄所思。

送朱鎮山憲副督學入閩

駟馬導華軒，文旌拂曙翻。飛塵净馳道，細雨霽都門。都門槐影沉沉緑，王事炎征弗信宿。秉笏朝辭雙闕間，握符暮指三山麓。漢家天子重儒宗，璽書拜捧明光宫。逶迤粉署違僊侶，迢遞樓船御遠風。憶昔與君初邂逅，春風都市今何久。著作常先賈馬前，詩歌不讓盧王右。二十年來重所期，臨歧更盡酒中巵。展驥懸知崇令德，附鴻端擬慰離思。

送尹子莘出守汝州

南陽太守白玉面，五馬翩翩出畿甸。宗資晝諾誰適主？諸葛廬井行且見。弱冠上書見天子，清曹致身並時彥。賈誼自抱匡世畧，伯夷豈專典禮善。詎意一麾乃出守，遂使十年徒入薦。簿書奔走郡載歷，丘園偃仰歲屢晏。顧念風塵尚澒洞，忍使醫藥無瞑眩？幡然謁帝通舊籍，朅來對暑開清宴。弦桐忽入山水奏，談劍坐聞龍鳥變。正苦暑雨滯道路，奈君行色杳書劍。嵩岳凌空天並遠，河水漲濤日與換。英傑識見畧可數，世情瑣細豈足辨。即今時事何所亟？南征車馬且須慢。莫緣書生輕五餌，曾聞天山定三箭。投分脱手奚以贈？臨歧語心良有算。須君乘時奮籌策，願言努力加飡飯。

塞城歌答尹洞山太史

塞城臘月寒風逼，胡兒偃卧無顔色。幕府夜弄梅花聲，起向南枝問消息。牙兵踸捧雙鯉魚，開椷爛熳尺素書。雲中健翮風相送，天上良朋日未疏。蹇余小奏懷來捷，百王遺恨行當雪。故人投我懷來篇，懸誦中堂增激烈。男兒弧矢志四方，宦轍遊覽多邊疆。苦心已築高闕塞，怒氣期縛單于王。方今天子神且武，樞密平章皆吉甫。受成廟算別有術，倚馬天山滅驕虜。歲歲風塵拂戰袍，幾時趨珮逐僊曹？金印謾稱如斗大，玉堂真羨比天高。

靈岳篇壽徐母太夫人

君不見，九宫山高高入雲，紫泥黄道何氤氲！晉安兄弟杳莫覯，九十九峰煙霧分。孕靈毓秀代常有，九宫鍾結徐君母。蚌海珍奇衍玉璜，蘭閨聲價標銀斗。鳳侶分飛鼓斷弦，傷心自詠柏舟篇。敢期青瑣黄門日，但守孤燈素髮年。阿母降神多壽祉，靈岳載鍾徐孺子。竭來持節朔方行，塞草逢春青盡起。蹇予倚玉笑蒹葭，對酒君常念母家。已見熊丸成赤膽，轉憐霞帔護萱花。含飴弄孫榮彩服，一經不負窗前讀。有時青鳥報山房，無數丹籌添海屋。寶籙瓊漿駐壽顏，秋風江漢共潺湲。傳與瑶池諸女伴，麻姑今在九宫山。

雙壽篇贈霍侍御

昔聞龐德公，攜妻隱鹿門。遺榮不受天子詔，習静人稱處士村。汾川今有隱君子，夫婦齊年偕暮齒。義方奚翅竇十郎，秘訣曾傳周柱史。昨年封典重臺臣，玉勑金章映日新。豸服峩冠增氣象，魚軒翟珮沭絲綸。勾漏僊成不煉砂，麻姑亦降蔡經家。洞中偶爾承恩澤，海上逍遥閲歲華。壽星雙燦天南極，法星亦耀紫微側。不獨壽親兼壽國，百年忠孝真奇特。

賦得春雨贈梅宛溪

暖風釀濃緑，亂抹楊柳枝。朝來一雨灑芳陌，桃李紛紛映水湄。使君有美文章伯，青瑣風裁承帝澤。南國甘棠不剪伐，東山群盜渾辟易。楊雲原識字，劉向本明經。暖風披拂作春雨，文宿光芒燦法星。岱宗高不窮，滄海深無極。登我泰山表東海，尼丘洙泗皆疆域。天子求賢東閣開，清廟明堂需美材。他年桃李□棟梁，須記曹南春雨來。

送左源沈山人入京，余師青門伯子

阿師别去已經秋，令子南來意氣投。臘釀扳留詞賦客，春風吹上帝王州。深慚抱甕溪邊卧，轉羡揮毫物外遊。雙闕五雲堪入畫，生綃肯許寄林丘？

教坊王湘西寄畫扇有懷

□□□□□□□□□□□□□□□老母，□□有難兄。秋風送雙舄，飛過濮陽城。濮陽城東瓜滿地，余也瓜田讀周易。摘瓜沽酒坐中林，閭巷喧傳佳客至。雅談殊不厭，别緒轉相親。天上如逢看花侶，山中爲道種瓜人。

陸太夫人壽詩

瓊液泛霞觴，貂蟬佩玉璫。今日此何日，趨蹌拜高堂。高堂母氏何矍鑠，顔如渥丹髮似鶴。聖善曾貤兩國封，康寧新授九還藥。嗣君股肱帝左右，嘉言訏謀日面奏。蟒玉争誇召虎榮，斑斕詎舞萊生袖。緑鬓符卿稱仲子，更羡孫枝煒金紫。五侯七貴非難繼，四世三公從此始。千里題詩媿未工，不獨壽母兼壽公。蟠桃結實三千歲，歲歲桃花映酒紅。

憶昔行贈吴自湖提學

憶昔己亥年，秋入豫章郡。不乘御史驄，去握文宗印。□□□士多如雲，三載論文喜見君。同心雅契金蘭□，照眼常□□□分。我從前歲解兵柄，君在維揚多□□。

□□□□□□，文星法星耿相映。草堂秉燭□□□，□□□□□□□。□□倒屣迎王粲，茂孝逢人説項斯。感君過我最相親，骨肉斯文意氣真。詎□□鑒超特輩，賸有高情遇古人。城□□□□滿地，□夜厭厭歌不醉。□余已結鷺鷗盟，願君□展鵾鵬志。門外馬嘶不□□，□□□□更綢繆。懸知別後懷君處，夜夜相思濼□□。[一]

（闕題）

送出郭北門，朔風吹柳條。父老扳留苦無計，寒雲釀雪車遥遥。使君往歲朝正日，花縣飛鳧琴在膝。使君今歲去朝天，五馬長鳴雙闕前。朔風幾何春氣早，御溝兩岸生芳草。天王宴賚恩寵稠，使君得意長安道。濮陽父老望行塵，北郭柳條青眼新。却恐遷鶯消息近，山中無奈送行頻。[二]

賦得上元燈懷寄李西谷大參

上元華燈照綺席，急管繁弦樂兹夕。對酒未竟情黯然，令人却憶藩參伯。大梁自古號繁

[一] 底本此詩跨二十四葉後半葉、二十五葉前半葉，本是卷六最末一首；二十五葉後半葉空白，末行鐫「穀原詩集卷之六終」字樣。其下又補刻三葉（分別標爲廿六、廿七、二十八），有詩「送出郭北門」等五首。

[二] 此詩無題目。

華，碁布星羅十萬家。高樓歌舞名王宴，夾道煙花士女譁。李君文彩人中鳳，壯歲功名擬梁楝。大省才賢豈易推，藩卿名位由來重。青春坐鎮静風埃，燈節薇垣數舉杯。行見虞廷咨岳典，還看商室濟川才。一水盈盈阻歡咲，月明千里能相照。謾説光流濮水濱，遥知輪駐夷門道。夷門迢遞劇相思，共賞華燈復幾時？聞道君王需柄用，應從濮水話襟期。

槐樹歌次西涯文正公韻贈朱大保

虚星之精曰槐木，歲歲王門吐新緑。修柯耿日走青蛇，嫩葉連雲縏翠屋。常憶朱明九夏時，披襟露頂相追隨。綺窗雨過琴書潤，錦席風生俎豆知。古來物瑞因人瑞，當時手植非無意。老榦扶疏翥鳳形，深根屈曲蟠龍勢。赤日玄陰滿北堂，賓寮劍珮森成行。已符周禮三公貴，更擬羲軒五月凉。省中拜相登廊廟，古槐夜奏絲竹調。雨露當朝沐聖恩，貂蟬累葉承嘉兆。蹇余樗櫟竊通家，盛事相傳倍感嗟。但願孫枝榮奕世，常依日月覲光華。

涵碧軒歌題贈太守周甥

濮陽之泉稱絶無，兹泉之來胡爲乎？繽紛似斷明珠綫，瑩澈常懸白玉壺。涵碧泠然鑒毫髮，娟娟荷芰相争發。漢帝高標承露盤，越姬初試凌波襪。我來賞此檻堪憑，木末層山醉可登。衣裳水映炎光失，爼豆風生爽氣凝。挂冠我走長安陌，甥已抽身居草澤。塞上空傳八陣圖，漢中不愛二千石。甥乎與我最相親，載酒題詩詎厭頻？鷗盟雅會相將結，魚樂高情取次論。今夕何夕開笑口，翠袖琵琶不停手。卜夜無須秉燭遊，玉盤皎潔穿高柳。

送張甌江之大梁募馬

熱雲突兀高千丈，披襟散髮誰相訪？逃人自揮臨淄雨，避暑慵開河朔釀。冏伯蔚蔚杳何來？入門一揖懷抱開。浮觴滿嚼不知暑，鳳毛瑞世真奇才。一壺涼風生，兩壺熱雲走。嗟予老懶不解飲，豪興翩翩酌大斗。中州募馬催征軺，河上新秋別恨饒。牝牡驪黃君自識，好馳驥足破天驕。

穀原詩集卷之七

五言絶句

擬四時詞四首

瓊樓十二欄，簾捲怯春寒。燕泥香墮地，知是杏花殘。

二

一曲水畔亭，簟展清無暑。香散芰荷風，凉生薜荔雨。

三

露下衣裳冷，夜長砧杵多。流光入懷袖，人如明月何？

四

寒漏滴疏窗，凍雲滿虚閣。梅花自多情，對雪開如約。

新月二首

塞城見新月，歲華苦流邁。已自感嘆生，况復關山外。

二

常愛匣鏡圓，〔一〕亦愛簾鈎細。爲捲雲幕盡，清光滿階砌。

草堂雪霽　題樊雙巖園景十首

雪白三尺深，日出明四野。謾歌陽春曲，調高和者寡。

〔一〕常愛匣鏡圓：「常」，底本刓缺。據三巡集稿補。

槐屋春深

結子垂黄金，布葉摇緑綺。試問舞陽裔，何似王公里？

獨山獻奇

獨山儼在東，舉首望可見。千丈青霞色，飛落書窗硯。

盤溝環碧

一曲盤溝水，環流碧如帶。洗耳兼洗心，坐游天地外。

雙巖撑月

堂前一丈石，映月明如鏡。及至堂後看，石影亦圓正。

喬木留雲

木生幾百年，挺挺千仞立。不見雲往來，但見枝潤濕。

菊圃凝寒

寒江木葉下，菊開對重九。朝采黄金花，暮醉紫茱酒。

書樓延秀

堂東樓百尺，架上書萬卷。鴻儒時笑談，世業足仰偃。

篔簹煙雨

蕭蕭萬竿竹，對此愜情素。雨聲滴古今，煙色變朝暮。

臺榭風霜

臺榭豈常寒，但覺風霜發。下有一鳴驄，上有雙行鉞。

雪中山行八首

黯黯緑雲同，蕭蕭朔氣通。飄飄紛細霰，宛轉弄迴風。

二

久憶江春信，常懷驛使來。六花紛入樹，忽謾幾枝開。

三

自詑乘槎使，今逢入幕賓，周旋見襟抱，清絶是精神。

四

僊京銀作闕，瀚海玉爲堂。正想鸞龍侶，清齋醮上皇。

五

著樹看增白，連山望失青；無須金作埒，已有玉爲屏。

六

鵬鶴起扶摇，清商不可招。翻憐有詩思，多在灞陵橋。

七

摇落暮不止，林坳積漸多。未乘剡溪興，先放郢中歌。

八

雲氣晚氤氲，川原杳不分。乾坤疑混沌，誰辯遂初文？

沁水元夕懷寄姜德華趙企仁兩侍御四首〔一〕

皎皎關山月，熒熒燈火夕。宛轉弄春輝，寂寞傷行役。

二

山行知路險，海涉知水深。未經千里遊，誰知千里心？

〔一〕 沁水元夕懷寄姜德華趙企仁兩侍御四首：「四首」二字底本無，依全書通例添。又，本詩，三巡集稿題作「沁水元夕懷寄前巡察姜艾峯趙晴澳二兄」。

三

流光已徘徊，横靄亦回亂。佳人杳何許？相期在霄漢。

四

明日河橋上，應見河柳青。愁心似楊柳，偏向春風生。

子夜歌四首〔一〕

樓倚秦淮道，楊柳緑如絲。挽郎舟不轉，空復似蛾眉。

二

相逢采蓮船，含笑各分首。憐君目送妾，直過横江口。

〔一〕 子夜歌四首：「四首」二字底本無，依全書通例添。

三

月出大江上，照見木蘭舟。妾心如明月，不逐水東流。

四

妾家朱雀橋，郎住烏衣巷。不是河漢遥，夜夜亦相望。

七夕夜女歌

雙星隔天漢，鵲橋秋一歸。千里送郎去，三年音信稀。

秋城漫興十首〔一〕

秋風重摇落，庭樹影蕭蕭。此夜關山月，寒光杳泬寥。

〔一〕秋城漫興十首：「十首」二字底本無，依全書通例添。

二

□秋□□□，□□□□□。□□□□久，偏愁客枕多。

三

鴉啼方破曉，鴈影亦橫秋。靈鵲何多喜，飛鳴簷樹頭。

四

山高雲氣深，無奈秋衣薄。孤尊不醉人，擁膝聊斟酌。

五

日出照羽旆，軍容十萬强。橫行沙塞苑，先縛左賢王。

六

雲來窗自暗，雲去窗自白。來去亦何心？光陰本如客。

七

耽卧饒牽夢，長歌謾所思。古今有達者，莊叟是吾師。

八

禦虜無中策，談兵愧古人。況多經濟士，議論逐時新。

九

端居殊不快，嘿嘿向誰言？黄菊秋風裏，開花亦自繁。

十

有客寄書至，迢迢千里來。同病相憐意，雙魚珍重開。

過故興隆寺

空相無增減，叢林今若何？〔一〕悠悠浮世事，真想入多羅。

〔一〕叢林今若何：「今」字，底本刓缺。據盛明百家詩補。

關山月二首

月影流清漢，關山動夜寒。不堪笛裏聽，正倚塞門看。

二

本是乘鸞侶，休疑賣藥翁。天風吹兩袖，飛坐玉壺中。

畫册雜詠十二首[一]

雲裡泉聲嚮，窗前樹影沉。道人方晏坐，山水有知音。

二

花草嬌晴晝，山溪曠俗緣。欲知幽絶意，試誦閒居篇。

[一] 畫册雜詠十二首：「十二首」三字底本無，依全書通例添。

三

樹影晴偏結，山光翠欲流。乘風將遠去，湖上杳横舟。

四

僊侶常青眼，山人臢紫髯。何言多壽者？村傍菊花潭。

五

硌硌多奇石，蕭蕭盡茂林。誰人結茅宇？有客訪山陰。

六

分瓣含中色，傾心倚夕陽。應羞飛絮舞，不羨落梅粧。

七

橋深通別浦，亭敞納微風。蕩槳中流者，曾逢河上公。

八

偃蓋芝爲葉，横柯銕作枝。清飈長日起，溽暑幾曾知。

九

萬木松杉蔭，孤亭廛市賒。振衣臨積水，散綺眺明霞。

十

裊裊宜男草，煇煇婺女精。浥露開丹穎，臨風拖紫莖。

十一

寂寂逃名客，翩翩避世人。琴書爲伴侣，鷗鷺是比鄰。

十二

翠實原棲鳳，蒼筠自舞鸞。雉頭吴郡笋，鵲尾漢時冠。

穀原詩集卷之八

七言絶句

明妃曲二首

琵琶聲斷朔雲横，靺鞨腥分邊馬鳴。粉黛可憐翻結虜，蛾眉誰道盡傾城？

二

漠漠龍沙漢使稀，長城迢遞妾心違。三千里外無人問，十二樓中有夢歸。

擬閨情二首

八月嚴裝覲紫宸，蕭條客邸不禁貧。幾回欲解金釵寄，却恐青樓贈舞人。

二

天寒寂寂坐重闈，雙劍那知幾日歸。赤鴈稀傳雲外信，紫貂敝盡客邊衣。

丁丑歲二首

大將書銜出禁關，紫衫蒙甲狩陰山。胡兒已報倉皇遯，法駕應從警蹕還。

二

龍幕熊闈朔雪前，榆林蒽嶺羽書傳。三宫愁思通關塞，九廟神靈在上天。

少年行二首

早見鳴珂入建章，還聞抽筆賦長楊。飛騰多少青雲客，遊冶矜憐白面郎。

二

歌扇尊前按玉娥，舞衣燈下裊春蘿。金鞭醉指青樓卧，寶劍豪隨俠客過。

登姑蘇臺

姑蘇臺倚郡城西，水繞山圍眼欲迷。不見捧心秦望女，那堪回首越來溪。

吴宫詞

半醉西施玉色殷，君王游樂不知還。賞春樂奏迎仙曲，避暑舟移銷夏灣。

竹枝詞四首

依依江柳弄烟絲，粲粲江花映竹枝。莫把竹枝翻別調，轉愁折柳送行時。

二

銀鑰金魚鎖寂寥，蘭香寶鴨散飄颻。緑窗殘夢虚驚覺，腸斷高樓碧玉簫。

三

鈿蟬金鴈惜春華，寂寞東風到妾家。惟有江頭明月色，夜深共對木蘭花。

四

巫峽迢遥隔暮雲，落花飛絮日紛紛。誰人更奏相思曲，縹緲餘音不忍聞。

擬春宫詞四首

十二樓邊楊柳枝，珠簾半捲亂游絲。春横細草鶯聲細，香裊窗紗日影遲。

二

弄日花枝傍玉堦，惜春環珮試弓鞋。同心羞結香羅帶，交股愁看紫鳳釵。

三

日轉春深花自飛，殘粧更换薄羅衣。香塵不動鞦韆起，粉汗新沾蹴踘歸。

四

風恬太液漾晴光，女伴臨流擬鏡粧。狎水浴闌兩鸂鶒，背人飛去幾鴛鴦。

壽詞

秋日華筵玳瑁開，畫堂歌送紫霞杯。群僊笑問東方朔，偷向蟠桃今幾回？

天城逢清明二首

東風空復塞垣城，楊柳春深葉未生。落日哀聲聞野哭，問知今日是清明。

二

寒食年光花自飛，塞城草色尚依稀。應緣物候違風土，不道陽春有是非。

砌草

細草青青尚凍痕，鄉園萬里怨王孫。憶乘款段晴原望，緑滿長堤過遠村。

塞上雜歌十首

蘇武城邊春草生，李陵臺下暮笳鳴。牙旗分薄休屠帳，羽檄飛傳驃騎營。

二

弓落旄頭滿月開，旗翻豹尾擁雲來。尋常休羨胡塵遠，十萬橫行瀚海迴。

三

風梟雙旌幕府高，星羅諸將戰功勞。沙飄殘磧昏金甲，血染腥痕上寶刀。

四

艷骨香魂幾尺墳，至今指點説昭君。能回白草生青草，應散黃雲化彩雲。

五

荷戈西北堪憐汝，挽粟東南太不停。一飯尚當知帝力，百年何以報朝廷？

六

九十九泉繞塞流，噴珠漱玉散雲州。漢銘虛勒燕山上，嬴識空城青海頭。

七

有虜新從塞外還，自言家在古蕭關。射鵰曾過葫蘆海，牧馬常經草垛山。

八

莽莽天山雲霧黄，歸俘夜入大邊牆。先將雙淚傳通事，徐説連營遯吉囊。

九

邊人多解唱夷歌，能奪胡雛紫駱駝。風起腰間常帶箭，月明枕底亦横戈。

十

雲中健兒固無賴，悖逆天誅豈自驕？幽朔謾歌周屏翰，將軍誰似漢嫖姚？

雪僧

瘦骨稜層杖錫飛，緇塵不染素禪衣。幻形暫向風霜立，本性還從雲冰歸。

謝邊子惠梨兼次來韻

僊品圓凝金色黄，露華凉沁玉酥香。肺腸虚擬相如渴，冰雪真隨方朔嘗。

寄朱子大按河南四首

星軺幾日出皇州，便道山城已暮秋。霜氣舊隨行鉞轉，花枝今對酒尊浮。〔一〕

二

太行南下接嵩山，晉水伊川指顧間。周召敢云分陝並，夔龍謬共納言還。

三

黄河東流浩淼淼，鄭陳宋許失桑田。禹績應知弘四載，周京行見奠三川。

〔一〕霜氣舊隨行鉞轉，花枝今對酒尊浮：「轉」「花」二字，底本刓缺。據三巡集稿補。

四

春來應到洛陽城，我亦乘槎河上行。更倚龍門望緱嶺，須邀子晉共吹笙。

送蔣良貴二首

扁舟迢遞下金陵，回首并州思不勝。三徑豈惟猿鶴戀，九原常感露霜凝。

二

秋風健翮正飛翻，莫倚鍾山望鴈門。紫塞雲仍開宦譜，烏江咫尺亦僊源。

白桃溪山居二首

溪上僊桃春自生，溪邊花卉不知名。主人自是從龍客，雲卧山居儼郡城。

二

臺署含香玉篆多，鳴驄無日不經過。久稽天上傳鴻鴈，却向山中問薜蘿。

簡李麥莊

冀北淮南慣客愁，太行汾水復西遊。種瓜已見相鈎帶，遣代休經抱蔓秋。

望河謡二首

河上青山山下城，天晴常見水西營。羽書夜報搜河套，露布朝傳罷戍兵。

二

太子娘娘各一灘，天生洲渚屹如閒。崑崙縲馬秋毫見，細數黄河第幾灣。

戲贈李伯和

謫仙豪俊早知名，詩思于今馬上生。爲問往來何太遠？揚鞭常繞鳳皇城。

自贛州寄鄭左卿二首

南雄太守鄭當時，好客今誰共舉巵？嶺上梅花春色早，一枝折贈報相思。

二

憶自清淮放舸分，寄書不達倍思君。停杯自酹雙江月，倚檻誰開五嶺雲？

擬古宮詞十首

一

東風淡蕩落花稀，墜素翻紅暗著衣。無奈春光自來去，雙雙紫燕傍簾飛。

二

水殿凉生獨不眠，風來忽謾鳳笙傳。尋常明月娟娟夜，似向今宵分外圓。

三

夜雨空階静自鳴，夢廻枕上太分明。蕭蕭幾片芭蕉葉，故起秋聲滿鳳城。

四

雪裏梅花巧耐寒，一枝攀折背欄干。壽陽傳得新宮様，粧罷相將女伴看。

五

楊柳如煙裊緑絲，曉臨粧鏡門眉時。玉顔自信承恩在，那用黄金賂畫師。

六

西苑新開避暑宫，水晶團殿敞簾櫳。鴛鴦自向池邊起，飛入橋西浦溆中。

七

霜葉飄紅覆紫苔，嬾緘幽怨向人開。御溝水去曾相謝，流到人間去不廻。

八

侍書常近玉皇前，點檢詞臣白雪篇。不是君王愛文賦，内家争識太平年。

九

露氣横空螢火流，無須倚杼望牽牛。姮娥靈藥餘多少，乞向人間併耐秋。

十

芳春遊樂按歌聲，常把花枝傍輦行。于今別在長門裏，十二朱樓空月明。

江中雜興十首

彭澤城邊望小孤，大孤相送到鄱湖。因憐游女懷交甫，轉憶英皇賦郢都。

二

濤聲晴壓九江城，司馬琵琶哀怨生。去國懷鄉秋色裏，蘆花楓葉總關情。

三

縹緲青鬟幾寸長，左通溟渤右瀟湘。乘流欲換紅塵履，先上扶桑看太陽。

四

南康城下落星洲，海日纔生勢欲浮。定養蚌胎騰寶氣，常横鰲背砥江流。

五

左蠡湖中戰日懸，真龍百萬擁樓船。射蛟漢武親横弩，渡海文皇自控弦。

六

廟食千年報駿功，精靈常聚月明中。清秋凉夜天如水，白馬金戈氣似虹。

七

白露横江鶴自還，扁舟夜泊釣魚灣。世人倘有君平術，應識僊槎牛女間。

八

霜清水落湖勢平，鷗汀鳧渚紛相迎。待我乘閒跨黄鵠，還來江上看潮生。

九

明月浮水浸江船，羽服僊人坐杳然。月色江聲未蕭索，遊心方在太初前。

十

漁翁愛唱竹枝詞，常向煙波理釣絲。昨日回船入江口，却愁城市有人知。

吐酒石

栗里先生醉不醒，當年誰識少微星？悲凉故著荆卿什，流覽聊觀山海經。

洗墨池

紫霄峰下畫穿雲，洗墨荒池弔右軍。誰脱羅裙留妙筆，自刓苔蘚認遺文。

壽陽次昌黎韻

王事馳驅苦未安，山高五月曉猶寒。僕夫不解煩心病，强進君謨小鳳團。

黄花嶺二首

高嶺連雲半倚天，岧嶢紫塞幾攀緣。熊轓節制今千里，驄馬經行已十年。

二

嶺上黄花金色開，一時聲價滿燕臺。五侯賓館須珍重，不是將軍那得來？

即事四首

山入北樓雙眼明，凭高遥見應州城。天中寶塔層層影，風外金鈴杳杳聲。

二

大石相連小石開，蒙茸林薄鎖墩臺。據形已得高山險，制變還須大將才。

三

茹越西來接馬蘭，天生形勝限呼韓。倘城河外三千里，不數山中十二盤。

四

胡峪巉巗水峪平，中間細路亦縱横。畫圖貼説疑無地，握算臨時别有兵。

秋雪

九月邊州散雪花，三關烽火净塵沙。胡兒僵卧長城下，凄斷窮廬夜半笳。

雪菊

白雪黄花相鬥妍，金粧玉佩轉堪憐。明妃撥盡琵琶怨，獨擁氈裘紫塞前。

天津王子挽歌

天津王子厭塵紛，玄鶴飄飄向白雲。何日歸來緱嶺上，笙聲還遣世人聞。

靖安王壽曲

海上瑶臺覆紫霞，玉書寶笈上清家。東風一拂三千歲，開遍蟠桃第一花。

贈汪子敏參軍二首

一官幕府策奇勳，三翰堂高世共聞。玉樹芳蘭原自異，詞華應繼鮑參軍。

八

熒熒華燭塞城深，秋思離情兩不禁。半夜雨聲頻到枕，誰人不動故園心！

并州歌送宋公子東還四首

晉陽迢遞帶徐溝，驛入同戈愴舊遊。灑淚應懷先令尹，關心不獨古并州。

二

臘月關河雪滿川，并州簫鼓日喧闐。寒雲孤劒牽行色，旅思離情逼暮年。

三

詩禮趨庭器早成，箕裘繼志業猶精。好將彩筆機頭錦，換取黃金榜上名。

四

千里西來試壯圖，萬山南下走郵符。岱雲海月瞻應近，鴈塞榆關興不孤。

琵琶記

一自琵琶奏越謳，遂令別傳記陳留。試翻十八胡笳拍，不數伊凉古塞州。

曼衍戲

喧豗弦管雜清彈，曼衍魚龍繞座看。秋意滿懷牽別路，晴光撲地屬新寒。

陽武峪

陽武峪邊河不深，亂流徒涉秖于今。曾聞一夜雷聲起，白浪如山兩峽陰。

玄岡口

玄岡積石度羊腸，松柏連雲千尺强。炎天不散陰崖雪，朔氣先飛八月霜。

寧濟橋寺

寧濟橋成快險登，却將功果付山僧。馬蹄車轍多行迹，深夜空山有佛燈。

送安名臣赴六安

龍涎雀舌鬥時新，陸羽盧仝苦認真。飲水願君消息好，無須遠寄六安春。

題虹川贈周文學二首[一]

川畔飛虹雨霽時，幽人宴坐有奇思。翻將周子圖中易，寫入王維畫裏詩。

二

謝朓題詩號大家，餘霞散綺句尤佳。丹青却愛虹川子，彩筆應生五夜花。

友筠贈曾生

大夫自奮鼎台時，處士方耽冰雪姿。却愛瀟湘非俗侶，遂歌淇澳定交期。

[一]「二首」二字底本無，依全書通例補，并於第二首前補「二」字。

題嚴溪圖

曾着羊裘傲至尊，何如梅福隱吴門。潔身自是吾甥事，冰玉相輝取次論。

歡梅并叙

北土鮮梅。兒潢歸自京師，携得一株，寒日搆屋寶之。春意盎然，色香相襲。既深賞鑒之歡，亦大寶培之力。乃次第爲四絶句。

憶别江南不見君，琴中笛裏數曾聞。相逢早露冰霜面，好倚薰籠整髻雲。

賞梅

傳呼驛使送春來，錦席華堂旦旦開。醉眼轉疑花似雪，郢中妍唱更須裁。

留梅

莫惜風塵兩鬢斑，已祈大藥駐朱顔。願言暫袖調羹手，坐對東風盡日閒。

餞梅

纔看春色照南枝，漫逐東風劇夢思。無奈臨岐歌送酒，素心莫負歲寒期。

集唐句送表姪吴生鶤自塞下還郡八首〔一〕

男兒本自重横行，高適客路常逢漢將營。劉長卿年少不應辭苦節，嚴維多慚名在魯諸生。司空曙

二

太行關路戰塵收，劉滄每見瓜時憶故丘。杜甫三晉雲山皆北向，崔曙朔風吹葉鴈門秋。郭知運

三

欲將書劍學從軍，温庭筠海上青山隔暮雲。李白自惜汾陽紆道駕，沈佺期北人南去雪紛紛。皇

〔一〕「八首」二字底本無，依全書通例補，并於各首前補序數字。

甫冉

四

留君不住益悽其，高適美酒香茶慰所思。李嘉祐爲報東州故人道，李益鄉音無改鬢毛衰。賀知章

五

惟君與我最相親，高適莫厭傷多酒入脣。杜甫去鴈遠衝雲夢雪，李頻汶陽歸客淚沾巾。王維

六

流澌臘月下河陽，李頎却望并州是故鄉。賈島怨別自驚千里外，高適風流誰繼漢田郎？錢起

七

今日相逢落葉前，賈至故園歸去又新年，李頻高歌取醉欲自慰，李白繫馬高樓垂柳邊。王維

八

邵平瓜地接吾廬，薛能爲報家人數寄書。柳宗元萬里寒光生積雪，祖詠嗟君此別意何如。賈至

挽陳東皋正郎

聞道高人陳太丘，棄官採藥卧蒼洲。丹成揮手謝塵世，笑指蓬壺十二樓。

寄李對行使君

太行南下接夷梁，九曲黄河入海長。願爲使君增帶礪，頌聲應繼漢循良。